新潮文庫

おやゆび姫

―アンデルセン童話集Ⅱ―

アンデルセン
山室　静訳

新潮社版

469

目次

おやゆび姫

火うち箱

　ひとりの兵隊さんが、いなか道を、「オイチ、ニ。オイチ、ニ」と進んできました。兵隊さんは、背《はい》のうをしょい、腰《こし》にはサーベルをさげていましたが、それは戦争に行ってきたからで、いまは家へ帰る途中《とちゅう》なのでした。すると、道の上で、ぱったりと魔《ま》法《ほう》つかいのおばあさんに、出会いました。たいそうみにくいおばあさんで、下唇《したくちびる》が胸の上までたれさがっていました。

　おばあさんが言いました。「今晩は、兵隊さん。まあえらくりっぱなサーベルと、大きい背のうだねえ！　こりゃ、ほんとの兵隊さんじゃ。ひとつ、おまえさんのほしいだけ、お金をあげましょうよ」

「ありがとう、おばあさん」と、兵隊さんは言いました。

「ほら、ここに大きな木があるだろう」魔法つかいのおばあさんは、そう言って、かたわらの木をさしました。「この木は、中ががらんどうなんだよ。てっぺんによじのぼってごらん。そうすると穴があいてるから、そこから滑《すべ》りこんで、ずっと下までおりて行くのさ。おまえさんの胴《どう》につなをゆわえておいて、おまえさんが呼びしだい、すぐ引き上げられるようにしておくからね」

「その木の中で、いったいおれは何をするんだね？」と、兵隊さんはききました。

「お金を取ってくるのさ」と、魔法つかいのおばあさんは言いました。「まあお聞きよ、木の底におりると、そこは広い廊下《ろうか》になっていてね、とても明るいんだよ。ランプが何百もついているんだものね。そこに扉《とびら》が三つ見えるから、それをあけるんだよ、かぎはかぎ穴にささってるからね。まずさいしょの部屋をのぞくと、部屋のまん中に大きな箱があって、その上にイヌが一ぴきすわってるが、そのイヌの目玉は茶碗《ちゃわん》くらいあるんだよ。でも、こわがることはないさ。わたしのこの青い格子縞《こうしじま》の前掛《まえか》けをあげるから、それを床《ゆか》の上にひろげてね、てばやくイヌをつかまえて、前掛けの上におきなされ。それから箱をあけて、ほしいだけお金を取り出すのよ。でも、それはみんな銅貨ばかりだよ。銀貨がほしけりゃ、つぎの部屋に行きなさい。だが、そこには、目玉が水車ぐらいもあるイヌがすわっているんだよ。でも、びくびくすることはないさ。わたしの前掛けにそのイヌをおいて、お金をほしいだけ取り出しなさい。そんなものより金貨がほしいと言うんなら、それもおまえさんに持てるだけ取らして進ぜましょ。三番目の部屋にはいんなされ。ただ、そこの金箱の上にすわっているイヌめは、円塔《えんとう》ぐらい大きい目玉をしているからの。たいしたイヌじゃて。だが尻込《しりご》みするには当らんわさ。つかまえてわたしの前掛けの上におきなされ。そうすりゃ何もしやしないさ。そして箱の中からいいだけの金貨を取り出すのよ」

「こいつあんまりわるくないぞ」と、兵隊さんは言いました。「だけど、おれはおまえに何をやったらいいんだね、おばあさん。おまえだって、何かほしいんだろ？」

「いんや！」と魔法つかいのおばあさんは言いました。「わたしゃびた一文《いちもん》だってくれとは言わないよ。おまえさんはただ、古い火うち箱を取ってきてくれりゃいいのさ。わしのばばさまが、この前おりていった時に、忘れてきたもんでね」

「へええ！　じゃ、おれのからだにつなをゆわえてくれ」と、兵隊さんは言いました。

「ほいきた」と魔法つかいは言いました。「それから、これが青い格子縞の前掛けだよ」

そこで兵隊さんは木によじのぼって、穴のなかへ滑りこみました。おりて見ると、魔法つかいの言ったとおり、どっさりランプのともっている大きな廊下に立っているのでした。

さて、いよいよさいしょの扉をあけました。わア！　そこには茶碗ぐらいの目玉をしたイヌがすわって、目玉をぐりぐりさせているのでした。

「ういやつ、ういやつ！」そう言って兵隊さんは、イヌを魔法つかいの前掛けの上にのせると、ポケットにはいるだけの銅貨を取り出しました。それから箱をしめて、イヌをもとどおりその上におくと、二番目の部屋にはいったのです。ひやア！　そこには、水車ぐらいの目玉をしたイヌがすわっているのでした。

「そんなに、おいらをにらむなよ、目をわるくするぜ」と、兵隊さんは言って、イヌを魔法つかいの前掛けの上におきました。ところが、箱の中の銀貨を見ますと、さっきの銅貨をみんなほうり出して、銀貨ばっかりポケットにも背のうにも、ぎっしりとつめこみました。さて今度は三番目の部屋です！——いやこれはたまげた！　その部屋のイヌは、ほんとに、円塔ぐらい大きな目玉をしていて、しかもその目玉が車みたいにぐるぐるまわっているのでした。

「今晩は！」と兵隊さんは言って、帽子《ぼうし》をぬぎました。なぜって、こんなイヌはいままで見たことがなかったからです。でも、しばらく見ていると、もうじゅうぶんと思って、イヌを床におろして、箱をあけました。いや、これはたまげた。なんとどえらい金貨でしょう！　これだけあったら、コペンハーゲン全体でも、菓子《かし》屋のおばさんの砂糖菓子の小ブタや、世界じゅうの錫《すず》の兵隊や鞭《むち》や木馬やを、みんな買うことができるでしょう。まったく、たいした金貨でした。——兵隊さんは、ポケットや背のうにいっぱいつめこんでおいた銀貨をみんなほうり出してしまって、そのかわりに、今度は金貨をつめました。ポケットも背のうも帽子も長靴《ながぐつ》も、ぎゅうぎゅうにつめて、もう歩くのもやっとでした。さあ、これでお金は手にはいったぞ！　イヌを箱の上において扉をぱたんとしめて、それから木の下へ行って呼びました。

「おーい、魔法つかいのばあさん！　ひっぱっておくれ！」

「火うち箱は持ってきたかな？」と、ばあさんはたずねました。

「おっと！　すっかり忘れていた」こう言って兵隊さんが、またそれを取ってくると、魔法つかいは兵隊さんをひっぱり上げました。こうして兵隊さんは、また街道《かいどう》におりました。ポケットも長靴も背のうも帽子も、金貨でいっぱいにふくらまして。

「この火うち箱で、いったいどうするんだね？」と、兵隊さんはききました。

「おまえさんにゃ関係のないことさ」と、魔法つかいは言いました。「おまえはお金を手にいれたんだから、火うち箱はさっさとこっちへよこせばいいんだよ――」

「つべこべ言うな！」と、兵隊さんは言いました。「どうするのかすぐ言え！　でないと、サーベルをひっこぬいて、おまえの首をきってしまうぞ！」

「言うもんかい」と魔法つかいは言いました。

そこで兵隊さんは、魔法つかいの首をきってしまいました。それそれそこにたおれている。兵隊さんは、金貨をみんな前掛けにくるんで、荷物のように肩《かた》にかつぐと、火うち箱をポケットにつっこんで、さっさと町をさして歩いていきました。

その町は、たいそうりっぱな町でしたが、兵隊さんはそのいちばん上等の宿屋にはいると、いちばんいい部屋をとって、いちばん上等の御馳走《ごちそう》を注文しました。なぜって、いまではもうお金持で、どっさりお金を持っていたのですもの。

もっとも、宿屋の下男は長靴をみがきながら、あんなお金持の靴にしちゃ、どうもひどい古靴だなあ、と思いましたが、無理もありません。まだ新しい靴を買っていなかったのですから。つぎの日、さっそく上等の靴を買い、それからりっぱな服も作らせました。これで兵隊さんは、りっぱな紳士《しんし》になりました。すると人々は町の名所のことや、王さまのことや、王さまの娘《むすめ》さんがどんなにかわいらしいお姫《ひめ》さまであるかということなぞ、話してくれるのでした。

「どうしたらそのお姫さまにお目にかかれますかね」と、兵隊さんはたずねました。

「とても、お目にかかることなんかできませんよ」とみなは口をそろえて言いました。「お姫さまは、いくつもの石垣《いしがき》や塔でかこまれた大きなあかがね御殿《ごてん》に住んでいらっしゃるんですよ。王さまのほかは、だれひとりお姫さまのところに出入りをゆるされないのです。なにしろ、お姫さまは行く行くほんの一兵卒と結婚《けっこん》なさるだろうという予言があるんですが、それが王さまにはがまんできませんでね」
「どうかしてそのお姫さまを見たいもんだなあ！」と、兵隊さんは考えました。けれども、それがゆるされるわけはなかったのです。

さて、兵隊さんは毎日毎日おもしろく暮していました。芝居《しばい》に行ったり、王宮前の公園へ馬車を走らせて、貧乏《びんぼう》な人たちにお金をたくさんほどこしたりしました。ほんとに、これはよい行いでした。もうずっと前から、兵隊さんは、お金が一文もないとどんなに困るものか、身におぼえがあったからです。――でも、今はお金持で、きれいな着物を着て、お友だちもどっさりできました。みんなはいい人だ、ほんとの紳士だとほめそやしました。そう言われると、兵隊さんも、わるい気持はしませんでした。ところが、毎日のようにお金を出すばかりで、少しもお金のはいることがありませんので、とうとう金貨が二枚きりになってしまいました。そこで、いままでのりっぱな部屋を出て、屋根裏の小さい小さい部屋にひっこして、自分で靴をみがいたり、かがり針でつくろったりしなければなりませんでした。もう友だちもだれひとりたずねて来ません。なにしろ階段をどっさりのぼってこなければならないからです。

あるまっ暗な晩のことでした。いまではもう、ローソク一本買うことができなかったのです。ところが、ふと、火うち箱の中に小さな燃えさしがあったことを思い出しました。ほら、あの魔法つかいのばあさんに助けてもらってはいった木のうろの中から、持ってきた火うち箱です。さっそく兵隊さんは、燃えさしを出して、火をきりました。ところが、火うち石から火花がとんだと思う間もなく、入口の戸がさっとあいて、木の底で見た茶碗ぐらいの目玉をしたイヌが前にかしこまって、「だんなさま、なんの御用で？」と言うのでした。

「なんだい、こりゃ！」と兵隊さんは言いました。「おれのほしい物が手にはいるとしたら、こいつはおもしろい火うちだぞ。金を少し持ってきてくれ！」こうイヌに言いますと、イヌはピューッとどこかへとんでいって、またたちまちピューッともどってきました。見ると、お金のいっぱい詰《つ》まった大きなさいふを口にくわえています。

さあ、この火うち箱がどんなにすばらしいものかわかったわけです。一度打つと、銅貨の箱の上にすわっていたイヌがとんできました。二度打つと、銀貨の番をしていたイヌが来ました。三度打つと、金貨の番をしていたのが来ました。——またぞろ兵隊さんは下のりっぱな部屋へ移って、りっぱな着物を着ました。すると友だちもみなすぐ、またやってきて、たいそうちやほやするのでした——

やがて兵隊さんは考えました。「お姫さまを見られないなんて、なんとしてもおかしいぞ。みんなの話じゃ、ずいぶんきれいな人だっていうじゃないか。けれど、いく

つもの塔にかこまれた、大きなあかがね御殿にすわっているんじゃ、どうにもなりゃしない！――どうかしてお姫さまを見ることはできないもんだろうか。――そうだ、火うち箱はどこだっけ！」

そこで兵隊さんは火を打ちました。すると、ピューッと茶碗ぐらいの目玉をしたイヌがとんできました。

「夜なかで、すまんが」と、兵隊さんは言いました。「ぜひお姫さまが見たいんだ、ほんのちょっとでいいんだがね」

イヌはすぐさま戸口からとび出したと思うと、あっという間もなく、もうお姫さまを連れてもどってきました。お姫さまはイヌの背中で眠《ねむ》っていましたが、そのきれいなことといったら、一目見さえすれば、だれにでもほんとのお姫さまだということがわかるくらいでした。兵隊さんはどうしてもお姫さまにキスせずにはいられませんでした。なにしろ、こっちもほんとの兵隊さんですもの。

やがてイヌは、お姫さまをのせて、また御殿へ帰っていきました。ところが、あくる朝になって王さまとお妃《きさき》とがお茶を飲んでいらっしゃる時、お姫さまが、ゆうべへんな夢を見たことを話しました。お姫さまがイヌにのっていくと、兵隊さんがキスをしたと言うのです。

「まあ、けっこうなお話だこと」と、お妃は言いました。

さてその晩は、年をとった女官のひとりが、お姫さまの寝床《ねどこ》のそばで、寝ずの番をして、それがほんとの夢だったかどうか、たしかめることになりました。

兵隊さんは、またぞろきれいなお姫さまが見たくてたまらなくなりました。そこで、またもやイヌが夜なかにやってきて、お姫さまを連れていっしょうけんめいに走りました。ところが、年よりの女官も雨靴をつっかけて、同じようにまっしぐらにあとを追いかけたのです。そして、イヌとお姫さまとが大きな家のなかに消えたのをみると、さあ、これで場所をつきとめたぞ、と思いました。そこでチョークで大きな十字を戸口に書いておいて、御殿へ帰って寝たのです。

そのうちイヌもお姫さまを連れてもどってきました。ところが、兵隊さんのいる家の戸口に十字が書かれているのを見ると、イヌはさっそくまたチョークを持ってきて、町じゅうの家の戸口に十字を書きました。これは賢《かしこ》いやり方でした。なぜといって、どの家の扉にも十字が書かれてしまっては、さすがの女官もほんとの扉を見わけることはできないからです。

あくる朝早く、王さまと、お妃は、あの年よりの女官とおつきの武官一同を連れて、お姫さまのいた場所を見に出かけました。

「ここだ！」と王さまが、十字の書いてあるさいしょの入口を見ておっしゃいました。

「いいえ、そこではございませんよ」と、十字の書いてある二番目の入口を見つけたお妃はおっしゃいました。

「いいえ、あそこにもございます、ここにもあります！」と、みんなが言いました。どっちを向いても、戸口という戸口には十字が書いてあるのです。いくら探してもむだだということがわかるだけでした。

ところが、このお妃はたいそう賢いかたで、ただ馬車を乗りまわすだけでなく、それ以上のことができたのです。お妃は大きな金の鋏《はさみ》を持ってきて、大きな絹の布を切ると、それでかわいらしい袋《ふくろ》をぬいました。そして、その中にこまかいソバ粉をつめて、お姫さまの背中にゆわえつけ、それがすむと、その袋に小さい穴をあけました。お姫さまがどこへ行こうと、道じゅう粉がさらさらとこぼれるようにしたのです。

夜になると、またイヌがやってきて、お姫さまを背中に乗せて、兵隊さんのところへ走っていきました。お姫さまが大好きになった兵隊さんは、自分が王子であって、お姫さまをお嫁《よめ》さんにすることができたら、どんなにうれしいだろうと思うのでした。

イヌは御殿から兵隊さんのいる窓のところまで、ずっと粉がこぼれていたのに、少しも気がつかずに、お姫さまを連れて、かべをかけ上がりました。朝になると、王さまとお妃とは、娘がどこにいたかをすぐ知って、兵隊さんをつかまえると、地下室へ入れてしまいました。

兵隊さんは、そこにすわっていました。まあ、なんて暗くて、気持がわるいのでしょう！　おまけに「あした、おまえはくびり殺されるのだぞ！」なぞと言われたのです。そんなことを言われるのは、おもしろいことではありません。おまけに火うち箱は、宿屋におき忘れてきてしまいました。

朝になって、鉄格子《てつごうし》のはまった小さい明りとりから往来を見ていますと、兵隊さんがくびり殺されるのを見ようとして、みんなが町の外へぞろぞろと出かけて行くのです。やがて、太鼓《たいこ》の音が聞えて、一隊の兵士が進んできました。町じゅうの人が総出でした。その中に、皮の前だれをかけてスリッパをはいた靴屋の小僧《こぞう》もいましたが、小僧はあまりあわてて、スリッパを片っぽ、ちょうど兵隊さんがすわってのぞいていた鉄格子の窓のところへとばしてしまいました。

「おい！　靴屋の小僧さん。そんなにあわてなくてもいいぜ」と、兵隊さんは言いました。「おれが行かないうちは、始まりっこないんだからね。それよりか、おれの家へひと走り走っていって、火うち箱を持ってきてくれないか。そうしたら四シリングやるぞ。だが、大いそぎだよ！」

靴屋の小僧は四シリングがもらいたさに、すぐかけ出していって、火うち箱を兵隊さんに持ってきてやりました。さあ――それからどうなったでしょう？　よく聞いてくださいよ。

町のそとには大きな絞首台《こうしゅだい》がたてられて、そのまわりに、大ぜいの兵隊と、何万という人々がならびました。王さまとお妃とは、裁判官や顧問官《こもんかん》の正面のりっぱな玉座についていています。

兵隊さんは、もう段の上に立っていました。ところが、いよいよ首になわをかけられる時になると、兵隊さんは言いました。――どんな罪人でも、いよいよ処刑《しょけい》される前には、無邪気《むじゃき》な願いごとを一つはかなえてもらえるそうではありませんか。私にもこの世ののみじまいに、どうぞタバコを一服のましてください。

そう言われては、王さまもいけないとは言えませんでした。そこで、兵隊さんは火うち石を出して、火をきりました。一、二、三！　するとたちまち、目の玉が茶碗《ちゃわん》ぐらいのと、水車ぐらいのと、円塔《えんとう》ぐらいのと、三びきのイヌが三びきともあらわれました。

「おい、助けてくれ！　おれはしめ殺されるんだ！」と、兵隊さんは言いました。すると三びきのイヌは、裁判官と顧問官にとびかかって、足や鼻をくわえるなり、高く高くほうり上げました。みなは落ちてくると、こなごなにくだけてしまいました。「わしはいやじゃ！」と王さまは言いました。けれどもいちばん大きいイヌが、王さまとお妃とをふたりともつかまえると、ほかの者たちにつづいてほうり上げました。兵士たちはふるえ上がるし、人々はさけびました。「もうし、兵隊さん！　私たちの王さまになって、どうぞ美しいお姫さまをお妃にしてください」

それからみんなは、兵隊さんを王さまの馬車に乗せました。三びきのイヌは、馬車の前に立って踊《おど》りながら、「万歳《ばんざい》」をさけびました。子供たちは指を口にあてて口笛を吹《ふ》き、兵隊たちは捧《ささ》げ銃《つつ》をしました。お姫さまはあかがね御殿から出て、お妃になりましたが、それがまんざらいやでもありませんでした！　御婚礼のお祝いは一週間つづきましたが、そのあいだ三びきのイヌは、お祝いのテーブルについて、大きな目をぐりぐりさせていましたとさ。

小クラウスと大クラウス

ある村に、名前の同じふたりの男がいました。ふたりともクラウスというのですが、ひとりはウマを四頭もち、もうひとりはただの一頭しか持っていません。そこでこのふたりを区別するために、村の人は、四頭のウマを持っている方を大クラウス、一頭しか持っていない方を小クラウスと呼んだのです。さて、このふたりがどうしたか、ひとつ、聞いてください。これは、ほんとにあった話なんですよ。

小クラウスは大クラウスのために、一週間ぶっ通して、ただ一頭しかない自分のウマを貸してやり、畑をたがやしてやるのです。そうすると今度は大クラウスが、自分の四頭のウマを持ってきて、手伝ってくれます。でも、それは一週間にたった一日だけで、その日というのは日曜日でした。「はいし、どうどう！」どんなにこの日、小クラウスは、五頭のウマの上で鞭《むち》を鳴らしたことでしょう。なにしろきょう一日だけは、五頭とも自分のウマみたいなものでしたから。

お日さまはギラギラとまぶしく照っていました。教会の塔《とう》の鐘《かね》という鐘は、そろってはれやかに鳴りました。晴着を着て、讃美歌《さんびか》の本をかかえて、坊《ぼう》さんのお説教を聞きに教会へ出かける人たちは、小クラウスが五頭のウマを使って畑をたがやしているのを見ました。すると、小クラウスは大得意で、またもや鞭を鳴らして「はいし、どうどう！　おれさまのウマども！」とさけびました。

「そんなこと言っちゃいかん。おまえのウマは、ただの一ぴきだけでねえか」と、大クラウスは言いました。

けれども、また教会へ行く人が通りかかると、小クラウスは、言ってはいけないと言われたことを忘れて「はいし、どうどう！　おれさまのウマども！」とさけぶのでした。

「お願いだから、そいつはやめてくれ！」と大クラウスは怒鳴《どな》りました。「もう一度言ったら、おまえのウマの鼻づらをなぐって、ぶっ殺してしまうぞ！　そうなったら元も子もなかろうが」

「もうけっして言いましねえだ」と小クラウスは言いました。けれども、まただれかが通りかかって、「今日は」と言ってうなずきますと、小クラウスはむやみにうれしくなってしまって、五頭もウマを使って自分の畑をたがやすのを、いかにもはれがましく思うのでした。そこで、またもや、鞭を鳴らして「はいし、どうどう！　おれさまのウマども」とさけびました。

「おれがかわってウマを走らしてやるだ！」と大クラウスは言って、槌《つち》をとると、小クラウスのたった一頭しかないウマの鼻づらをなぐりつけたので、たちまちウマはたおれて死んでしまいました。

「ああ、おらにはもう一ぴきもウマはなくなった！」と、小クラウスはおいおい泣き出しましたが、やがて、ウマの皮をはぐと、風に当ててよくかわかして、それからそれを袋《ふくろ》に入れて、首にかけて町へ売りに出かけました。

町は遠くて、途中《とちゅう》には大きな暗い森があります。そこへもってきて、天気がひどくわるくなって道にまよってしまい、本道に出る前に、日が暮れてきました。道はまだまだ遠いので、町へ行くにしても、家にひきかえすにしても、夜になってしまってだめです。

ふと見ると、道ばたに大きな百姓家《ひやくしようや》がありました。窓のよろい戸はしまっていたけれど、上のすき間から光がもれています。そうだ、あそこで一晩とめてもらおう、と小クラウスは考えて、そこへ行って戸をたたきました。

お百姓のおかみさんが戸をあけました。ところが、小クラウスのたのみを聞くと、きょうは主人が留守だから、知らない人はとめられない、よそへ行ってください、と言うのでした。

「へえ、それじゃ外で寝《ね》なきゃあなるまい」と小クラウスは言いましたが、おかみさんは戸をぴしゃりとしめてしまいました。

さて、百姓家のすぐそばには、大きな乾草《ほしぐさ》の山があって、その山と母屋《おもや》の間に、平たいわら屋根の小さい納屋《なや》が立っていました。

「あの上なら寝られるな」と小クラウスは、その屋根を見て思いました。「きっと、すばらしい寝床になるだろう。まさかコウノトリだって、おりてきておいらの足をつつきゃしめえ」

なるほど、生きたコウノトリが一羽、屋根の上に立っていました。そこに巣をつくっていたのです。

さて、小クラウスは納屋の上にはい上がって横になると、寝心地《ねごこち》をよくするために、向きをかえました。すると、窓のよろい戸の上の方がよくしまっていなかったものですから、そこから部屋の中が、まる見えでした。

部屋には大きなテーブルが出ていて、その上にブドウ酒と焼肉とおいしそうなお魚がならべてあり、さっきのおかみさんと、お寺の坊さんとが、テーブルについているのでした。ほかにはだれもいません。おかみさんは坊さんにおしゃくをしてい、坊さんはお魚をおいしそうに食べていました。この人は、お魚が大好きだったのです。「少し分けてくれないかなあ」と小クラウスは言って、窓の方へもっと首をのばしました。いや、おいしそうなお菓子《かし》まであるじゃありませんか。ほんとに、たいした御《ご》馳走《ちそう》です！

その時、だれかがウマに乗って、街道《かいどう》から家の方へ来るのが聞えました。主人が家に帰ってきたのです。

この人はたいそういい人でした。けれども、坊さんの顔を見るのが大きらい、というへんな癖《くせ》をもっていて、坊さんが目の前にあらわれようものなら、気が狂《くる》ったようになるのでした。そういうわけで、この坊さんは、主人が留守と知って、おかみさんに「今日《こんにち》は」を言いにきたのです。そこで親切なおかみさんの方でも、ありったけの御馳走をしたのでした。ところでふたりは、主人の足音を聞いてびっくりしてしまい、おかみさんは坊さんに、部屋の隅《すみ》にあった大きな箱の中にかくれてくださいと頼《たの》みました。お百姓が自分の顔をみるのが大きらいだということを知っている坊さんは、さっそく、おかみさんの言うとおりにしました。おかみさんは、大いそぎで上等の御馳走やお酒をパン焼きがまの中にかくしました。もし主人に見つけられたら、これはいったいどうしたわけだと、たずねられるにきまっているからです。

納屋の上にいた小クラウスは、御馳走が消えてしまったのを見て「やれやれ！」とため息をつきました。

「だれだい、そんなとこにいるのは？」と、お百姓はそれを聞きつけて、小クラウスの方を見ました。「なんでそんなところに寝てるんだね？　わしといっしょに、うちん中へはいんなされ」

そこで小クラウスは、道にまよったことを話して、一晩とめてもらいたいと頼みました。

「ああ、いいとも！」とお百姓は言いました。「だが、まず何か食べなくちゃなあ」

おかみさんは愛想《あいそ》よくふたりを迎《むか》えると、大テーブルにテーブル掛《か》けをかけて、大きなお皿におかゆを入れて出しました。お百姓は、お腹《なか》がすいていたので、おいしそうに食べました。でも小クラウスは、あの上等の焼肉やお魚やお菓子が、かまどの中にはいっていることを知っているものですから、どうしてもそれを思い出さずにはいられませんでした。

さて、テーブルの下の彼《かれ》の足元には、ウマの皮を入れた袋がおいてありました。みなさんも知っているように、小クラウスは、それを町で売ろうと思って出かけてきたのですね。おかゆがちっともおいしくないので、小クラウスはこの袋をふんづけたのです。すると、袋の中のかわいたウマの皮が、「ギュッ！」と高い声をたてて鳴りました。「シッ！」と小クラウスは袋に言いましたが、同時にまた袋をふんづけたので、ウマの皮は前よりも大きく、「ギュッ！」と鳴りました。

「おや、その袋の中にはいってるのはなんだね？」と、お百姓がききました。

「いや、こいつは魔法《まほう》つかいでさあ！」と小クラウスは言いました。「やつの言うにゃ、わしらは、かゆなんか食わんでもいい。やつがかまどの中に、焼肉やら魚やら、どっさり魔法で出しておいたちゅうだ」

「そいつはすげえぞ！」とお百姓は言って、さっそくかまどをあけてのぞきました。すると、おかみさんのかくしておいた御馳走がそっくり見えましたが、それを主人は、袋の中の魔ものが、自分たちのために魔法で出してくれたものと考えたのです。おかみさんは、何も言うわけにいかず、だまってすぐさま御馳走をテーブルにのせました。そこでふたりは、お魚やら焼肉やらお菓子やらに、したつづみをうちました。すると、小クラウスがまた袋をふんづけましたので、ウマの皮はまた「ギュッ！」と鳴りました。

「今度はなんと言ってるだね？」と、お百姓はききました。

「やつの言うにゃ、わしらのために、ブドウ酒も三本出してくれたとさ。そいつはかかくしておいたブドウ酒を持ってこなければなりませんでした。お百姓はそれを飲むと、すっかりいい気持になりました。すると、小クラウスが袋の中に入れているような魔法つかいが、ほしくてたまらなくなりました。

「その魔法つかいは、悪魔なんかも出せるんかね？　おらア、とても愉快《ゆかい》になったで、ひとつ悪魔ってものを見てえもんだ！」

「よしきた」と小クラウスは言いました。「わしの魔法つかいは、わしの言うことならなんでもきくだ。なあそうだろ？」こう言って袋をふんづけると、袋は「ギュッ！」と鳴りました。「そら、聞いたかね？『はい』と言ったでねえか。だが、悪魔ってやつはとてもいやな面《つら》してるで、見るねうちはねえだよ」

「いや、おらはちっともこわくねえだ！　いったいどんな面してるだね？」

「そうさ、悪魔め、坊さんそっくりの姿で出るとよ」

「ひやア！　いやらしいな」と、お百姓は言いました。「おまえさんに言っとくが、おらはもとから坊さんの顔を見るとがまんがなんねえだ。だが、かまうことはねえ。悪魔だってことがわかってるだもの、さあ、矢でも鉄砲《てっぽう》でも持ってこい！　だが、あんまり近くにゃよこさねえでくんろ！」

「それじゃ魔法つかいにきいてみるだ」と小クラウスは言って、袋をふんづけて、耳を近づけました。

「なんと言ってるだね?」

「やつの言うにゃ、むこうへ行って隅っこにある箱をあけなせえ。そうすりゃ、その中に悪魔がしゃがんでるのが見えるとよ。だがね、ふたをしっかりおさえて、逃《に》げられねえようにしなせい」

「おまえさん、ふたをおさえるの、手つだってくだせえ」お百姓はそう言って箱のところへ行きました。箱の中には、おかみさんにかくしてもらったほんものの坊さんが、ぶるぶるふるえてすわっていました。

お百姓は、ふたを少しばかりあけて、中をのぞきましたが、「ひやア!」とさけんでとびのきました。「ほんとだ!　いたぞ。おらの知ってる坊さんにそっくりだ。いや、おそろしいこった!」

そこでまた、お酒を飲まずにはいられませんでした。そこでふたりは、夜おそくまで飲みつづけました。

「ぜひとも、この魔法つかいを、おらに売ってくんなせえ」と、お百姓は言いました。「そのかわりにゃ、おまえさんのほしいものはなんでもやるだ。そうだ、さっそく桝《ます》にいっぺえ、金をやるべえ」

「いいや、売らねえだよ」と、小クラウスは言いました。「まあ、考えてもみなせえ。この魔法つかいで、どれだけおらが調法しているか」

「ふーん。でもやっぱり、おらはほしくてなんねえだ」こう言ってお百姓は、なおもせがみました。

「ようがす！」と、小クラウスはとうとう言いました。「あんたは親切に今夜の宿をかしてくれただから、そういうことにしますべえ。桝いっぱいの金で、この魔法つかいをあげまさ！　だが、桝に山盛りでなくちゃいけませんぜ」

「いいとも」と、お百姓は言いました。「だが、あの箱もいっしょに持ってってくんなせえ。おら、もう一時間とあれをうちに置いとくのはいやだでな。あいつがまだ、中にいるかも知んねえもの」

小クラウスはお百姓に、かわいた馬の皮のはいっている袋をやって、一斗《と》桝に山盛りにしたお金を受けとりました。主人はおまけに、お金と箱を運ぶために、荷車までくれました。

「さよなら！」と小クラウスは言って、お金と、坊さんがまだはいっている大きな箱をのせた車を引いて出かけました。

森をぬけると、大きな深い川がありました。流れがきゅうで、とうてい泳いで渡《わた》ることはできないので、大きな新しい橋が、かけてありました。小クラウスはその橋のまんなかで立ち止ると、箱のなかの坊さんにも聞えるように、大きな声でつぶやきました。

「いや、このくだらねえ箱をどうしたものかな！　石でもへえってるみたいに重くてしようがねえ。この上ひっぱって行ったら、こっちが参っちまう。いっそ、川ん中へほうりこんじまえ。おらのうちの方まで流れてきたらよし、流れてこなくたって、かまやしねえ」

こう言って箱に手をかけると、いまにも川の中へほうりこみそうに、すこし持ち上げました。

「おいおい、待ってくれ！」と、箱の中の坊さんはさけびました。「どうかわしを出して下され」

「ひやア！」と小クラウスは、さもおどろいたように言いました。「あいつ、まだ中にいるんだな。早く川ん中へほうりこんで、土左衛門《どざえもん》にしてやらなくちゃ」

「そいつは待ってくれ！」と、坊さんはさけびました。「わしも一斗桝に一ぱいの金をやるから、どうか出しておくれ」

「ふーん、そうなりゃ話は別だて」と、小クラウスは言って、箱のふたをあけました。坊さんはすぐにはい出してきて、空箱を川の中へつき落すと、うちへ帰って、小クラウスに一斗桝一ぱいのお金をやりました。前にお百姓からも大桝一ぱいもらっていましたので、もう荷車がお金でうずまってしまいました。

「やあ、あのウマはいい金になったものだなあ」小クラウスはうちへ帰って、部屋のなかにお金を山のように積み上げると、こうひとりごとを言いました。「大クラウスのやつ、たった一ぴきのウマでおらがこんなに金持になったと聞いたら、さぞ気をわるくするだろうな。こいつは、正直に言って聞かせるわけにはいかねえぞ」

さて、小クラウスは、一斗桝を借りに、小僧を大クラウスのところへやりました。

「こんな桝で、いったい何をはかる気だろう?」と大クラウスは思って、桝の底にタールを塗《ぬ》りつけました。こうしておけば、桝ではかった物が、きっと少しは底にくっついてくるでしょう。すると案のじょう、返って来た桝を見ると、新しい八シリング銀貨が三つも底にくっついているではありませんか。

「なんてことだ!」と、大クラウスはおどろいてさけぶと、すぐさま小クラウスのところへかけつけました。「どこから、こんなにたくさん金を持ってきただ?」

「なあに、ウマの皮の代金よ。ゆんべ売ってきたんだ」

「えらくいい金になるもんだな！」と大クラウスは言って、いそいでうちへ帰ると、斧《おの》を取り出して、自分のウマを四頭とも、鼻づらを打って殺しました。それから、皮をはいで、それを持って町へ行くと、

「皮や、皮！　皮はいらんかな！」と、町じゅうを呼んで歩きました。

靴《くつ》屋や皮屋がみんな走ってきて、値段をたずねました。

「一枚について、一斗桝一ぱいの金」と、大クラウスは言いました。

「おまえさん、気でもちがったのか」と、みんなは怒鳴《どな》りました。「おれたちが、桝ではかるほど金を持ってると思ってるのか？」

「皮や、皮、皮はいらんかね！」と、またもや、大クラウスは呼ばわりました。けれども、値段を聞かれると、きまって「一斗桝一ぱいの金！」と答えるのでした。

「おれたちをからかう気だな」とみんなは言って、靴屋は皮ひもを、皮屋は皮の前だれをとって、それで大クラウスをなぐりつけました。

そして「皮や、皮！」と、大クラウスの口まねをしては、「それ、きさまにこの皮をやろう。さあ、赤いあざをつけて、こいつを町から追い出してやれ！」と、怒鳴るのでした。そこで大クラウスは、ほうほうのていで逃《に》げ出しました。こんなにひどく打たれたことはありませんでした。

「見てろ、小クラウスめ！」と、大クラウスはうちへ帰ると言いました。「このかたきには、きっとやつをぶっ殺してやるぞ」

ところで、小クラウスの家では、年をとったおばあさんが死にました。このおばあさんは、たいへん気むずかし屋で、小クラウスにもつらくあたったのです。でも小クラウスは、ひどく悲しがって、死んだおばあさんのからだを、もしや生きかえりはしないかと、自分の暖かい寝床《ねどこ》の中に入れました。こうしておばあさんを一晩じゅうそこに寝かしておいて、自分は、前にもよくやったように、隅っこの椅子《いす》にすわって、眠《ねむ》ることにしたのです。

さて、小クラウスがこうしてまっ暗ななかにじっとすわっていると、戸があいて、斧を手に持った大クラウスが、はいって来ました。大クラウスは、小クラウスの寝床のあり場所をよく知っていましたので、つかつかとそこへ行くと、おばあさんを小クラウスと思って、その脳天を斧でなぐりつけました。

「ざまをみろ！　もう、おめえなんかにばかにされやしねえぞ」と、大クラウスは言って、うちへ帰っていきました。

「まったくひでえやつだなあ」と、小クラウスは言いました。「あいつは、おらをぶっ殺そうと思ったんだ。おばばは、死んでてよかったよ。さもなけりゃ、あいつはおばばを殺してしまうとこだった」

　さて、小クラウスは、おばあさんに晴着を着せると、隣《となり》からウマを一頭借りてきて車につけ、おばあさんをうしろの席にすわらせて、車が動き出してもころげ落ちないようにしてから、車を走らせて森をぬけて行きました。するとお日さまがのぼったころ、一軒《けん》の大きな居酒屋の前へ来ましたので、小クラウスは車をとめて、何か食べようと思ってはいっていきました。

　居酒屋の主人は、とてもお金持で、また、たいそうよい人でしたが、ただ、からだの中にこしょうとタバコがつまってでもいるみたいに、ひどいかんしゃく持ちでした。「お早う！」と、主人は小クラウスに言いました。「きょうはまた、はやばやと晴着なんか着こんで来ましたね」

「なにね、おらは、ばあさんを連れて町へ行くところよ。ここまで連れてくるわけにゃいかねえで、ばあさんは外の車ん中にすわってるがね。ところで、すまねえが、ばあさんに蜜酒《みっしゅ》を一ぺえ持ってってくれまいか？　が、ばあさんは耳が遠いで、ちっと大きい声出してくんなされよ」

「いいですとも」と主人は言って、大きなコップに蜜酒をつぐと、車の中にいる死んだおばあさんのところへ持っていきました。

「ほれ、息子《むすこ》さんが蜜酒をよこしたよ」と、主人は言いました。けれども、おばあさんはじっとすわったままで、なんとも返事をしません。――

「聞えねえだかね？」と主人は、今度はありったけ大きな声で言いました。「息子さんから蜜酒をよこしたよ！」

もう一度、主人は同じことをさけび、それからまたもう一度さけびました。それでも、おばあさんはぴくりともしませんので、とうとう主人はかんしゃくをおこして、コップをおばあさんの顔に投げつけました。するとおばあさんは、鼻の上に蜜酒をあびて、車の中にあおむけにたおれました。なにしろおばあさんは、ただ立てかけてすわらせてあっただけで、しばってはなかったからです。

「やや！」と、小クラウスは、戸口からとびだしてきて、主人の胸倉《むなぐら》をつかまえると、「おまえは、おらのおばばを殺したな。見なせえ、額にでっかい穴があいてるでねえか！」とさけびました。

「ああ、なんちゅう災難だ！」と、主人は両手を打合せてなげきました。「これもみんな、わしの短気から起ったことだ。なあ、小クラウスさん。大桝に一ぱいのお金をあげるし、おばあさんは、わしのおばあさんのようにしてお弔《とむら》いするだから、どうかこのことは内緒《ないしょ》にしてくだされ。さもないと、わしの首がふっ飛んじまうからの。ああ、えらいことになった」

こうして、小クラウスは、一斗桝いっぱいのお金を受けとり、居酒屋の亭主《ていしゅ》は、小クラウスのおばあさんを、自分のおばあさんのように葬《ほうむ》ったのでした。

さて小クラウスは、またもやどっさりお金を持ってうちへ帰ると、さっそく、小僧《こぞう》を大クラウスのところへやって、一斗桝を借りさせました。「あいつはもう殺しちまったはずだが。どれ、ひとつ行って見てこよう」そこで、一斗桝を持って、小クラウスのところへ出かけました。

「やれやれ！　どこからおめえは、そんなにたくさんお金を持って来ただ？」と大クラウスは、新しくふえたお金をながめて、目をまるくしてたずねました。

「おめえが殺したのは、おらじゃなくて、おらのばあさんだったんだ」と、小クラウスは言いました。「その、ばあさんを売ったら、大桝いっぺえの金になったのよ」

「そいつはほんとにいい儲《もう》けをしたな」と、大クラウスは言いました。そして、いそいで家に帰ると、斧を持ち出して、さっそく自分の年とったおばあさんを打ち殺してしまいました。それから、死骸《しがい》を車にのせて町に行くと、薬種屋へ行って、死んだ人を買わないか、とたずねました。

「それは、どういう人間の死骸で、どこで手に入れたものですね」と、薬種屋はききました。

「うちのばあさんですよ」と、大クラウスは言いました。「おら、大桝いっぺえの金で売るべえと思って、ぶっ殺して来ただ」

「めっそうもねえ！」と、薬種屋はびっくりして言いました。「あんたは、とんでもねえことを言う人だ！ そんなことをしゃべったら、おまえさんの首がふっ飛んじまうだよ！」――そして薬種屋は、彼《かれ》のやったことがどんなに恐ろしい行いであるか、そういうことをやる者がどんなにわるい人間であり、罰《ばっ》を受けないではすまないことを、くわしく説いて聞かせました。大クラウスはびっくり仰天《ぎょうてん》して、薬種屋の店をとびだすと、車にとび乗って、ウマに鞭《むち》をあて、一目散に家へ逃げ帰りました。薬種屋や、ほかの人たちは、この男は気が狂《くる》っているのだと思って、どこへ行こうとかまいませんでした。

「小クラウスめ！ このお礼は必ずして見せるぞ」家に帰ると、彼はさっそく、いちばん大きい袋《ふくろ》を出してきて、それを持って小クラウスの所へ行き、「よくもてめえは、また、おらをなぶったな。おら、はじめはウマをぶっ殺すし、今度は、ばあさんまで殺してしまっただ。これもみんな、てめえのせいだぞ。だが、もう二度とてめえなんかにばかにはされねえだ」こう言って小クラウスをつかまえて、袋の中へ入れてしまいました。そして、袋を肩《かた》にかついで、大声で言いました。「さあ、これから出かけて、てめえを土左衛門《どざえもん》にしてやるだ」

川まではだいぶ遠かったうえに、小クラウスだって、そう軽くはありません。道はお寺のそばを通っていましたが、お寺の中ではオルガンが鳴って、人々が美しい声で歌をうたっていました。そこで大クラウスは、小クラウスを入れた袋をお寺の戸口におろすと、ちょっと中にはいって讃美歌《さんびか》を聞いて、それからさきへ行こう、と考えました。小クラウスは、ひとりではとうてい袋の中から出ることはできないでしょうし、人はみなお寺のなかにいたからです。こうして大クラウスは、なかへはいっていきました。

「ああ、ああ!」と、小クラウスは袋の中でため息をつきました。そして、しきりにからだを、あちこちねじってみましたけれど、紐《ひも》をゆるめることは、どうしてもできませんでした。

その時、雪のように白い髪《かみ》をした年よりのウシ追いが、長いつえをついてやってきました。ウシ追いは、めウシやおウシのむれを追ってきたのですが、ウシたちが小クラウスのはいっている袋にぶつかったので、袋がたおれました。

「ああ、ああ！　おら、まだこんな若いのに、もう天国に行かなきゃなんねえのか」と、小クラウスはため息をつきました。

「かわいそうなは、このわしじゃよ！」と、ウシ追いは言いました。「こんなに年をとってるのに、わしはまだ天国へ行けねえだ」

「袋の口をあけてくんなせえ！」と小クラウスは言いました。「おらのかわりに、この中にはいりせえすりゃ、すぐに天国へ行けるがな」

「うん、それはありがたいことじゃ！」とウシ追いは言って、袋の口をあけました。小クラウスは、すぐに中からとびだしました。

「じゃ、ウシの面倒《めんどう》はみてくださいよ」と言いながら、老人は袋のなかへはいりこみました。小クラウスは、その口をしめると、おウシとめウシをのこらず連れていってしまいました。

まもなく大クラウスは、お寺から出てくると、袋を肩にかつぎました。すると、袋がたいそう軽くなったような気がしたのですが、それもそのはず、年とったウシ追いは、小クラウスのたった半分ぐらいしか目方がなかったのです。「なんて軽くなったんだ。これもやっぱり讃美歌を聞いたからにちげえねえ」やがて、大きな深い川へ出ました。そこで、年とったウシ追いのはいっている袋を川の中へ投げこむと、中にはいっているのはてっきり小クラウスだと思っていたので、大クラウスはさけびました。

「ざまアみろ！　もう、てめえなんかにばかにゃされねえぞ」

こうして、うちの方へ帰ってきたのですが、四辻《よつつじ》のところまで来ますと、ウシを追っている小クラウスに出会ったではありませんか。

「こりゃ、どうしたこんだ！　おら、おめえを溺《おぼ》らしてやったはずだが」と、大クラウスは言いました。

「そうよ！」と、小クラウスは言いました。「おら、半ときばかし前に、おめえに川ん中へ投げこまれたさ」

「だが、いったいどこでおめえは、そんなりっぱなウシを手に入れただね？」と、大クラウスはたずねました。

「こりゃカイギュウちゅうものでの！」と小クラウスは言いました。「おまえさんにすっかり話すがね、おらおまえさんにお礼を言わなくちゃなんねえだ。なぜって、おら、おまえさんに溺らされただが、こうしてまた上がってきて、それもえらく金持になっただからな！――そりゃ袋ん中にいる時にゃ、ほんとにつらかったさ。それからおめえに橋の上から冷てえ水ん中におっぽりこまれた時は、風が耳のそばで、ひゅうッと鳴りやがってね。おら、まっすぐ川の底に沈《しず》んだだ。が、どこもぶちはしねえ。

底にゃ、とてもやわらかいきれいな草がいっぱい生えてて、おらその草の上に落っこちただからね。するとすぐ、袋の口が開いて、見るとおめえ、まっ白な着物を着て、ぬれた髪の上に緑色の冠《かんむり》かぶった、そりゃきれいな娘《むすめ》が、おらの手をとって言うでねえか。

「あんたが小クラウスさんですの？　取りあえず、ウシを二、三びきさしあげますわ。この道を一マイルばかり行くと、またどっさりウシがいるけれど、それもあなたにさしあげましょうね」ってさ。よく見ると、川ってものは、海の人たちの通る広い道でね。川の底を、海の連中が、歩いたり馬車を走らせたりして、ずっと陸地の奥《おく》の、川がおしまいになるところまで行ってるのさ。あたりのきれいなことといったら、どっちを向いても、一面に花や青々とした草でね。水ん中を泳いでる魚は、まるで空の鳥みてえにおらの耳の辺をすいすいすべって行くだ。なんてきれいな人たちだっけ！　また土手や川っぷちなんかで草くってたウシの、なんちゅう見事なもんだっけよ！」

——「だが、どうしておめえは、すぐまたもどってきたんだね？　川の下がそんなにきれいなら、おらだったらもどっちゃこねえだが」と、大クラウスはたずねました。

「さっきも言ったとおり、この道を一マイルばかり行くと、どっさりウシがいるから、それもおらにくれるって、海の娘が言うだろ。——だが、道というのは、つまり川のことよ。なぜって、川の外へは行けやしねえんだからね。ところでおらはちゃんと知ってるだが、川ってやつは、あっちこっちで曲りくねっていて、おっそろしくまわり道なのよ。だから、いったん陸へ上がって、道を突《つ》っきって、また川に出たら、よっぽど近くなるだ。たしかに半マイルは得をして、おらのウシのとこへも、それだけ早く行けるってものさ」

「ほんにおめえは運のいいやつだな！」と、大クラウスは言いました。「おらも、川の底へ行ったら、カイギュウがもらえるだろうか？」

「うん、そう思うがねえ」と、小クラウスは言いました。「だが、おら、おまえさんを袋に入れて、川まで運ぶことはできねえだ。おまえさんは重すぎるものなあ。だから、自分でそこまで歩いていって、袋ん中へはいってくれるなら、おら、よろこんでおまえさんを投げこんでやるだ」

「そいつはありがたい！」と大クラウスは言いました。「だが、もし下へ行ってカイギュウが一ぴきももらえなかったら、今度こそおめえをうんとぶんなぐってくれるぞ。いいか！」

「おお、そんなひどいことはしねえでくだせえ」こうしてふたりは川へ行きました。

すると、のどのかわいていたウシは、水を見ると大いそぎで水ぎわにおりていきました。

「見なせえ、やつらのいそいで行くこと！　ありゃあ、また川の底へ帰りたがっているんでさあ」と、小クラウスは言いました。

「そんなことはどうでもいいから、早くおらに手を貸しな。でないと痛い目にあわすぜ！」こう大クラウスは言って、ウシの背にのせてきた大きな袋の中にもぐりこみました。「石を一つ入れてくんろ。ちゃんと沈まねえといけねえで」

「なに、だいじょうぶさ」と、小クラウスは言いましたが、やっぱり大きな石を袋に入れて、口をしっかりと結んだのです。それから、ぐいと押《お》しました。ドブン！　たちまち大クラウスは川に落ちて、底に沈んでしまいました。

「あいつにゃ、どうもウシは見つからねえんじゃないかな」と、小クラウスは言いました。そして、自分のウシを追い追い、うちへ帰って行きましたとさ。

豆つぶの上に寝《ね》たお姫《ひめ》さま

むかし昔、ひとりの王子があって、お姫さまをお妃《きさき》に迎《むか》えたいと思っていました。でも、それはほんとうのお姫さまでなければいけません。そこで王子は、ほんとうのお姫さまをみつけるために、世界中を旅してまわったのです。

ところが、どこへ行っても、何かしら工合《ぐあい》のわるいところがありました。なるほど、お姫さまはいくらもいましたが、その人がほんとうのお姫さまかどうかとなると、どうも自信がもてないのです。いつも、なんだかほんものらしくない点がありました。こうして王子は、がっかりして国へ帰り、ひどく悲しがりました。なにしろ、王子は、どうかしてほんとうのお姫さまをお嫁《よめ》にしたいと願っていたからです。

さてある晩のこと、ひどいあらしになりました。稲妻《いなずま》が光り、雷《かみなり》が鳴って、雨が滝《たき》のように降りました。まったくすさまじい晩でした！　その時お城の門を、トントンとたたくものがありました。すると、年とった王さまが、自分で門をあけにいらっしったのです。

門の外に立っていたのは、ひとりのお姫さまでした。ところが、この雨と風とで、まあなんという姿をしていたことでしょう！　雨水は髪《かみ》の毛や着物からしたたり流れ、靴《くつ》のさきからはいって、かかとから出るといったようなありさまでした。それでもそのお姫さまは、わたしはほんとうのお姫さまですと言うのでした。

「そうね。どうせじきにわかることです」と、年とったお妃はお考えになりました。そこで何もおっしゃらずに、だまって寝間におはいりになると、ベッドのふとんを取りのけて、寝台《しんだい》の上に一つぶのえんどう豆をおきました。それから、敷《し》きぶとんを二十枚持ってきて、そのえんどう豆の上にかさねた上に、さらにふかふかした羽根ぶとんを二十枚持ってきて、その敷きぶとんの上にかさねたのです。

こうしてお姫さまは、その上でその晩は寝ることになりました。

朝になって、寝心地《ねごこち》はどうでしたか、とお姫さまはきかれました。

「ああ、ほんとにひどい目にあいましたわ！」と、お姫さまは言いました。「わたし一晩じゅう、ほとんどまんじりともできませんでしたわ。いったい、ベッドの中に何がはいっていたのでしょう。なんだか堅《かた》い物がふとんの下にあったものですから、からだじゅうに赤や青のぶちがついてしまいましたわ。ほんとに、おそろしかったこと！」

そこでこのお姫さまこそ、ほんとうのお姫さまだとわかりました。なにしろ、二十枚の敷きぶとんと二十枚のふかふかした羽根ぶとんの下にあるえんどう豆が、からだにこたえたというのです。ほんとうのお姫さまでなくて、これほど感じのこまかい人があろうはずがありませんもの。

こうして王子は、このお姫さまをお妃に迎えました。とうとうほんとうのお姫さまが見つかったからです。そして、そのえんどう豆は、博物館におさめられました。もし、だれかが持っていきさえしなければ、いまでもそこへ行けば見ることができるはずです。

だからね、これはほんとうにあったお話なんですよ！

おやゆび姫《ひめ》

むかし昔、かわいらしい赤ちゃんを、たいそうほしがっている女の人がありました。でも、その女の人は、どこへ行ったら子供を授《さず》かるのか知りませんでしたので、魔法《まほう》つかいのおばあさんのところへ行って、言いました。「わたしはかわいらしい子供がとってもほしいのですけれど、どこへ行ったら授かるのか、おしえてくださいませんか」

「ああ、いいとも、そんなことはなんでもありゃしない」と魔法つかいは言いました。「このオオムギのつぶを一つあげましょう。これは、お百姓《ひゃくしょう》の畑にいくらも生えてて、ニワトリのえさになったりする普通《ふつう》のオオムギとは、まるきり別ものでな。これを植木ばちにまいておけば、何か生えてくるだろうよ」

「ありがとうございます」と女の人は言って、魔法つかいに十二シリングやると、うちへ帰って、そのオオムギのつぶをまきました。すると、見る見るうちにきれいな大きな草花が生えてきました。まるでチューリップそっくりでしたが、ただ、花はまだつぼみのように、しっかりとじているのでした。

「まあ、きれいな花だこと！」女の人は、こう言って、赤と黄の美しい花びらにキスしました。ところが、キスすると同時に、花びらがパッと開きました。みると、やっぱりふつうのチューリップでしたが、花のまん中の、緑色のめしべの上に、小さい小さい女の子が、ちょこんとすわっているのでした。ほんとに小さなかわいらしい子でした。ほんのおやゆびほどの大きさです。そこで、この子はおやゆび姫と呼ばれました。

おやゆび姫は、きれいにニスを塗《ぬ》ったクルミの殻《から》を、ゆりかごにもらいました。敷《し》きぶとんは、青いスミレの花びらで、バラの花びらが掛《か》けぶとんでした。夜はその中で寝《ね》て、昼はテーブルの上であそぶのです。そこにはお母さまが、お皿に水を入れておいてくださいました。お皿のまわりは大きな花輪でかざって、花の茎《くき》を水にひたしてあるのでした。水の上には、大きなチューリップの花びらが一枚浮《うか》んでいます。おやゆび姫はこの花びらの上にすわって、お皿の一方のはじからむこうのはじまで、白い馬の毛を二本かいに使って、こいで行きました。そのようすは、まったく愛くるしいものでした。おやゆび姫はまた、歌もうたいました。だれもまだ聞いたことがないくらいきれいなかわいらしい声で。——

ある晩のこと、おやゆび姫がかわいい寝床《ねどこ》の中で寝ていると、みにくいヒキガエルが一ぴき、窓からピョンととびこんできました。窓のガラスがわれていたのです。じめじめした、とてもみにくい、大きなヒキガエルでした。そして赤いバラの花びらを掛けぶとんにして寝ているおやゆび姫のテーブルの上へ、ピョイととびおりました。

「こりゃ、うちの息子《むすこ》のきれいなお嫁《よめ》さんがみつかったぞ」と、ヒキガエルは言いました。そして、おやゆび姫の寝ているクルミの殻ごと持ち上げると、ガラスのわれ目から庭へとびおりました。

そこには広い大きな川が流れていました。その川の岸は、じくじくしたどろ沼《ぬま》みたいでしたが、そこにヒキガエルは、息子といっしょに住んでいたのです。あれまあ、息子もみにくくてきたないこと、母親そっくりです。息子はクルミの殻の中のかわいい女の子を見ると、「コアックス、コアックス、ブレッケレケケックス！」と言いました。これだけしかものが言えないのです。

「そんな大きな声を出すんじゃない。この子が目をさますじゃないか」と、年とったヒキガエルは言いました。「まるでハクチョウの綿毛みたいに軽いんだから、わたしらのところから逃《に》げ出すかもしれないよ。そうだ、川ん中に浮んでる、あの大きなスイレンの葉っぱの上にのっけよう。こんな軽いちっぽけな子には、あれでも島みたいなものさ。そうすりゃ、逃げるわけにゃいくまい。その間にわたしらは、あそこのどろ沼ん中に、おまえたちの住むりっぱな部屋をつくるとしましょう」

川の中には、スイレンがたくさん生えていて、その大きい緑色の葉っぱは、ちょうど水の上に浮んでいるように見えました。いちばんはずれにある葉が、いちばん大きかったのです。年よりのヒキガエルは、そこへ泳いでいって、クルミの殻にはいったおやゆび姫をその上にのせました。

小さいおやゆび姫は、あくる朝早く目をさまして、自分がどんなところにいるのかわかると、はげしく泣き出しました。大きな緑の葉っぱのまわりは、どちらを向いても水ばかりで、岸に上がることなんか、とうていできませんでした。

年よりのヒキガエルは、どろ沼の中で、部屋をアシと黄色い花でかざりました。息子のお嫁さんのために、居心地《いごこち》よくしてやろうというつもりなのです。それがすむと、みにくい息子を連れて、おやゆび姫の立っている葉っぱのところへ泳いできました。あのきれいな寝床を運んでいって、花嫁をむかえる前に、婚礼《こんれい》の部屋にそなえつけようと思ったのです。年よりのヒキガエルは、水の中に深く頭がもぐるほどばかていねいにおじぎをして、言いました。「これが、あんたのお婿《むこ》さんになる、わたしの息子です。さあ、下のどろ沼ん中に、きれいなうちもできましたよ」

「コアックス、コアックス、ブレッケレケケックックス!」息子の方は、やっぱりこう言っただけでした。

そして親子は、きれいな小さい寝床をかついで、泳いでいきました。でもおやゆび姫は、ただひとり緑の葉っぱの上で泣いていました。あんなきたない年よりのヒキガエルのうちに行って、あんなみにくい息子を夫にするのは、いやだったからです。水の中に泳いでいた小さい魚たちは、ヒキガエルのことはよく知っていましたし、また、今の話も聞いていましたので、小さい女の子を見ようと思って、みんな頭を水の上につき出しました。見ると、たいへんかわいらしい子なものですから、こんな子があのみにくいヒキガエルのところへおりて行かなければならないのを、かわいそうに思いました。そうだ、そんなことをさせてなるものか。みんなは、おやゆび姫がのっている葉っぱのまわりに集まってくると、その茎を歯でかみ切ってしまいました。そこで葉っぱは、おやゆび姫をのせたまま、川を流れ下って行きました。遠く遠く、もうヒキガエルが追いつけないほど遠くまで。

おやゆび姫は、いろんな場所を通りすぎました。やぶの中であそんでいた小鳥たちは、おやゆび姫が流れていくのを見ると、「なんてかわいい娘《むすめ》だろう!」とうたいました。おやゆび姫をのせた葉は、なおも遠く流れていって、とうとう見知らぬ国まで来てしまいました。

きれいなまっ白いチョウが一羽、さっきからおやゆび姫のまわりをひらひらと舞《ま》っていましたが、とうとう葉っぱの上にとまりました。それと言うのも、チョウはおやゆび姫がとても好きになってしまったからです。それでおやゆび姫は、たいそう気をよくしました。もうヒキガエルに追いつかれる心配もありませんし、通りすぎるところは、どこもたいそうけしきがよかったからです。お日さまは川の上を照らし、水は金のように美しくキラキラ光りました。おやゆび姫は、リボンの帯をといて、一方のはじをチョウに、もう一方のはじを葉っぱに、しっかりと結びつけました。すると、葉っぱは、いままでよりもずっとはやく走り出すのでした。もちろんおやゆび姫もいっしょです、なにしろ姫は葉っぱの上に立っていたのですもの。

その時、一ぴきの大きなコガネムシが飛んできて、おやゆび姫を見ると、あっという間に、前あしで姫のほっそりしたからだをつかまえて、木立《こだち》の中へ飛んでいきました。緑の葉は、それにかまわず、どんどん川を下っていきます。それといっしょにチョウも飛んでいきました。葉っぱに結びつけられていて、離《はな》れることができなかったからです。

コガネムシにさらわれて木の上へ連れてこられた時の、かわいそうなおやゆび姫のおどろきは、どんなだったでしょう。でも、おやゆび姫がいちばんかわいそうに思ったのは、自分が葉っぱに結びつけたあの美しい白いチョウのことでした。もし結び目をほどくことができなければ、チョウはうえ死にするよりほかないでしょうもの。けれども、コガネムシはそんなことにはおかまいなしに、その木でいちばん大きな緑の葉の上にとまると、花から蜜《みつ》をとって来ておやゆび姫にたべさせました。そして、この子はコガネムシには少しも似ていないが、たいへんかわいらしい、と言うのでした。

やがて、その木に住んでいるコガネムシがそろってたずねてきました。みんなはおやゆび姫をじろじろながめていましたが、やがて、コガネムシの娘が触角《しょっかく》をすぼめて言いました。「まあ、この子は足が二本しかないわ。なんてみすぼらしいんだろう！」「それに触角もないのよ」と、もうひとりは言いました。「あんなに胴《どう》が細いわ！　ペッ！　まるで人間みたいね。なんて、みにくいんでしょう」と、コガネムシの奥《おく》さんたちは口々に言いました。

でも、やっぱりおやゆび姫はきれいでした。おやゆび姫を連れてきたコガネムシもそう思ったのですが、ほかの者がみんな、みにくい、みにくい、と言うものですから、とうとう自分もそう思うようになってしまいました。そして、どこへでも勝手なところへおいで、と言うのです。みんなはおやゆび姫を連れて、木からとびおりると、ヒナギクの上におきざりにしました。おやゆび姫は、自分がコガネムシのお友だちにさえもなれないくらいみにくいのかと思って、しくしく泣きました。けれども、ほんとうはおやゆび姫は、この上もなくかわいらしいのでした。この世でいちばん美しいバラの花びらのように、やさしくてじょうひんなのでした。

ひと夏じゅう、かわいそうなおやゆび姫は、たったひとりで大きな森の中で暮しました。草の茎で寝床をあんで、それを大きなクローバの葉の下につるしました。こうして雨をふせいだのです。また、甘《あま》い花を摘《つ》んではそれを食べ、毎朝葉っぱの上におく露《つゆ》をくんでは、それを飲みました。こうして夏と秋とはすぎましたが、いよいよ冬が、寒い長い冬がやってきました。たのしい歌を聞かせてくれた鳥も、飛んでいってしまい、木や花も、しなびてしまいました。いままで宿にしていた大きなクローバの葉も、くるくるとまるまって、ひからびた黄色い茎ばかりになってしまいました。おやゆび姫は寒さにぶるぶるふるえました。着ていた着物はぼろぼろになるし、からだがもともときゃしゃで小さかったからです。ああ、かわいそうなおやゆび姫！　もう凍《こご》えて死ぬほかはないでしょう。雪が降りはじめました。おやゆび姫の上に落ちてくる雪の一ひら一ひらは、わたしたちにしてみれば、シャベルに山盛《も》りの雪が投げつけられるようなものです。なにしろ、わたしたちは大きいけれど、おやゆび姫はほんのおやゆびほどの大きさですもの。そこでおやゆび姫は、枯《か》れ葉にくるまりました。でも、少しも暖まらなくて、がたがたと寒さにふるえるのでした。

さて、おやゆび姫のいた森のすぐ外には、大きなムギ畑がひろがっていました。でも、ムギはとっくに刈《か》りとられてしまって、凍《い》てついた地面には、枯れた切株だけが突《つ》っ立っているのでした。そこを通るのは、おやゆび姫にとっては、まるで大きな森の中を行くのと同じでした。おお寒！　姫は寒さに身をふるわせました。やがて、野ネズミのうちの前に出ました。野ネズミの家というのは、切株の下にある小さな穴でした。そこで野ネズミは、暖かい気持のよい暮しをしていたのです。部屋には、ムギがいっぱいつまっていたし、りっぱな台所と食堂もありました。かわいそうなおやゆび姫は、戸口に立って、貧しいこじき娘がするように、オオムギのつぶを少しください、と頼《たの》みました。なにしろ、この二日というもの、何も食べていなかったのです。

「まあまあ、かわいそうに！」と野ネズミは言いました。もともといたって親切なおばあさんだったからです。「さあ、暖かなあたしの部屋へはいって、あたしといっしょにおあがり」

おばあさんは、おやゆび姫が気にいりましたので、言いました。「冬じゅうあたしのところにいるがいいよ。ただ、あたしの部屋をきれいに掃除《そうじ》して、それから、お話を聞かせておくれ。あたしゃお話を聞くのが大好きなんだよ」そこでおやゆび姫は、親切なおばあさんネズミの言うとおりにして、楽しく日を送ったのです。

「近いうちにお客さんがあるよ」と、野ネズミが、ある日言いました。「お隣《となり》さんがね、毎週あたしんところへたずねて見えるのだよ。あたしよりゃ、ずっといいうちに住んでてね、いくつも大広間があるし、いつもりっぱな黒いビロードの毛皮を着てるんですよ。おまえもあの人のお嫁になれば、いい暮しができるがね。ただ、あの人は目が見えないのさ。おいでになったら、お前の知ってるいちばんおもしろいお話をしてあげなさいよ」

けれどもおやゆび姫は、そんなことは少しも気にかけませんでした。お嫁さんになることなんか、まっぴらです。なにしろお隣さんというのは、モグラだったのですから。やがてモグラは、黒いビロードの毛皮を着て訪問に来ました。野ネズミの話では、ずいぶんお金持で、おまけに学者だということで、その家には野ネズミの家よりも二十倍も長い廊下《ろうか》がついていました。モグラはたしかに学問がありましたけれど、お日さまときれいな花とが大きらいで、わるく言うのでした。それもそのはず、まだ一度も見たことがないからです。

おやゆび姫は歌をうたわされました。そこで「コガネムシさん、飛んでおいで」と

「坊《ぼう》さん畑に出てみたら」をうたいますと、モグラはその声の美しいのに感心して、おやゆび姫《ひめ》が大好きになりました。けれども、考えぶかい人でしたから、そのことは一言《ひとこと》も口に出しませんでした。——

近ごろモグラは、自分の家から野ネズミの家まで、長い廊下を土の下に掘《ほ》りました。野ネズミとおやゆび姫とは、この中を散歩したいときには散歩してもいい、というお許しをもらいました。ただ、途中《とちゅう》に鳥の死骸《しがい》が一つころがっているけれど、びっくりしないように、とのことでした。それは羽も口ばしもあるちゃんとした鳥でした。きっと、つい先ごろ、冬が来たときに死んで、ちょうどモグラが廊下を掘った場所に埋《う》められたのでしょう。

モグラは、くさった木の切れを口にくわえました。くさった木は暗いところでは火のように光るからです。そして先に立って、長い暗い廊下を照らしながら行きました。死んだ鳥のころがっている場所まで来ますと、モグラは平べったい鼻を天井《てんじょう》につっぱって、土を押《お》しあげました。すると大きな穴がぽっかりあいて、そこから光がさしこんできました。見ると、床《ゆか》のまん中に、一羽のツバメが死んでいました。美しい羽をからだの両側にぴったりくっつけ、足と頭を、羽根の下にひっこめて。かわいそうな鳥は、寒さに凍えて死んだのにちがいありません。

おやゆび姫は心からかわいそうに思いました。彼女《かのじょ》は、小鳥という小鳥はみな好きでした。ほんとうに小鳥たちは、夏のあいだじゅう、あんなに楽しく歌をうたったり、さえずったりしてくれたではありませんか。それなのにモグラは、みじかい足で小鳥をけとばして言うのでした。「もうこいつは、ピーピー鳴けないんだ！　小鳥なんかに生れてくるなんて、情けない話さ。ありがたいことに、わしの子供はひとりもこんなものになりはしない。こういう連中は、ピーピー鳴くよりほかに能がないもんで、冬になると、うえ死にせんけりゃならないんだ」

「ほんに、かしこいあなたのおっしゃるとおりですわ」と、野ネズミが言いました。「冬が来たら、ピーピーいったとてなんになりましょう。お腹《なか》がすいて、凍えるばかしですよ。それなのに、それがおじょうひんなんですとさ」

おやゆび姫は何も言いませんでした。けれども、ふたりがうしろを向いた時、身をかがめて、小鳥の顔にかぶさっていた羽根をかきわけて、そのとじた目にキスしてやりました。

「夏の間、あんなにじょうずに歌をうたってくれたのは、きっとこの鳥なんだわ」と、おやゆび姫は考えました。「このかわいらしいきれいな鳥は、ほんとにわたしをよろこばしてくれたのに」

モグラは日のさしこんでくる穴をふさいで、ふたりを家まで送りました。その晩、おやゆび姫はどうしても眠《ねむ》ることができませんでしたので、寝床《ねどこ》から起きて、枯れ草できれいな大きい掛《か》けぶとんをあむと、それを持っていって、死んだ小鳥の上にかけてやりました。それから、野ネズミの部屋で見つけたやわらかな綿を、小鳥のからだの両わきにあてがって、冷たい土の中でも暖かく寝られるようにしてやりました。

「さようなら、きれいなかわいい小鳥さん！」と、おやゆび姫は言いました。「さようなら。夏、あなたがうたってくれた歌は、ほんとうにおもしろかったわ。ありがとうよ。あの時は、木がみんな青々としていて、お日さまが暖かにあたしたちを照らしていたわね」

こう言っておやゆび姫は、頭を小鳥の胸の上にのせましたが、その瞬間《しゅんかん》に、思わずギョッとしました。なぜといって、その胸の下で、何かがどきどきと打っているように思われたからです。それは小鳥の心臓だったのです。小鳥は死んでいたのではなくて、ただ気を失ってたおれていただけなので、いまからだを暖められると、息を吹《ふ》きかえしたのでした。

秋になると、ツバメはみんな暖かい国へ飛んでいきますが、その時みんなからおくれた鳥は、凍えて死んだようになって地に落ちます。そうしてそこにたおれているうち、やがて冷たい雪におおわれてしまうのです。

おやゆび姫はひどくびっくりして、からだがぶるぶるふるえました。なぜなら、その鳥はたいそう大きくて、ほんのおやゆびほどしかない姫にくらべると、ずっとずっと大きかったからです。それでもおやゆび姫は勇気を出して、かわいそうなツバメのまわりに、なおもしっかりと綿をつめると、それから自分が掛けぶとんにしていたハッカ草を持ってきて、それを小鳥の頭にかけてやりました。

つぎの晩も、おやゆび姫はまたツバメのところへ行ってやりました。ツバメはすっかり元気になっていましたが、たいへん弱っていたので、ちらっと目を上げておやゆび姫の方を見ただけでした。姫は、ほかにあかりがありませんので、くさった木の切れを手にして立っていたのです。

「かわいい小さなお嬢《じょう》さん。ありがとうございます。おかげですっかり暖まりました。もうじき力もついて、また暖かいお日さまの光の中へ飛びたてるでしょう」こう病気のツバメは言いました。

「まあ、外はとても寒いのよ。雪が降って氷がはっているわ。まだまだ暖かいお床の中にいらっしゃい。わたしがもう少しお世話してあげるわ」と、おやゆび姫は言いました。

そうして、花びらに水を入れて持って来てやると、ツバメはその水を飲んで、いろいろと話しました。――自分がイバラのやぶに片方の羽根をひっかけて破いたため、ほかのツバメのようにはやく飛ぶことができなくなってしまったこと、そしてほかのツバメたちは、みんな遠い遠い暖かい国へ飛んでいってしまったことなど。彼《かれ》はとうとう地に落ちたのですが、それからあとのことはおぼえがなくて、どうしてここへ来たのかも知らないのでした。

　冬じゅう、ツバメはそこにいました。そしておやゆび姫は、やさしくかいほうしてやるうち、すっかりこのツバメが好きになってしまいましたが、モグラと野ネズミには、少しもこのことは知らせませんでした。それというのも、ふたりともこのかわいそうなツバメを好かなかったからです。

　春が来て、お日さまが地の下まで暖めるようになると、ツバメはすぐにおやゆび姫に別れをつげました。おやゆび姫は、前にモグラがあけたあの天井の穴をあけてやりました。お日さまは明るくふたりのところまでさしこんで来ました。ツバメは、いっしょに行きませんか、わたしの背中にのっかれば、ずっとむこうの緑の森まで連れていってあげましょう、と言いました。でもおやゆび姫には、このまま行ってしまったら、どんなに年とった野ネズミのおばあさんが悲しがることか、よくわかっていました。

「いいえ、わたしは行けないの」と、おやゆび姫は言いました。

「では、さようなら、親切な美しいお嬢さん！」ツバメはこう言って、お日さまの光の中へ飛んでいきました。それを見送っているおやゆび姫の目には、涙《なみだ》がこみ上げてきました。なにしろ、このかわいそうなツバメが心から好きになっていたのですもの。

「キービット、キービット」ツバメは歌をうたいながら、緑の森をさして飛んでいってしまいました。――


おやゆび姫は、たいそう悲しみました。暖かいお日さまの光の中へ出ることは、彼女にはどうしても許されませんでした。畑にまかれたムギは、野ネズミの家をおおって、空高くのびました。おやゆびほどしかない小さい女の子にとっては、それは深い深い森そっくりでした。

「さあ、夏のうちに、お嫁入《よめい》りの着物をぬうんですよ」と、野ネズミが言いました。あの黒いビロードの毛皮を着たお隣のモグラが、いよいよおやゆび姫をお嫁にもらいたいと言ってきたからです。「毛の着物も木綿《もめん》のも、両方いりますよ。モグラの奥さまになったら、すわることも寝ることもありますからね」

おやゆび姫は、糸車をまわして糸をつむがなければなりませんでした。野ネズミはクモを四ひきもやとって、夜も昼も機《はた》を織らせました。モグラは毎晩たずねて来て、おしゃべりをして――やがて夏がすぎて、お日さまがこんなに熱く照らさないようになったら、ほら、いまは地面がこんなに石のようにこちこちに焼けているけれど、そうだ、夏がすぎたら、おやゆび姫と婚礼《こんれい》をあげるんだ、と言うのでした。でもおやゆび姫は、それを聞いても、少しもうれしくはありませんでした。いやらしいモグラなんか、どうしても好きになれなかったからです。

毎朝お日さまがのぼるころ、また毎晩お日さまが沈《しず》むころ、おやゆび姫はそっと戸口から外へ出ました。そして、ムギの穂《ほ》なみが風でわかれて、その間から青空が見えると、外の世界がどんなに明るくて美しいかを思い、またあのなつかしいツバメにどうかしてもう一度あいたいと思うのでした。でも、ツバメはもどってきませんでした。おおかた、ずっと遠くの美しい緑の森へ飛んでいってしまったのでしょう。

秋になって、おやゆび姫のお嫁入りの支度《したく》はすっかりできあがりました。

「もうひと月で、御婚礼ですよ」と、野ネズミは言いました。でもおやゆび姫は、しくしく泣き出して、あんないやらしいモグラのお嫁さんになるのはいやです、と言うのでした。

「ばかをお言い」と、野ネズミは言いました。「あんまり強情《ごうじょう》をはると、わたしのこんな黒いビロードの毛皮は持っちゃいないよ。台所だって、地下室だって、食べ物でいっぱいだしさ。神さまにお礼を言わなくちゃ！」

こうして、いよいよ結婚式をあげることになりました。モグラはおやゆび姫を迎《むか》えに、もうさっきから来ていました。これからは深い地の下で、モグラといっしょに暮さなければなりません。モグラはお日さまがきらいなので、暖かいお日さまの照るところへ出るなどは、とんでもないことです。かわいそうに、おやゆび姫の悲しみはどんなだったでしょう。いよいよ美しいお日さまにもさようならを言わなければならないのです。野ネズミの家では、戸口からお日さまをあおぐことだけはできましたのに。

「美しいお日さま！　さようなら！」おやゆび姫はこう言って、腕《うで》をさしのべ、少しばかり野ネズミの家の前を歩いてみました。ムギはもはや刈りとられてしまって、枯れた切株ばかりになっていたからです。「さようなら、さようなら」そう言っておやゆび姫は、そこに咲《さ》いていた小さい赤い花をかわいい腕で抱《だ》きしめました。「もしあのかわいらしいツバメさんを見たら、あたしからよろしくと言ってちょうだいね」

ちょうどその時「キービット、キービット！」という声が頭の上でしました。見ると、いつかのあの小さいツバメが飛んできたのです。ツバメはおやゆび姫の姿を見ると、たいそうよろこびました。姫はツバメに、みにくいモグラを夫にして、お日さまの少しもささない地の底で暮さなければならないことを話しましたが、話しながらも涙が出てきてしかたがありませんでした。すると小さいツバメは言いました。

「もうじき冷たい冬が来ますよ。これからぼくは、遠い暖かい国へ飛んでいくのです。あなたもいっしょに行きませんか。わたしの背中に乗って、リボンでからだをしっかり結びつければいいんです。そうしたら、いやなモグラやまっ暗な部屋なんかをあとにして、山また山を越《こ》えて、暖かい国まで飛んでいけるのです。そこでは、お日さまがここよりも美しくかがやいていて、一年じゅう夏のようで、きれいな花がどっさり咲いているんですよ。かわいいおやゆび姫さん、あなたはぼくが暗い地下室で凍《こご》え死んだようになっていた時に、ぼくの命を救ってくださいましたね。さあ、ぼくといっしょに飛んでいきましょう！」

「ええ、いっしょに連れてってちょうだい！」とおやゆび姫は言って、ツバメの背におぶさると、ひろげた羽根の上に両足をかけて、リボンの帯をいちばん強い羽根の一つにしっかり結びつけました。するとツバメは空高くまい上がって、森を越え、海を越え、一年じゅう雪の消えない高い山々さえもとび越えて、どこまでも飛んでいきました。冷たい空気にあたって寒くなると、おやゆび姫はふかふかした暖かい羽根の中にもぐりこんで、小さい頭だけを外に出して、下界の美しいながめに見とれるのでした。

こうしてとうとう暖かい国へ来ました。キラキラかがやくお日さまは、この国でよりもずっと明るく、空は二倍も高く見えました。へいや生垣《いけがき》の上には、緑や青のみごとなブドウの房《ふさ》が鈴《すず》なりになっていました。森にはレモンやオレンジがみのり、ミルテやハッカ草が咲きにおい、道ではかわいらしい子供たちが、色あざやかな大きいチョウを追って、走りまわっていました。けれども、ツバメはなおも先へ先へと飛んでいきます。けしきはますます美しくなりました。青い湖のほとりには、美しい緑の森にかこまれて、まぶしいくらいまっ白な大理石の宮殿《きゅうでん》が、遠い昔から立っていて、高い円柱には、ブドウのつるが上の方までからみついていました。その頂にはツバメの巣がいくつもありましたが、その一つに、おやゆび姫を連れてきたツバメは住んでいたのです。——

「これがぼくの家です」とツバメが言いました。「でも、もしあなたが、あの下の方に咲いているきれいな花の一つを家にしたいとおっしゃるなら、そこへ連れていってあげましょう。あなたはお好きなように楽しくお暮しなさい」

「まあ、うれしい！」と、おやゆび姫は小さい手をうってよろこびました。

そこの土の上には、大きな白い大理石の柱がたおれて、三つに割れていましたが、その割れ目にこの上なく美しいまっ白い花が咲いていました。ツバメは飛んでいって、大きく開いた花びらの一つに、おやゆび姫をおろしました。ところが、おやゆび姫のおどろきはどんなだったでしょう！　花のまん中には、まるでガラスでできているような、白くすき通った小さい人がすわっているではありませんか。頭にはこの上もなくかわいらしい金の冠《かんむり》をかぶり、肩《かた》にはまっ白なつばさが生えていて、からだはおやゆび姫と同じくらいの大きさなのです。それは花の天使でした。どの花の中にも、こうした小さい男か女の人が住んでいるのでしたが、この天使はみんなの王さまなのでした。

「まあ、なんて美しいかたでしょう！」と、おやゆび姫はツバメにささやきました。小さい王子は、ツバメを見てたいそうびっくりしました。なぜなら、こんなに小さくてじょうひんな王さまにとっては、ツバメはほんとに、とてつもなく大きい鳥に見えたでしょうもの。でも、おやゆび姫に目がとまると、王子はたいそうよろこびました。いままでにこんな美しい少女は見たことがなかったからです。そこで王子は、自分のかぶっていた金の冠をぬいで、おやゆび姫にかぶせると、あなたはなんという名ですかとたずねて、わたしのお嫁さんになりませんか、そうしたら、すべての花の女王さまにしてあげる、と言うのでした。ほんとに、あのヒキガエルの息子《むすこ》や、黒いビロードの毛皮を着たモグラとくらべたら、似ても似つかぬりっぱな方でした。ですからおやゆび姫は「はい」と返事をしました。すると、どの花からもひとりずつ、光りまばゆいように美しい女の人や男の人が出て来て、めいめいおやゆび姫に贈《おく》り物をさきげるのでした。中でもいちばんりっぱな贈り物は、大きな白いハエのもっていた一《いっ》対《つい》の美しい羽根でした。それを背中に結びつけると、おやゆび姫も花から花へとびまわることができるようになったのです。まあ、なんというよろこびでしょう。

ツバメも自分の巣の上にとまって、ありったけいい声でおやゆび姫のために歌をうたいました。でも、心の中ではツバメは悲しかったのです。なにしろ、ツバメはおやゆび姫が大好きで、どうしても別れたくはなかったのですから。

「あなたは、これからは、おやゆび姫という名はやめなさい。そんなみにくい名前は、きれいなあなたには似合わないもの。わたしたちはあなたを、マーヤと呼ぶことにしましょう」こう、花の天使は言いました。

「さようなら！　さようなら！」と、小さいツバメは言って、また暖かい国を飛びたって、はるばるとデンマークへもどってきました。この国の、とある家の窓の上に、ツバメは小さい巣を持っていたからです。そこには、おとぎばなしを話すひとりのおじさんが住んでいたので、ツバメはこのおじさんに、「キービット！　キービット！」とうたって聞かせました。それで私たちは、このお話をすっかり知るようになったのです。

ヒナギク

さあ、聞いてください！——

いなかの道ばたに、一軒《けん》の別荘《べっそう》があったんです。あなたはきっと、こういう家を前に見たことがあるでしょうね。家の前には花を植えた小さい庭と、ペンキを塗《ぬ》った柵《さく》があります。そのすぐそばの堤《つつみ》の上の、青々した草のまん中に、一本の小さいヒナギクが生えていました。お日さまは、お庭の中に咲《さ》いている大きいりっぱな花と同じように、このヒナギクの上にも、暖かく美しくかがやきましたから、ヒナギクは日に日に大きくなりました。

ある朝、ヒナギクはすっかり花を開きました。まぶしいほどまっ白な小さい花びらが、まん中の黄色い小さいお日さまを、後光《ごこう》のようにかこんでいました。ヒナギクは、だれも草の中にいる自分なんかに目をとめるものはないことや、自分が貧しいつまらない花だということは、少しも考えませんでした。それどころか、ヒナギクは大満足で、まっすぐにお日さまの方を見上げながら、空でさえずっているヒバリの歌に、ういました。でも、きょうはほんとうは月曜日で、子供たちはみな学校へ行っていたのです。子供たちが学校の腰掛《こしか》けにすわって勉強している間に、ヒナギクの花も同じように、小さい緑の茎《くき》の上にすわって、暖かいお日さまや、まわりのあらゆるものから、神さまがどんなにお恵《めぐ》み深い方であるかを学んでいました。そして、自分が心の中で黙《だま》って感じていることを、小さなヒバリがはっきりとじょうずにうたえるのに、感心するのでした。それで、うたったり飛んだりすることのできる、このしあわせな鳥を、尊敬の気持で見上げていたのです。でも、だからといって、自分が飛べもせずうたえもしないことを、ちっとも悲しいとは思いませんでした。「わたしは目も見えるし、耳も聞えるじゃないの。お日さまはわたしを照らしてくださるし、風はわたしにキスしてくれるし、わたしだってほんとうにしあわせなんだわ！」とヒナギクは考えるのでした。

柵の中には、えらそうに気取った花が、たくさん咲いていました。かおりの少ないものほど、つんとすましているのです。シャクヤクはバラの花よりも大きいというので、いばりかえっていました。でも、大きければそれでいいというわけのものではありません。チューリップはいちばんきれいな色をしていましたが、自分でもそれをよく知っていましたので、もっと人目につくようにと、そっくりかえっていました。柵の外に咲いている小さいヒナギクなんかには、みんな見向きもしませんでした。

けれども、ヒナギクはみんなをよく見ながら考えるのでした。「まあ、なんてりっぱできれいな方たちでしょう！　そうだわ、きっとあの美しい鳥は、あの方たちをたずねてくるんだわ。わたしのような者が、こんなに近くにいて、りっぱな方々を見られるのは、ほんとにありがたいことです！」こう思っているところへ「クビーレビット！」と鳴きながら、ヒバリが飛んできました。でも、シャクヤクのところにもチューリップのところにも舞《ま》いおりないで、いや、まったく、草のなかに立っていた貧しいヒナギクのところへおりてきたのです。ヒナギクはあまりのうれしさに、ぼうっとなって、何がなにやら夢中になってしまいました。

小鳥はヒナギクのまわりを踊《おど》りながら、うたいました。「なんてやわらかい草だろう。それにこの小さい花をごらん、ハートは金で、着物は銀で、まあ、なんて美しいこと――」そうするとほんとうにヒナギクの花のまん中の黄色いしべは、黄金《おうごん》のようにかがやき、まわりの小さい花びらは銀のようにきらめくのでした。

小さいヒナギクがどんなに幸福だったことか、だれが言いあらわせるでしょう！

ヒバリは口ばしでキスして、歌をうたってくれました。それからまた青空へ上がっていきましたが、ヒナギクがわれにかえったのは、それからたっぷり十五分もたったあとのことでした。いくらか恥《は》ずかしそうにしながら、それでも心からうれしい思いで、ヒナギクは庭の中の花の方をみました。そうですとも、花たちはヒナギクにあたえられた名誉《めいよ》と幸福とを見ていました。おそらく、彼女《かのじょ》がどんなにうれしがっているかも、よく知っていたはずです。

ところが、チューリップは前よりもいっそうつんとして、まっかになって顔をとんがらしていました。すっかりおこっていたのです。シャクヤクはすっかりふくれかえっていました。プー！　でも口がきけないので幸いでした。さもなければ、ヒナギクは、たっぷりお説教を聞かされたことでしょう。かわいそうな小さい花は、みんながきげんをわるくしていることがよくわかりましたので、心から悲しく思いました。

その時、ひとりの少女が、ぴかぴか光るよく切れそうなナイフを持って、庭へ出てきました。そしてまっすぐにチューリップのところへ行くと、一本また一本と切り取りました。小さいヒナギクは、それを見てため息をついて、「まあ、恐《おそ》ろしいこと！もうあの花はだめだわ！」と言いました。やがて少女は、チューリップを持っていってしまいました。ヒナギクは、自分が庭の外の草の中にいる小さいみすぼらしい花であることをしあわせに思い、つくづくありがたいことに思いました。やがてお日さまが沈《しず》むと、ヒナギクは花びらをたたんで眠《ねむ》りましたが、一晩じゅう、お日さまとあのヒバリのことを夢に見るのでした。

あくる朝、ヒナギクがまたもや楽しそうに、小さい腕《うで》のような白い花びらを朝の空気と光の中にいっぱいにのばした時、またあのヒバリの声が聞えました。でも、けさの歌はたいそう悲しそうでした。それもそのはず、かわいそうにヒバリはとらえられて、あけはなした窓ぎわの鳥かごの中にいたのです。ヒバリは自由に飛びまわる楽しさや、新緑のムギ畑のことや、空高く飛ぶ旅のおもしろさなどをうたいました。でも、かわいそうな小鳥は、かごの中にとらわれの身となっているのですもの、ほがらかでいられるわけはなかったのです。

小さいヒナギクは、どうかしてヒバリを救ってあげたいと思いました。でも、それにはどうしたらよいでしょう？　そう、それはなかなか容易なことではありませんでした。ヒナギクは、自分のまわりのものが何もかも美しいことも、お日さまが暖かに照らしていることも、また自分の白い花びらがどんなに美しいかということさえ、すっかり忘れてしまいました。ああ、彼女はただ、とらわれた小鳥の身の上を思うばかりでしたのに、救ってあげたくても何ひとつできなかったのです。

その時、小さい男の子がふたり、庭から出てきました。そのひとりは、きのう少女がチューリップを切ったのと同じくらいの大きさの、ぴかぴかするナイフを手にしていました。二人はつかつかと小さいヒナギクの方へやってくるのでしたが、いったいどうしようというつもりなのか、ヒナギクにはさっぱり見当がつきませんでした。

「ここの芝《しば》を切り取って、ヒバリに持ってってやろうよ」とひとりは言って、ヒナギクをまん中にして、そのまわりを四角に切りはじめました。

「こんな花、ひっこ抜《ぬ》いてしまおう」と、もうひとりの子が言いました。これを聞いて、ヒナギクは恐ろしさにぶるぶるふるえました。引き抜かれたらさいご、もう命はないからです。それなのにヒナギクは、いまこそどうしても生きていたいのでした。なぜなら、この芝といっしょにいれば、鳥かごの中にとらわれているヒバリのそばへ行けるのですもの。

「そのままにしておこうよ。こんなにきれいに咲いてるんだもの」と、前の男の子が言いました。こうしてヒナギクは、芝といっしょにヒバリのかごの中へ入れられたのです。でも、かわいそうなヒバリは、うしなわれた自由を大声に嘆《なげ》き悲しんで、つばさを鳥かごの金網《かなあみ》にばたばた打ちつけています。小さなヒナギクは口がきけませんので、どんなにそうしたいと思っても、ただのひとことも慰《なぐさ》めの言葉をかけてあげることはできませんでした。こんなにして、その日の午前は過ぎてしまいました。

「ここには水がちっともない！」と、とらわれのヒバリは言いました。「みんなぼくに水を飲ますのを忘れて出かけてしまったのだ。のどがかわいて焼けつくようだ。からだのなかに、火と氷とが荒《あ》れ狂《くる》ってるみたいだ。それに、この空気の重苦しいこと！　ああ、この暖かいお日さまから、このすがすがしい緑の草から、神さまのおつくりになったすべての美しいものから別れて、ぼくは死ななければならないのか！」

こう言いながら、ヒバリは少しでも元気をつけようと、冷たい芝のなかへ小さい口ばしをさしこみました。するとヒナギクが目についたので、うなずいて口ばしでキスして言いました。「かわいそうなヒナギクさん！　君もやがてはここでしぼんでしまうんだね。君といっしょにこの緑の芝を人間が入れてくれたのは、これを外の広々とした世界のかわりにしなさいというわけさ。この小さな草の一本一本を、青々とした木と思い、君の白い花びらの一枚々々を、かんばしい花と思えというつもりなのさ。ああ、君たちはぼくに、どれほど多くのものをぼくがうしなったかを思い出させるだけなんだよ」

「どうかしてこの方を慰めてあげることはできないものかしら」とヒナギクは考えましたが、花びら一枚動かすことはできませんでした。ただ、その清らかな花びらから流れ出るにおいは、ふつうのヒナギクのにおいよりはずっと高かったのです。ヒバリにもそれはよくわかりました。ですから、焼けるようなのどのかわきで、苦しさのあまり緑の草をかきむしっても、ヒナギクだけには少しもさわりませんでした。

夜になっても、まだかわいそうな小鳥に一滴《てき》の水も持ってきてやるものはありません。ヒバリは美しいつばさをひろげて、苦しそうにばたばたやり、うたうかわりに悲しげにピーピーいうだけでした。やがて小さな頭をヒナギクの上にぐったりと垂れると、そのままかわきと憧《あこが》れとで息が絶えてしまいました。ヒナギクは、もう前の晩のように花びらをとじて眠ることもできませんでした。悲しみのあまり病気になって、頭を低くうなだれました。

あくる朝になって、ようやく男の子がやってきましたが、見るとヒバリが死んでいるものですから、おいおい泣き出しました。そして、どっさり涙《なみだ》を流しながら小さいお墓を掘《ほ》ると、それを花びらでかざりました。死んだヒバリは赤いきれいな箱におさめられて、王さまのようにりっぱに葬《ほうむ》られました。かわいそうな小鳥よ！　生きてうたっている間は、忘れられたままかごの中で苦しい思いをさせておいて、今になって、花をかざったり涙を流したりするとは！

さて、鳥かごの中の芝とヒナギクとは、道ばたのちりのなかに捨てられました。ヒナギクこそ、小さなヒバリのことをだれよりも深く思いやって、どうかして慰めてあげたいと思っていたのに、だれひとり彼女のことなど考えるものはなかったのです。

野のハクチョウ

　ずっと遠く、わたしたちのところへ冬がやってくると、ツバメのとんでいくはるかむこうの国に、ひとりの王さまがあって、十一人の男の子と、エリサというひとりの姫《ひめ》をもっていらっしゃいました。十一人の兄弟は、なにしろ王子さまですから、胸に星の勲章《くんしょう》をつけ、腰《こし》にはサーベルをさげて、学校へ通いました。そして金の石盤《せきばん》に、ダイヤモンドの石筆《せきひつ》で字を書いては、すらすらと本を読んだり、暗誦《あんしょう》したりしました。ですから、それを聞いたものには、この子たちが王子だということがすぐにわかるのでした。妹のエリサは、水晶《すいしょう》でこしらえた小さい椅子《いす》に腰かけて、王国のはんぶんくらいも出さなければ買えないような絵本を持っていました。

　ほんとうに、子供たちはしあわせでした。でも、そういうことがいつまでもつづくわけはありません。

　国じゅうの王さまだったお父さまが、子供たちを少しもかわいがらないわるいお妃《きさき》と結婚《けっこん》なさったのです。子供たちには、そのことがさいしょの日からわかりました。

お城では盛《さか》んなお祝いがあって、大ぜいお客さまが見えましたので、子供たちは大よろこびでした。ところが、いつもならばお菓子《かし》や焼きリンゴなどをどっさりいただくのに、今度のお母さまは、お茶碗《ちゃわん》に砂を一ぱいくださって、それをお菓子かなんぞのように食べるまねをしておいで、と言われたからです。

つぎの週になると、お妃は小さいエリサを、いなかの百姓家《ひゃくしょうや》にやってしまいました。それからほどなく、今度はかわいそうな王子たちのことを王さまにさんざんわるく言いましたので、とうとう王さまも、王子たちをかまいつけないようになってしまいました。

「広い世間へ飛んでいって、自分で暮していくがいい！　口のきけない大きな鳥になって飛んでおいで！」と、わるいお妃は言いました。でも、さすがにお妃の思うようなそんなひどいことにはなりませんでした。王子たちは十一羽の美しいハクチョウになったのです。そして、不思議な鳴き声をあげてお城の窓から飛び出すと、お庭の上を越《こ》え、森を越えて飛んでいきました。

ハクチョウたちが妹のいる百姓家の上に飛んできた時は、まだほんの明けがたで、小さなエリサはまだ寝床《ねどこ》の中で眠《ねむ》っていました。ハクチョウたちは、しばらくのあいだ屋根の上を飛びながら、長い首をくねらせたり羽根をばたばたさせたりしましたが、それに気のつく人はだれもありませんでした。ハクチョウたちはしかたなしに、今度は高く高く雲のところまでのぼると、ずっと遠くの広い世界をめざして、海べまでつづく大きな暗い森の方へ飛んでいったのです。

お話かわって、かわいそうなエリサは、百姓家で、ほかにおもちゃもないまま、青い葉っぱをおもちゃにしてあそびました。彼女《かのじょ》はその葉に穴をあけて、そこからお日さまをのぞいて見ました。そうすると、ちょうど兄さんたちの明るい目を見るような気がして、暖かいお日さまの光が自分の頰《ほお》にあたるたんびに、兄さんたちのキスを思い出すのでした。

こうして、一日一日と過ぎていきました。家の前の大きなバラの生垣《いけがき》を吹《ふ》きぬける風は、バラの花にむかって「あなたよりも美しいのはだれ？」とささやきました。すると、バラの花は頭をふって、「エリサさんよ！」と言うのでした。また、日曜日におばあさんが戸口に腰かけて、讃美歌《さんびか》の本を読んでいますと、風がページをぱらぱらとめくりながら、「あなたよりも信心深いのはだれ？」と、本にむかって言います。すると、「エリサさんですよ！」と、讃美歌の本は言うのでしたが、バラの花や讃美歌の本の言ったことは、ほんとうなのでした。

エリサは十五になると、お城に帰ることになりました。ところがお妃は、エリサがびっくりするほどきれいなのを見ると、よけい憎《にく》らしくなりました。できれば、兄さんたちのようにハクチョウに変えてしまいたかったのですが、王さまが久しぶりで娘《むすめ》に会いたいとおっしゃるので、すぐさま魔法《まほう》をかけるわけにもいきませんでした。

あくる朝早く、お妃は、やわらかいふとんやきれいなじゅうたんをしいた大理石造りの湯殿《ゆどの》に行くと、三びきのヒキガエルをつかまえてキスして、それからその一ぴきにむかって言いました。「エリサがお湯にはいったら、あの子の頭にぴょんとお乗り！　そうすりゃ、あの子はおまえのようにばかになるからね」それからお妃はつぎのカエルに言いました。「おまえはあの子の額にのっておやり！　そうすりゃあの子はおまえのようにきたなくなって、お父さまだって見わけがつかなくなるさ。それからおまえは、あの子の胸の上にすわるんだよ！」と、三番目のカエルにささやきました。「そうすりゃ、あの子は根性まがりになって、そのためにつらい思いをするだろうよ」こう言ってお妃は、三びきのヒキガエルをきれいなお湯の中にはなしますと、たちまちお湯はどろんと緑色に濁《にご》りました。それからエリサを呼んで、着物をぬがせて、お湯にはいらせました。

さてエリサがお湯にはいっていますと、一ぴきのヒキガエルは髪《かみ》の上に、もう一ぴきは額の上に、三番目のは胸の上にのりました。でもエリサは、少しもそれに気がつかないようすでした。やがて彼女がお湯から出ますと、お湯の上には赤いケシの花が三つ浮《うか》んでいるのでした。もしこのヒキガエルに毒がなく、また魔女にキスされたのでなかったら、この三びきは赤いバラの花になるところだったのです。けれども、とにかく花になったのは、エリサの頭や胸にのったからです。エリサはたいそう信心深い、罪のない娘でしたので、さすがの魔法もどうすることもできなかったのでした。

わるいお妃は、それを見ると、今度はクルミの汁《しる》をエリサのからだになすりつけて、すっかりトビ色にしてしまいました。美しい顔にはくさい油をぬり、きれいな髪の毛はぼうぼうにしてしまったので、これがあの美しいエリサだとは、とても思えなくなりました。

そこでお父さまは、エリサをごらんになると、たいへんびっくりなさって、これは自分の娘ではない、とおっしゃいました。それでもイヌとツバメだけは、エリサを見わけることができたのですが、なさけない動物たちには、ものを言うことができませんでした。

かわいそうなエリサは、どこかへ行ってしまった十一人の兄さんのことを思って、泣くのでした。こうして悲しみのうちにお城を抜《ぬ》けだすと、一日じゅう歩きに歩いて、畑を横ぎり沼《ぬま》を越え、やがて大きな森の中へはいって行きました。さて、これからどちらへ行ったらいいのでしょう。エリサは途方《とほう》に暮れてしまいましたが、悲しい気持になればなるほど、兄さんたちに会いたくなるのでした。兄さんたちも、きっと自分のようにお城から追い出されたのに違《ちが》いありません。どうかして探し出したいと、エリサは思うのでした。

　森の中にはいったと思うまもなく、じきに夜になってしまい、気がついた時には、もはやエリサはすっかり道にまよっていました。そこで、やわらかいコケの上に横になると、晩のお祈《いの》りをして頭を木の株にもたせかけました。あたりはひっそりとして、そよとの風もなく、まわりの草の中やコケの上には、何百というホタルが、緑色の火のように光っていました。そっと一本の枝をゆすぶると、その光る虫は、まるで流れ星のようにキラキラ光って足もとにこぼれ落ちました。

　一晩じゅう、エリサは兄さんたちの夢ばかり見ていました。みんなは、夢の中でももう一度子供になって、ダイヤモンドの石筆で金の石盤の上に字を書いたり、国の半分ほども値段のする美しい絵本を見たりしてあそびました。ただ、石盤の上に書くのは、前のように丸や線ばかりではなくて、自分たちのしたこの上もなく勇ましい行いや、見たり聞いたりしたいろんな事でした。また絵本のなかの絵はみな生きていて、鳥はうたい、人間は絵本の中から抜け出してきて、エリサや兄さんたちと話をするのでした。ところが、エリサが本のページをめくると、みんなはあわてて絵の順序が狂ってしまわないように、大いそぎでもとの場所へ飛びかえるのでした。

エリサが目をさました時には、お日さまはもう高くのぼっていました。でも、高い木々が枝を網《あみ》の目のようにひろげていましたから、エリサにはお日さまはよく見えませんでした。けれども、お日さまの光は枝を通してちらちらする金の紗《しゃ》のようにたわむれていました。緑の草木のよいかおりがただよい、鳥は近よってきて肩《かた》の上にとまりそうにしました。どこかで水がさらさらいう音が聞えます。森には大きい泉がいくつもあって、その水はみんな、とてもきれいな砂地をみせている池にそそいでいました。池のまわりは一面にこんもりとしたやぶが生《お》い茂《しげ》っていましたが、ただひとところだけ、シカのつけた道があいていましたので、エリサはそこを通って水ぎわまで行きました。池の水は、それはそれは澄《す》みきっていて、もし風が木の枝ややぶをゆすって、その影を動かさなかったならば、それらはみな水の底に描《えが》かれているのだと思われたかもしれません。それほどはっきりと、お日さまに照らされている葉も、かげになっている葉も、一枚一枚がくっきりと水にうつっているのでした。

エリサは、水にうつった自分の顔を見るなり、黒くてきたないのにきもをつぶしましたが、でも、かわいい手を水にぬらして目や顔をあらいますと、また肌《はだ》が白くかがやいてきました。そこで着物をすっかりぬいで、すずしい水の中にはいりました。ほんとに、エリサほど美しい王女は、この世にありませんでした。

ふたたび着物を着て、長い髪の毛を編み終ると、彼女は水のわきでている泉のところへ行って、手ですくって水を飲みました。それから、どこへ行くというあてもなしに、なおも深く森のなかへはいっていきました。兄さんたちのことを思い、また、やさしい神さまはきっとわたしをお見すてにはなるまい、と考えるのでした。ほんとに神さまは、飢《う》えた人が食べるように、野生のリンゴをみのらせて、実をどっさりつけて折れそうにたわんでいる木をエリサにお示しになったのでした。そこで彼女は、それをお昼にして食べると、折れそうになっている枝に突《つ》っかい棒をしてから、今度は森のいちばん暗いほうへはいって行きました。あたりはひっそりとして、ただ自分の足音と足の下で枯《か》れ葉がかさこそ鳴る音よりほかには何も聞えません。鳥一羽とんでいませんし、一すじの日の光も、厚く茂りあった枝を通してはもれてきませんでした。すくすくと高い木がならんでそびえていて、目の前を見ると、まるで木の柵《さく》でかこまれているようです。ああ、こんなさびしいところへ来たのは、エリサははじめてでした。

まっ暗な夜になりました。コケの上には、小さいホタル一ぴき光っていません。悲しい思いでエリサは横になって、眠ろうとしました。すると頭の上の枝が両方に開いて、神さまがやさしい目でこちらを見おろしていらっしゃるし、小さい天使たちが、神さまの頭の上や腕《うで》の下から目をぱちぱちさせているような気がするのでした。

あくる朝、目がさめた時、エリサにはそれが夢だったのか、それともほんとうのことだったのか、よくわかりませんでした。

少し歩いていきますと、かごに木イチゴを入れたひとりのおばあさんに出会いました。おばあさんはエリサに、イチゴを少し分けてくれました。エリサはおばあさんに、十一人の王子が馬に乗って森を通るのを見ませんでしたか、とたずねました。

「いいや！」とおばあさんは言いました。「だがね、きのう、わしはこの近くの小川で、金の冠《かんむり》をかぶった十一羽のハクチョウが泳いでいるのを見たよ」

こう言っておばあさんは、エリサをある丘《おか》のところまで連れていってくれました。その丘のふもとには小川がうねって流れていましたが、両岸の木々は、こんもりした長い枝を両方からのばしあい、それでもなお力のおよばないところは、地の中から根を引きだして、からみあった枝といっしょに、水の面《おもて》をおおっているのでした。

エリサがおばあさんに別れをつげて、小川にそって歩いていくと、とうとう広々とした海べに出ました。

美しい海がこの若い娘の前にひろがりました。けれども、海の面には帆《ほ》かけ船ひとつ、小舟《こぶね》一そう、見えません。どうしてここから先へ行くことができましょう？　エリサが数限りもない浜《はま》べの小石を見ると、小石はみんな波にもまれて丸くなっていました。ガラスでも、鉄でも、石でも、およそ岸にうち寄せられているものはみな、エリサのやさしい手よりももっとやわらかい水のために、こんな形になっているのでした。「うまずたゆまずころがしているうちに、こんなに堅《かた》いものでもすべすべになるんだわ。わたしもうまずたゆまず兄さんたちを捜《さが》しましょう。寄せてはかえすきれいな波さん、りっぱな教えをありがとう！　おまえたちが、いつかわたしを兄さんたちの所へ連れていってくれるような気がしてならないわ」

浜べにうち寄せられた海草の上に、白いハクチョウの羽根が十一枚落ちていました。エリサはそれを集めて花たばをこしらえました。その上には水玉がおいていましたが、それが露《つゆ》なのか涙《なみだ》なのかは、だれにもわかりませんでした。浜べはたいそうさびしいところでしたが、エリサはそんなことには気がつきませんでした。海がたえず色を変えたからです。そうです、湖が一年間に見せるよりももっと多くの変化を、海はたった二、三時間で見せてくれるのでした。大きな黒い雲が出てきますと、海は、おれだって黒い色になれるんだぞ、と言うかのよう。たちまち風が出てきて、波が白い腹を見せるのでした。雲が赤くそまって、風が静まると、海はバラの花びらのようになりました。そして、いま緑だったかとみると、今度はまた白くなるのです。でも、たとえどんなに静かになっても、岸べにはやっぱり小波《さざなみ》がたわむれていて、水はちょうど眠っている子供の胸のように、静かに静かに波うっているのでした。

やがてお日さまがもう少しで沈《しず》もうとする時、エリサは、頭に金の冠をかぶった十一羽のハクチョウが陸地をめがけて飛んでくるのを見ました。一列になって飛んでくるところは、ちょうど長いまっ白いリボンのようでした。エリサが丘にのぼってやぶのかげにかくれますと、ハクチョウはそのすぐそばに舞《ま》いおりて、その大きな白いつばさを羽ばたくのでした。

お日さまが海の面《おもて》に沈むと、たちまちハクチョウの羽根が落ちて、エリサの兄さんの十一人のりっぱな王子がそこに立っていました。エリサは思わずあッとさけびました。なぜなら、姿こそずいぶん変っていましたけれど、兄さんたちだということがわかりましたし、また、それにちがいないと思ったからです。エリサが兄さんたちの胸の中にとびこんで、みんなの名前を呼ぶと、みんなもこの大きい美しい娘が、あのかわいい妹なのだとわかって、大よろこびでした。みんなは、笑ったり泣いたりしました。どんなに継母《ままはは》がみんなに意地わるであったかもわかりました。

「ぼくらはね」といちばん上の兄さんが言いました。「お日さまが空にある間は、野のハクチョウになって飛んでいて、お日さまが沈むと、またもとの人間の姿になるんだよ。だからぼくらは、いつもお日さまが沈むころには、足を休める場所の心配をしなければならないんだ。その時になっても、空高く飛んでいようものなら、ぼくらは人間になって海の底へ落ちなければならないものね。ぼくらはここに住んでいるのではないよ。海のむこうにもここと同じくらい美しい土地があるんだ。でも、そこまで行くのはずいぶん遠くて、大きな海を越《こ》えなければならないのに、途中にはぼくらが夜をあかせるような島が一つもないのだよ。ただ、波のまん中にほんの小さな岩が、一つぽっちりと出ているだけさ。その岩は、ぼくらがやっと立ってならんで休むだけの大きさしかないんだよ。だから海が荒《あ》れると、波がぼくらの上までかぶさるのさ。それでもぼくらは、神さまにお礼を言わなくてはならないんだ。とにかくそこでぼくらは、人間の姿で夜を明かすことができるんだもの。もしこの岩がなかったら、なつかしい故郷にもぼくらは二度と帰ってくることはできないのだ。なにしろ、ここへ飛んでくるには、暦《こよみ》でいちばん長い日で二日かかるんだものね。一年にただ一度だけ、ぼくらは故郷に帰ることが許され、十一日間ここにいられるのだよ。そのあいだにぼくらは、この大きな森の上を飛んで、ぼくらが生れた、そしてお父さまのお住まいになっているお城をながめたり、またお母さまの眠《ねむ》っていらっしゃる教会の高い塔《とう》を見たりするんだよ。——ここでは木ややぶまでがぼくたちと親類のような気がする。野放しの馬が、子供の時見たのと同じに草原を走りまわっている。また、炭焼きはなつかしい昔の歌をうたっているが、ぼくらは子供の時、あの歌に合せてよく踊《おど》ったものだった。この国こそ、ぼくらの故郷だもの、ぼくらはいつもこの国に引き寄せられるのだ。そうして、ここでかわいいおまえに出会ったのだ！　ぼくらはもう二日だけここにいてもいいのだが、それからまた海を越えてむこうの美しい国へ飛んでいかなければならない。でも、そこはぼくらの故郷ではない！　いったいどうしたらおまえを連れていかれるだろうね？　船もボートもないんだもの！」

「どうしたら兄さんたちを救ってあげられるでしょう？」と、エリサは言いました。

こうしてみんなは、ほとんど一晩じゅう話をしていました。ほんの二、三時間、うとうとしただけです。

エリサは、頭の上でハクチョウが羽ばたきする音で目がさめました。兄さんたちはまたハクチョウになって大きな輪をかいて飛んでいましたが、やがて遠くへ飛んでいってしまいました。でも、いちばん末の兄さんのハクチョウがあとにのこりました。そのハクチョウが、頭をエリサのひざの上におくと、エリサはその白い羽根をなでてやりました。こうして、ふたりは一日じゅういっしょにいたのです。夕方になると、ほかのハクチョウたちも帰ってき、そしてお日さまが沈むと、兄さんたちはまたもとの人間の姿になるのでした。

「あしたぼくらはここを飛びたてば、あと一年はもどってこられないのだ。そうかといって、おまえをのこして行くことはできない。おまえはいっしょに行く勇気があるかい？　ぼくの腕は、おまえをだいて森をぬけて行くだけの力があるもの、みんなの羽の力をあわせたら、どうしておまえを運んで海を越せないことがあろう」

「ええ、いっしょに連れてってって！」と、エリサは言いました。

その夜はみんなで一晩じゅうかかって、しなやかなカワヤナギの皮と強いアシとで、じょうぶな大きい網をあみました。この網の上にエリサは横になりました。やがてお日さまが出て、兄さんたちがハクチョウになりますと、口ばしでその網をくわえて、まだ眠っているかわいい妹を乗せたまま、空高く雲の方まで舞い上がりました。お日さまの光がちょうどエリサの顔にあたりますので、一羽のハクチョウは頭の上を飛んで、その大きなつばさで影《かげ》をつくってやりました。――

エリサが目をさました時は、もはや陸地から遠く離《はな》れていました。海の上を空高く運ばれていくのは、ほんとうに不思議な気持でしたので、エリサは、まだ夢を見ているのではないかと思いました。見ると、おいしそうに熟した実をつけたイチゴの枝と、よい味のする木の根のたばが、そばにありました。これはいちばん若い兄さんが、エリサのために集めて、そこに置いてくれたのです。いま自分の頭の上を飛んでつばさで影をつくってくれているハクチョウが、この若い兄さんだとわかると、エリサはそちらにむかって、ありがとうと言うようにほほえみかけるのでした。

ハクチョウのむれはずいぶん高くのぼっていたので、下の方に見えたさいしょの船は、まるで水の上に浮《うか》んでいるカモメのように見えました。大きな雲が、うしろの方に出てきましたが、それは大きな山そっくりで、その雲の上にエリサは、自分の影と十一羽のハクチョウの影とが、大きく大きくうつって飛んでいるのを見ました。こんなにすばらしい影絵は、まだ見たことがありませんでした。でもお日さまがだんだん高くのぼり、雲がだんだんうしろの方になると、この影絵も消えてしまいました。

こうしてみんなは、一日じゅう、ひゅうひゅう音を立てる矢のように空を飛んでいきましたが、それでも妹を連れているので、いつもよりはおそかったのです。そのうちにお天気がわるくなるし、夕方も近づいてきました。エリサは心配そうに沈んでいくお日さまを見ていました。まだ、海の中のあのぽっちりした岩は見えてきません。ハクチョウたちはいっそう羽ばたきを強めたように思われました。ああ、みんなが早く飛べないのはわたしのせいなのだ。お日さまが沈めば、ハクチョウたちは人間になって、海に落ちておぼれ死ななければなりません。そう思うと、エリサはたまらなくなって、心の底から神さまにお祈《いの》りするのでした。それでもまだ岩は見えて来ません。黒い雲がますます近く押《お》し寄せてきて、さっと吹《ふ》きつける風はあらしの来るのを告げていました。雲たちはただ一つのすさまじい大波になって、まるで鉛《なまり》のように押し寄せて来ました。稲妻《いなずま》があとからあとから光りました。

お日さまはいまにも海の面《おもて》に沈みそうです。エリサの胸はふるえました。その時、きゅうにハクチョウが矢のように降りはじめたので、エリサは落ちるのかと思いましたが、すぐにまたハクチョウたちはふわりと空に浮びました。お日さまはもうはんぶん水の下にかくれています。その時やっと、下の方に小さな岩が見えましたが、それは波間から頭を出したアザラシぐらいの大きさにしか見えませんでした。お日さまはずんずん沈んでいき、いまはほんのお星さまほどです。エリサの足がやっと大地にふれた時、お日さまは、燃えさしの紙きれのさいごの火花のように消えてしまいました。エリサのまわりには、お兄さんたちが、腕と腕とを組んで立っていました。でも、岩の上には、ちょうど兄さんたちと自分とが立っているだけの場所しかないのです。海の波が岩にあたると、雨のようなしぶきが頭の上までかかりました。空はたえまなくぴかぴか光り、雷《かみなり》がしきりなしにごろごろ鳴りました。けれども、兄さんたちと妹とは、たがいにしっかりと手をにぎりあって讃美歌《さんびか》をうたいました。そうすると、慰《なぐさ》めと勇気があたえられるのでした。

明け方になって、空は晴れて風もやみました。お日さまが上がるのを待って、ハクチョウたちはすぐにエリサを連れて島を飛びたちました。海はまだ荒れていて、高い空の上から見ると、緑色をした海の上の白いあわが、まるで水の上を泳いでいるいく百万のハクチョウのように見えるのでした。

お日さまが高くのぼると、エリサの目の前に、一つのめずらしい山国のけしきが、空に浮ぶようにして見えてきました。岩山にはキラキラと氷河がきらめき、そのまん中に、目のくらむような高い柱廊《ちゅうろう》をいくえにも積みかさねた、何マイルもある大きなお城がそびえているのでした。山のふもとにはシュロの林が風にそよぎ、水車ほどもあるみごとな花が咲《さ》き乱れていました。エリサは、これがわたしたちの目ざす国なの、とたずねましたが、ハクチョウは首をふりました。なぜなら、エリサの見たのは、あの蜃気楼《しんきろう》という、絶えず形を変える美しい雲の城で、とうてい人間の行ける所ではなかったからです。エリサはじっとそのお城を見つめました。すると、山も林もお城もくずれて、今度はりっぱな教会が二十もあらわれました。みんな同じかっこうをして、高い塔ととがった窓を持っていました。エリサはなんだかオルガンのひびきが聞えてくるように思いましたが、それは海の音でした。やがてその教会に近づくと、それは下の方を航海している艦隊《かんたい》に変ってしまいました。なおもよく見ていると、艦隊と見たのは、海の上をただよっている霧《きり》でしかなかったのです。こうして、あとからあとからエリサの目にはちがった光景がうつりましたが、そのうちにいよいよ、みんなの目ざすほんとうの陸地が見えてきました。スギの林と町とお城のある美しい青い山がそびえています。お日さまの沈むずっと前に、エリサはその山の大きなほら穴の前の岩の上におろされました。そのほら穴には柔《やわら》かな緑のツルクサが一面にからんでいて、ちょうどどししゅうをしたもうせんをかけたようでした。

「さあ、今夜はここで、おまえはどんな夢を見るかしら?」と、いちばん若い兄さんは言って、エリサに寝室《しんしつ》を見せてくれました。

「どうしたら兄さんたちを救ってあげられるか、それを夢で見たいの!」と、エリサは言いました。エリサはこの思いでいっぱいのあまり、熱心に神さまのお助けをお願いするのでした。そうです、眠っている間さえお祈りをつづけました。エリサは、空高く舞い上がって蜃気楼のお城へ行ったような気がしました。するとひとりのかがやくばかりに美しい仙女《せんにょ》がエリサを迎《むか》えましたが、この仙女は、いつぞや森の中で木イチゴをくれて、金の冠をかぶったハクチョウの話をしてくれた、あのおばあさんにどこか似ていました。

「おまえの兄さんたちは救われますよ！」と、仙女は言いました。「でも、おまえにはそれだけの勇気と忍耐《にんたい》とがありますか。海の水はおまえのきゃしゃな手よりももっとやわらかいけれど、それでも堅い石をすりへらします。もっとも海の水は、おまえの指のようには痛さを感じません。水には心というものがないから、おまえが我慢《がまん》しなければならないような苦しみや悩《なや》みというものも、ないのです。わたしの持っている火のようなイラクサをごらん！　これと同じのがおまえの寝《ね》ているほら穴のまわりにたくさん生えています。それと、お寺のお墓に生えるイラクサと、この二つだけが役にたつのです。よく覚えておきなさい。おまえはそれを、たとえそのために火ぶくれができようとも、摘《つ》みとらなくてはいけないのだよ！　それから、足でふんでイラクサを裂《さ》くのです。すると糸がとれるから、それで長い袖《そで》のついたかたびらを十一枚あんで、それを十一羽のハクチョウの上に投げかけなさい。それで魔法《まほう》がとけるんだよ。でも、どんなことがあっても忘れてはいけませんよ。――この仕事をはじめた瞬《しゅん》間《かん》から、それが仕上がるまでは、たとえ何年かかっても、口をきいてはいけないのです。おまえがものを言ったらさいご、そのさいしょの言葉がもう鋭《するど》い短刀のように兄さんたちの胸に突《つ》き刺《さ》さるのですよ。兄さんたちの命は、つまりお前の舌にかかっているのです。このことをよく覚えておきなさい」

こういって仙女は、イラクサでエリサの手にさわりました。すると、やけどをしたような痛みを感じて、エリサは目がさめました。もう明るい昼間になっていました。見ると、自分の寝ていたすぐそばに、夢の中で見たのと同じイラクサが一本落ちているのでした。エリサはさっとひざまずくと、神さまにお礼を申しあげました。それからほら穴を出て、さっそく、仕事にかかりました。

エリサがきゃしゃな手をいやらしいイラクサの中につっこみますと、まるで火のような感じで、手や腕《うで》に大きな火ぶくれができました。けれども、これで愛する兄さんたちを救うことができるのだと思って、がまんしました。それからはだしでイラクサを一本一本ふみつぶして、緑の糸をよりあわせました。

やがてお日さまが沈むと、兄さんたちが帰ってきましたが、みんなはエリサが唖《おし》になっているのでびっくりしました。はじめは、意地わるな継母が、また魔法をかけたのかと思いました。でもエリサの手を見ると、妹が自分たちのために何かしてくれているのだとわかって、いちばん末の兄さんは泣き出しました。ところが、その涙《なみだ》がエリサの手に落ちると、そこは痛みがなくなって、ひりひりする火ぶくれもきれいに消えてしまいました。

夜通しエリサは仕事をつづけました。大好きな兄さんたちを救わないうちは、安心できないからです。あくる日も一日じゅう、ハクチョウたちが留守の間、エリサはひとりぼっちで働いていましたが、これほど時のたつのが早かったことはありませんでした。早くもかたびらが一枚できあがって、さっそく二枚目のに取りかかりました。

その時、山の中に猟《りょう》の笛の音がひびきました。エリサはなんだかおそろしくてなりません。その音はだんだん近づいてきて、イヌのほえる声まで聞えます。エリサはおどろいてほら穴の中にかけこむと、摘み集めてよりあわせておいたイラクサをたばねて、その上にすわりました。

そのとたんに、大きなイヌが木の茂《しげ》みからとび出してきたかと思うと、つづいてまた一ぴき、また一ぴきと出てきました。そして高い声でほえると、一度走りもどっては、またやってきました。するとまもなく、猟人《かりゅうど》の一隊がほら穴の前に立ちならびましたが、その中でいちばんりっぱな姿をした人が、この国の王さまだったのです。王さまはエリサの方へつかつかと歩み寄りましたが、こんな美しい娘《むすめ》はついぞ見たことがありませんでした。

「かわいらしい娘よ、おまえはどこから来たのか？」と王さまは言いました。けれどもエリサは、ただ頭をふるだけでした。そうです、兄さんたちの運命と命にかかわることですもの、一言だって口をきくことはできないのです。それに、手は前掛《まえか》けの下にかくしていましたので、王さまには、エリサがどんな苦労をしているかがわかりませんでした。

「わたしといっしょに来なさい」と王さまは言いました。「こんなところにいてはいけない。おまえの姿が美しいように心もよいなら、おまえに絹とビロードの着物を着せ、頭には金の冠《かんむり》をのせてあげよう。そして、わたしのりっぱな城に住むのだ」

こう言って王さまはエリサを馬の上にだきあげました。エリサは泣いて手をよじりあわせましたが、王さまは「わたしはただ、おまえのしあわせを望んでいるだけだ。いつかはおまえもわたしに礼を言うようになるだろうよ」と言って、エリサを自分の前に乗せて山の中を馬を走らせるのでした。猟師たちもあとにつづきました。

お日さまが沈むころ、教会や円屋根《まるやね》のそびえるりっぱな都が目の前にあらわれました。王さまはエリサをお城の中へ案内しました。そこには、高い大理石の柱に取りかこまれて大きな噴水《ふんすい》がさらさらと音をたて、かべや天井《てんじょう》には美しい絵が描いてありました。けれどもエリサは、そんなものには目もくれないで、ただ嘆《なげ》き悲しむばかりでした。おつきの侍女《じじょ》たちが、りっぱな衣裳《いしょう》を着せ、髪《かみ》には真珠《しんじゅ》をかざり、火ぶくれしている手には美しい手袋《てぶくろ》をはめてくれても、エリサはただぼんやりとみなのするがままにしているだけなのです。

こうして支度《したく》がすっかりできあがりますと、エリサの美しさは目もくらむばかりでした。宮中の人たちは、いよいよていねいにエリサの前に身をかがめましたし、王さまはいよいよエリサを花嫁《はなよめ》に選ぶことになさいました。ただ、大僧正《だいそうじょう》だけは頭を振《ふ》って、この美しい森の乙女《おとめ》は、たしかに魔女に違《ちが》いない、みんなの目をくらまし、王さまの心を迷わしたのだ、とつぶやくのでした。

しかし、王さまはそんなことには耳をかさないで、音楽をはじめさせました。この上もない御馳走《ごちそう》が運ばれ、愛らしい娘たちがエリサのまわりで踊《おど》りました。やがてエリサは、かんばしいにおいのする花園《はなぞの》をぬけて、きらびやかな大広間に案内されました。でも、エリサの口もとにも目もとにも、ほほえみひとつ浮びませんでした。そこに見られるのはただ悲しみばかりなのです。さて王さまは、エリサの寝室にあてたかたわらの小さい部屋を開きました。そこには高価な緑色のじゅうたんがしいてあって、すっかりエリサのいたほら穴に似せてありました。床《ゆか》の上には、エリサがつむいだイラクサの糸の束がおいてあり、天井にはできあがったかたびらもつるしてありました。それはみんな猟人のひとりが、不思議に思って持ち帰ったのでした。

「ここでおまえの昔の家へ帰った夢を見るがいい。ここにはおまえがあそこでやっていた仕事もある。いまのようにりっぱな着物を着て、昔のことを思い出すのもおもしろいだろうよ」と、王さまはおっしゃいました。

かたときも忘れたことのない物を見せられて、エリサの口もとにははじめてほほえみが浮び、頬《ほお》には赤みがもどって来ました。彼女《かのじょ》は兄さんたちを救わなければならないことを思って、王さまの手にキスしました。すると王さまはエリサを胸にだきしめて、教会という教会の鐘《かね》を鳴らして結婚《けっこん》のお祝いを人々につげさせました。いよいよ、森から来た美しい唖《おし》の乙女が、この国の女王さまになるのです。

その時、大僧正は王さまの耳にわるい言葉をささやきましたけれど、それは王さまの心まではとどきませんでした。御婚礼はやっぱりおこなわれることになり、しかも大僧正その人が、エリサの頭に冠をのせなければならなかったのです。そこで大僧正は意地をまげて、少し窮屈《きゅうくつ》な冠の輪をわざときつく額に押しつけて、痛い目にあわせました。けれどもエリサの心には、兄さんたちのことを思うもっと重い輪がのっていましたので、これくらいの痛みはなんとも感じませんでした。エリサの口は相変らず唖でした。一言でも口をきけば、兄さんたちの命にかかわるのですもの。それでも目の中には、自分をよろこばすためにはなんでもしてくださる、親切な美しい王さまを思う深い愛情がかがやいていました。一日は一日ましに、エリサは王さまが心から好きになっていきました。ああこの思いをうちあけ、この苦しみを訴えることができたなら！ けれど、いまは唖でいて、じっと黙って仕事を終えなければならないのです。ですから夜になると、そっと王さまのかたわらから抜《ぬ》け出して、ほら穴のようにかざられたあの小さな部屋にはいっては、一枚々々とイラクサのかたびらを編むのでした。ところが、七枚目のをあみかけると、もう糸がなくなってしまいました。

墓地へ行けば、入用なイラクサが生えていることは知っていました。けれども、自分で行って摘まなくてはならないのです。いったいどうしたらそこへ行けるでしょう？

「ああ、心の苦しみにくらべたら、指の痛いくらいなんでしょう！」と、エリサは考えました。「わたし、思いきってやってみるわ。まさか神さまもわたしをお捨てになりはしないでしょう」

何かわるいことでもするかのように胸をどきどきさせながら、エリサはある月の明るい晩、こっそり庭にしのび出ると、長い並木路《なみきみち》を抜け、寂《さび》しい小道を通って墓地へ来ました。見ると、いちばん大きな墓石の上に、おそろしい吸血鬼《きゆうけつき》のむれがぐるっと輪をかいてすわって、まるで水浴びでもしようとするようにぼろぼろの着物をぬいで、やせこけた長い指を新しいお墓の中に突っこんで死骸《しがい》を引き出しては、がつがつとその肉を食べているのでした。エリサはそのそばを通らなければならないのです。魔女たちは気味わるい目をじっとエリサにそそぎました。でも、エリサはお祈りをとなえながら、焼けつくようなイラクサを集めて、それをお城に持ち帰ったのでした。

ところが、ひとりだけエリサのすることを見ていた人があります。それは、みんなが眠《ねむ》っている間も目をさましている大僧正なのでした。大僧正は自分の考えていたとおりだったと思いました。――お妃《きさき》らしくもないことだぞ。この女は魔女なのだ。それで王さまや人民をだましてしまったのだ、と。

やがてざんげ部屋で大僧正は、王さまに自分の見たことや、前から心配していたことを申し上げました。大僧正の口から、あまりきびしい言葉がもれますと、まわりにある聖者の像が、「いやいや、そんなことはない。エリサには罪はないのだよ」と言うかのように頭をふりました。ところが、大僧正はその意味をとりちがえて、聖者たちはエリサの罪をとがめ、そのためにああして頭をふっているのです、と言いました。それを聞くと、王さまの頰を二つぶの大きな涙がつたいました。そして、半信半疑でお城へ帰られたのでした。

さてその晩、王さまは眠ったふりをしていましたが、とても安らかに眠れるわけはありませんでした。するうち、エリサが起きあがるのに気がつきました。こんなふうに、毎晩同じことがくりかえされるので、そのたびにこっそりと後をつけてみるうち、王さまはエリサが例の部屋にはいって行くのも見とどけたのです。

日に日に王さまの顔はくもって行きました。エリサはそれに気がつきましたが、その理由がわからずに、ただ、はらはらするばかりでした。また、兄さんたちのことを思って心を痛めたのは言うまでもありません。ごうしゃなビロードと紫《むらさき》の絹の上にこぼしたあつい涙は、キラキラとダイヤモンドのように光りました。だれでもそのすばらしい美しさを見たものは、女王さまになりたいと思うのでした。

そうこうしているうちに、仕事はずんずんはかどって、あとはもう一枚だけかたびらを編めばよいことになりました。ところが、また糸が足りなくなり、イラクサも一本もなくなりました。それで、これをさいごに、もう一度墓地へ出かけて、イラクサを二つかみか三つかみ、摘んでこなくてはならなくなりました。あのさびしい道中のことや、おそろしい魔女のことを考えると、ぞっとするのでしたが、でもエリサの決心は、神さまを信じる気持と同じく、堅《かた》かったのです。

エリサは出ていきました。ところが王さまと大僧正とは、あとをつけて行って、エリサが格子門《こうしもん》をくぐって墓地の中へ姿を消すのを見ました。近よってのぞきますと、いつぞやエリサが見たように、墓石の上には魔女が集っているではありませんか。王さまは思わず顔をそむけました。なぜといって、つい今夜も自分の胸に頭をもたせかけていたエリサが、この魔女たちの仲間になっているものと思ったからです。

「裁きは人民にまかせよう！」と王さまはおっしゃいました。すると人々は、エリサを火あぶりの刑《けい》にすることにきめました。

エリサはりっぱな王さまの広間から、じめじめした暗い牢屋《ろうや》に入れられてしまいました。風がひゅうひゅう格子窓から吹《ふ》きこみました。この上で寝るがいいと言って、ビロードや絹のかわりに、自分が集めたイラクサのたばが投げこまれました。掛けぶとんやじゅうたんのかわりには、自分であんだ堅いとげとげのかたびらをしなければならないのです。けれども、これほどありがたい贈り物はありませんでした。エリサは神さまにお礼を申し上げて、ふたたび仕事を取りあげました。牢屋の外では腕白《わんぱく》小僧たちがエリサの悪口の歌をうたいました。だれひとり、やさしい言葉をかけて慰《なぐさ》めてくれる者はなかったのです。

夕方近く、格子窓のところでハクチョウの羽ばたきがしました。それは、いちばん末の兄さんが、とうとう妹のいるところを見つけて飛んできたのでした。自分の命はたぶん今夜かぎりだろうと、エリサは知っていましたが、それでもうれしさに、むせび泣きました。いまでは仕事もほとんどできあがりましたし、兄さんも来てくれたのですもの。

大僧正は、王さまとの約束に従って、エリサのところへやって来て、さいごの時をいっしょに送ろうとしました。けれどもエリサは、頭を振って、目と顔つきとで、出て行ってくださいと頼《たの》みました。今夜のうちに、ぜひとも仕事を仕上げてしまわなければ、いままでの涙も苦しみも、眠らなかった幾夜《いくよ》も、何もかもむだになってしまうからです。大僧正は悪口をあびせて行ってしまいました。それでもあわれなエリサは、自分の心の清らかなことを知っていましたから、せっせと仕事をつづけました。

小さいネズミがエリサを助けようとして、床の上を走ってイラクサを彼女の足もとまで引きずって来ました。また、ツグミは窓の格子にとまって、エリサが元気をおとさないようにと、夜っぴて楽しい歌をうたってくれました。

まだ夜がほんの白みそめたばかりで、お日さまが上がるにはまだ一時間ほどもあるころ、十一人の兄弟はお城の門の前に立って、王さまにお目にかかりたいと申し出ました。ところが、まだ夜も明けないし、王さまはおやすみだから、お起しすることはできない、という返事でした。兄弟は門番に嘆願《たんがん》したり、おどかしたりしました。番兵が出てきて、とうとう王さま御自身までおいでになって、いったいどうしたのか、とお聞きになりました。ところが、ちょうどその時、お日さまが上がると、もはや兄弟の姿は見えずに、ただ、お城の上を十一羽のハクチョウが飛んでいくばかりだったのです。

人々は、魔女《まじょ》の火あぶりを見ようと、町の門から外へなだれ出ました。みすぼらしいやせ馬が、エリサを乗せた車をひきました。エリサは、粗末《そまつ》な着物を着せられ、美しい顔には長い髪の毛がばらばらに垂れかかっていました。頬は死人のように青ざめ、唇《くちびる》をかすかにふるわせながら、指ではせっせと緑の糸をあんでいました。いま死刑にされに行く途中《とちゅう》でさえ、仕事をやめようとはしなかったのです。十枚のかたびらはできあがって足もとにあり、いまは十一枚目のをあんでいるのでした。人々は口々にあざけりました。

「あの魔女をごらんよ！　なんだかぶつぶつ言ってるぞ！　讃美歌《さんびか》の本も持たないで、ほら、気味のわるいものを持っている。あんなものは取りあげて、ずたずたに引きさいてしまえ！」

そう言ってエリサをめがけて、どっと押《お》し寄せると、いまにもかたびらを引き裂《さ》こうとしました。その時、十一羽のまっ白なハクチョウが飛んでくると、車の上に舞《ま》いおりてエリサを取りかこみ、大きなつばさをばたばた羽ばたきました。みんなはびっくりして、どきました。「あっ！　天のお告げだ！　きっとあの女には罪はないのだ！」こう人々はささやきました。でも、それを大声で言う勇気のある者はなかったのです。

いよいよ下役人がエリサの手をつかみましたので、エリサはすばやく十一枚のかたびらをハクチョウに投げかけました。たちまち、十一人のりっぱな王子がそこに立っていました。でも、いちばん末の王子は、片方の腕《うで》がなくて、かわりにハクチョウのつばさがついているのでした。そのかたびらは、片方のそでがまだ仕上がっていなかったからです。

「もうわたしは口をきいてもいいのだわ！」と、エリサは言いました。「わたしには罪はありません！」

この出来事を見た人々は、エリサを聖者のように拝みました。しかしエリサは、死んだようになって兄さんたちの腕の中にたおれました。いままでの緊張《きんちょう》と心配と苦しみとが、いちじに出てきたのです。

「そうです、妹にはなんの罪もありません！」と、いちばん上の王子は言って、これまでのことをのこらず物語りました。王子がまだ話している間に、幾百万とも知れぬバラの花のかおりがただよって来ました。見ると、火あぶりにつかうまきの一本一本に、根が生え枝が出て、それに赤いバラの花が咲《さ》いて、なんとも言えないよいにおいのする高い大きな生垣《いけがき》ができあがっていたのです。そのいちばん上に、星のようにキラキラとかがやくまっ白い花が一輪咲いていました。王さまはその花を摘《つ》むと、それをエリサの胸の上に置きました。するとエリサの胸は、平和と幸福にあふれて、彼女は目をさましました。

教会という教会の鐘はひとりでに鳴り出すし、いろんな鳥がむれをなして飛んできました。こうして、どんな王さまもまだ見たことのないような御婚礼の行列がそこにできあがって、お城へむかって行ったのでした。

父さんのすることにまちがいはない

さあ、これからわたしが小さい時に聞いたお話をしてあげましょうね。このお話は、その後もそれを思い出すたびに、いよいよおもしろくなってくるような気がするのです。お話というものは、多くの人みたいに、年をとるにつれてますますおもしろくなってゆくものなんですね。ほんとに楽しいことではありませんか！

あなたはいなかへ行ったことがあるでしょう？　そのとき、わらぶき屋根の古い百姓家《ひゃくしょうや》をみたでしょうね。屋根にはコケや草がひとりでに生えていて、コウノトリの巣が棟《むね》の上にはあるんです。コウノトリは百姓家には付きものですものね。かべはかしがっていて、窓は低く、そうです、その窓のうち、あけたてできるのはたった一つだけなんです。パン焼きがまが、まるで小さい太ったおなかみたいに出っぱっていて、ニワトコの茂《しげ》みが垣根《かきね》の上におっかぶさり、そのそばには節《ふし》くれだったカワヤナギの木の下に小さな池があって、アヒルやアヒルの子が泳いでいます。それからまた番犬がいて、だれにでもほえつくんです。

ちょうどそんなふうな百姓家が、あるいなかにあって、そこにお百姓とおかみさんの夫婦が住んでいました。持物といってはほんの少しだったのですが、それでも、無ければ無いですむものが一つありました。それは一頭のウマで、このウマはいつも街《かい》道《どう》の溝《みぞ》のふちへ行っては草を食べているのでした。お百姓が町へ行くときにはこのウマに乗っていきましたし、近所の人が借りに来て、お礼に何か持ってくることもありましたが、それにしても売ってしまうか、またはもっととくになるようなものと取りかえた方が、ずっとましだと思われたのです。でも、そのとくになるものとはいったいなんでしょう？

「それは、父さん、あんたがいちばんよく知ってることですよ！」と、おかみさんは言いました。「きょうはちょうど町に市《いち》の立つ日じゃないの。ウマに乗ってって、売ってしまうか、何かよいものと取りかえておいでよ！　父さんのすることにゃ、いつもまちがいはないで。さあ、市へ行ってらっしゃい！」

こう言っておかみさんは首巻きを結んでやりました。というのは、首巻きの結び方なら、おかみさんの方がよく知っていたからです。それは、たいそう粋《いき》に見える二重チョウ結びという結び方でした。それから、手のひらで帽子《ぼうし》のほこりを払《はら》ってやり、父さんの暖かい口にキスをしました。そこで父さんはウマに乗って出かけました。売ったものか、取りかえたものか、そうです、父さんはそれをよく知っていました！　お日さまはかんかん照っていて、空には少しも雲がありません。道にはほこりがたっていました。市へ行く人たちがどっさり車に乗ったり、馬に乗ったり、自分の足で歩いたりしていたからです。とても暑い日でしたのに、道にはちっとも日かげがありませんでした。

するとひとりの男がめウシを引っぱって歩いてきましたが、そのめウシは、めウシとしてはたいそうりっぱなものでした。「きっといい牛乳がとれるにちがいない！」と、お百姓は思いました。あれと取りかえたら、まずもうけものでしょう。そこでお百姓は言いました。「もし、ウシを連れてる人！　ちょっくら相談してえだが、まあ、この馬を見ておくんな。こいつは、ウシよりゃ値うちもんだと、おらは思うだがの。そんなことはどうでもいい！　おらはウシの方がいいだで、ひとつ取りかえっこしねえかね？」

「うん、よかろう！」と、めウシを連れた男は言いました。そこでふたりは、ウマとウシとを取りかえました。

こうして取引がすんだからには、自分の用事はすんだわけで、お百姓はもう家へ帰ってもよかったのです。でもお百姓は、いったん市へ行くつもりで出て来たのですから、見るだけでもいいから市へ行ってみようと思いました。そこで、今度はめウシを引っぱって歩いて行ったのです。お百姓が道をいそぎますと、めウシもせっせと歩きました。まもなく、一頭のヒツジを連れた男に追いつきました。そのヒツジは、よく肥えた、毛並みもりっぱなヒツジでした。

「あんなヒツジがほしいもんだなあ！」と、お百姓は思いました。「おらの家の溝のふちじゃ、草に事欠くことはねえだろう。冬にゃ、家ん中へ入れてやればいい。結局おらたちは、めウシよりヒツジを飼った方がいいわけだぞ。――どうだね、取りかえっこしねえかね？」

もちろん、ヒツジを連れていた男は承知しました。そこで、交換《こうかん》が成立して、今度はお百姓はヒツジを引っぱって街道を行ったのです。すると畑の方から、大きなガチヨウを腕《うで》にかかえてくる男を見かけました。

「えらく重そうなやつをおめえさんは持ってるじゃねえか！」と、お百姓は言いました。「羽根も、脂《あぶら》もうんとこさあるべえ！　紐《ひも》をつけておらのとこの池に放しておきゃ、みたとこもいいだ！　あれにならば、ばあさんも食いのこしを集めてやる気になるだろう！　ちょくちょく、ガチョウが一羽いたらねえ！　と言ってたからな。それがいま手にはいるんだ、どうかしてばあさんの手に入れてやりたいもんだな！――どうだね、取りかえっこしねえか？　おめえさんにこのヒツジをやるから、かわりにそのガチョウをくれりゃ、おら、お礼を言うだよ！」

もちろん相手は大賛成です。そこでふたりは取りかえて、お百姓はガチョウを手に入れました。

やがて町の近くに来ると、往来の混雑はますますひどくなって、人間と家畜《かちく》がうようよしていました。そこでみんなは、道の上でも、溝の上でもかまわず歩いて、中には通行税を取りたてるお役人のジャガイモ畑にまではいりこむ者もありました。そこにはメンドリが、人ごみにおびえてどこかへ逃《に》げていってしまわぬように、紐につないでありました。それは尾《お》のみじかいニワトリで、片方の目をぱちぱちさせて、いかにもかわいらしい様子をしていました。そして、「コッコ、コッコ！」と鳴くのです。何を考えて鳴くのでしょうか。それはわたしにはわかりません。けれどもお百姓はそれを見ると、こう思いました。——こんないいニワトリはまだ見たことがない。坊《ぼう》さんとこのトリよりもっといいぞ、あいつをひとつ手に入れたいものだ！　ニワトリというやつは、どこでも一つぶや二つぶ穀物を見つけて、自分でどうにか食っていくもんだ。もしこのガチョウのかわりにあいつをもらったら、たしかにいい取引というもんだ。そこでお百姓は、「どうだね、取りかえっこしねえかね？」とたずねました。

「取りかえっこだと？　うん、わるくないな！」と、相手は言いました。そこでふたりは取りかえっこをして、お役人はガチョウを、お百姓はメンドリを受け取りました。

町へ行くまでに、これだけたいした仕事をしたのです。しかも暑さは暑し、すっかり疲《つか》れてしまいました。そこでお百姓は、ブランデーを一杯《ぱい》ひっかけて、パンも一きれ二きれ食べたいものだと思いました。そこで、ちょうどそこに居酒屋があったのをさいわい、中へはいろうとしました。ところが、そのとき店の若衆《わかいしゅ》が外へ出てきましたので、お百姓は、何かいっぱいつまった袋《ふくろ》をかかえたその男に、戸口でぱったり出会ったのでした。

「おめえさんの持ってるのはなんだね？」と、お百姓はたずねました。

「いたんだリンゴよ！」と、若者は答えました。「ひとふくろブタにやるのさ」

「えらくたんとあるだなあ！　おらのばあさんに一目見せてやりてえもんだ。去年おらが家の炭小屋のわきの古い木にゃ、たった一つきり、リンゴがならなかっただ！　そのリンゴは、大事にとっておかなきゃなんねえってわけで、くされるまで箪笥《たんす》の上にかざっておいただ。これが裕福《ゆうふく》ってもんだ、とばあさんは言ってたっけ。ここにいりゃ、その裕福が見られるだになあ！　そうだ、どうかして見せてやりてえもんだが」

「じゃ、おまえさん、何をかわりにくれるね？」と、若者はたずねました。

「くれるかって？　おら、このメンドリをかわりにやるだ」こう言ってニワトリをやって、かわりにリンゴをもらうと、お百姓は店の中にはいっていきました。それからすぐに、酒場のところへ行くと、リンゴのつまった袋をせとものの暖炉《だんろ》に立てかけました。暖炉のなかに火がはいっていることなどは、ちっとも考えなかったのです。

部屋には、たくさんのお客がいました。ウマ商人《あきんど》やウシ商人《あきんど》のほかに、イギリス人もふたりいました。このイギリス人はお金持で、ポケットを金貨ではちきれそうにふくらましていました。さてこのふたりのイギリス人が賭《かけ》をするのです。まあ、聞いてください――

暖炉のところで「じゅうじゅう」いっているのはなんの音でしょう？

リンゴが焼けはじめたのでした。

「なんだい、あれは？」もちろん、みんなにはすぐ、それがなんだかわかりました。それから、まずウマをウシと取りかえた話から、だんだん下って、とうとうくさったリンゴになるまでの話を、すっかり聞かしてもらいました。

「へえ！　おまえさん家に帰ったら、おかみさんにどやされるよ！」と、イギリス人は言いました。「さぞ大さわぎになるだろうな！」

「おら、どやされやしねえ、キスされるだよ！」と、お百姓は言いました。「うちのばあさんは、父さんのすることにゃ、まちがいはないって言うだ！」

「じゃ、賭をしよう！」と、ふたりのイギリス人は言いました。「樽《たる》一ぱいの金貨！ひと樽で百ポンドだぜ！」

「それじゃ、大桝《おおます》一ぱいとするだ！」とお百姓は言いました。「おら、大桝に一ぱいのリンゴしか出せねえ。だから、おらとおらのばあさんもいっしょに賭けるだ。でも、桝掻《ますかき》でならした桝目じゃなくって、山盛《も》り一ぱいでがすぜ！」

「よしきた！　山盛り、山盛り！」と、相手は言って、これで賭はきまりました。

居酒屋の主人の馬車が来ました。ふたりのイギリス人が乗り、お百姓も乗り、くさったリンゴも乗って、こうしてみんなはお百姓の家につきました。

「ばあさんや、いま帰ったよ！」

「お帰んなさい、お父さん！」

「おら、取りかえっこしてきただよ！」

「そうかい、あんたはちゃんと心得てるからねえ！」と、おかみさんは言って、お百姓をだきしめると、袋のこともお客さんのことも、すっかり忘れてしまいました。

「おら、ウマをめウシととっかえただよ」

「そりゃ、乳がとれてありがたいねえ！」と、おかみさんは言いました。「これからは、乳入りのお粥《かゆ》やバタやチーズが食べられるだよ。ほんとに、うまい取りかえっこだったねえ！」

「うん、だが、そのめウシをまたヒツジと取りかえただよ！」

「そりゃ、なおさらよかったわ！」と、おかみさんは言いました。「おまえさんはいつだって考え深いんだねえ。ヒツジにやる草なら原っぱにいっぱいあるだもの。これからはヒツジの乳と、ヒツジのチーズと、毛糸の靴下《くつした》と、おまけに毛糸のジャケツまでとれるだよ！　こんなことはめウシなんかにゃできません！　めウシにゃ毛なんかないもの！　あんたはほんとに考え深い人だよ！」

「だが、そのヒツジはガチョウとかえちまっただよ！」

「まあ、それじゃことしこそほんとうに、聖マルチンさまのお祭に焼きガチョウが食べられますよ！　あんたはいつでも、わたしのよろこぶことばかり考えてくれるのね！　ほんとにすばらしい考えじゃないの！　ガチョウは紐につないでおきさえすりゃ、聖マルチン祭までにはもっと肥えるだよ！」

「でも、そのガチョウはメンドリとかえちまっただ！」と、お百姓は言いました。

「メンドリだって！　そりゃまたうまい取りかえっこだったねえ！」と、おかみさんは言いました。

「メンドリは卵をうむし、その卵をかえすでしょ。ひよこがどっさり生れたら、トリ小屋ができます！　それこそ、わたしが心から望んでいたことですよ！」

「うん、だがそのメンドリは、いたんだリンゴひと袋と取りかえっこしただ！」

「なんですって、それじゃいよいよあんたにキスしなけりゃ！」と、おかみさんは言いました。

「ありがとうよ、おまえさん！　実はこういうわけさ、けさあんたが出かけたあと、何かあんたのためにうんとおいしい物をつくって上げようと思ってね——そらネギ入りの卵やきさ。ところが卵はあるけれどネギがなかったもんだから、むかいの学校の先生のところに行ったんだよ。あすこにゃネギがあるってことを、わたしゃちゃんと知ってるだものね。ところが、奥《おく》さんときたら、そりゃしみったれなんだよ。わたしが貸してくださいって頼《たの》んだら、あの甘《あま》ったれのおばかさんめ、『貸すんですって？　うちの畑にはなんにもできないのよ、くされリンゴ一つありゃしないんだもの、お貸しすることなんかできません！』と、こうなのさ。いまとなりゃ、わたしゃ奥さんに十だって、なに、袋一ぱいだって貸してあげられるわね！　おもしろいじゃないか、父さん！」こう言ってお百姓の口の上にキスするのでした。

「こいつは愉快《ゆかい》だ！」と、イギリス人は言いました。「どんどん損をしていきながら、いつもほがらかなんだ！　こりゃたしかに金を払う値うちがある！」こう言って、笞《むち》ではなくてキスをもらったお百姓に、百ポンドの金貨を払いました。

まったくの話、いつでもおかみさんが、父さんほど賢《かしこ》い人はない、父さんのすることにはまちがいがないと信じて、またそう言っているならば、たしかにそれだけの報《むく》いはあるものです。

さあ、これがそのお話です！　わたしはこのお話を小さい時に聞きました。あなたもいまこのお話を聞いて、父さんのすることにはまちがいがないことが、よくわかったでしょうね。

一つの莢《さや》から出た五人兄弟

一つの莢の中に、エンドウ豆が五つぶはいっていました。豆たちが緑色なら、莢も緑色でした。そこでみんなは、世界じゅうが緑色をしているものと思っていましたが、まったくそのとおりでした！　莢が大きくなると豆たちも大きくなりました。みんなは一列にならんだまま、家のかっこうにあわせて大きくなっていきました。

太陽が外でかがやいて、莢をあたためますと、雨がそれを洗いきよめました。莢の中は暖かで気持よく、昼は明るく夜は暗くて、不平を言うところはありませんでした。そうして豆たちは、そこにすわったまま、だんだん大きくなり、またたんだん考え深くなっていきました。なにしろ、豆たちだって、何かしなければなりませんものね。

「ぼくらは、いつまでもこうしてじっとすわっていなければならないんだろうか？」と、みんなは言いました。「あまり長くすわっていて、ただかたくなったんじゃ、つまらないぞ。外の世界にはきっと、何かぼくらのやることがあるんじゃないかな――どうもそんな気がするんだ！」

それから何週間かがたちました。豆たちが黄色くなれば、莢も黄色くなりました。

「世界じゅうが黄色くなったぞ！」と、みんなは言いましたが、なるほどもっともなことでした。

そのとききゅうに豆たちは、莢がぐっと引かれたのを感じました。莢がちぎられて、人間の手につかまれ、それからいくつかのふくらんだ莢といっしょに、上着のポケットに入れられたのです。――

「さあ、もうじきにぼくらはあけられるぞ！」と、みんなは言って、開かれるのを待ちかまえました。

「ぼくらのうちで、だれがいちばん出世するかなあ？」と、いちばん小さいエンドウ豆が言いました。

「そうだ、それもじきにわかることだ」

「なるようになるのさ！」と、いちばん大粒《おおつぶ》のが言いました。

パチッ！　と莢が割れました。五つぶの豆は、そろって明るいお日さまの光の中にころがり出ました。みんなは、ひとりの子供の手の上にのっていたのです。少年は、それをつかんで、これはぼくの豆鉄砲《まめでっぽう》にちょうどいい豆つぶだと言いました。そしてすぐさま、その一つぶを豆鉄砲につめると、発射しました。

「そら！　ぼくは広い世界に飛んでいくんだぞ！　つかまえられるものならつかまえて見ろ！」そう言って彼《かれ》は飛んでいってしまいました。

「ぼくは、まっすぐにお日さまの中へ飛びこむんだ。あれこそほんとうのエンドウ豆の莢だもの、ぼくにいちばんぴったりしてるんだ」と、つぎのエンドウ豆は言いました。そうしてまた飛んでいきました。

「ぼくはどこへついても、その場所で寝《ね》るとしよう」と、つぎの二つぶは言いました。「だが、まずころがって行こうよ」そうしてふたりは、豆鉄砲につめられない先に、ころころと床《ゆか》の上をころがったのです。でも、やっぱり同じこと、豆鉄砲につめられてしまいました。「ぼくらこそ出世がしらだぞ！」と、そのふたりは言いました。

「なるようになるさ！」と、いちばんおしまいの豆は、豆鉄砲からうち出された時に言いました。そうして、屋根裏部屋の窓の下の古い板のところまで飛んでいくと、コケややわらかいどろのつまった小さな割れ目に、ちょうどうまく飛びこんだのです。するど、コケが彼を包んでしまいました。彼はそこに忘れられてころがっていました。

――でも、神さまはお忘れにはなりませんでした。

「なるようになるさ！」と、彼は言いました。

さて、その小さな屋根裏部屋には、ひとりの貧しい女の人が住んでいました。彼女《かのじょ》は昼間はよそへ出かけて、ストーブの掃除《そうじ》だの、薪《まき》つくりだの、そのほかいろいろのつらい仕事をするのでした。力もあったし、はたらき者だったのです。それでも、女の人はいつも貧乏《びんぼう》でした。そうしてその屋根裏には、彼女のたったひとりの娘《むすめ》が、病身で寝ているのでした。この子はたいそうきゃしゃで、やせおとろえていました。まる一年というもの床《とこ》についたままで、生きるか死ぬかわからない様子だったのです。

「この子も妹のところへ行くのでしょう」と、母親は言いました。「わたしには子供がふたりあったけれど、ふたりを育てるのはわたしにとっては容易なことではありませんでした。それで神さまはわたしをあわれんで、ひとりを手もとにお召《め》しになったのです。あとにのこったひとりだけは、どうかして手もとにおきたいものだけれど、神さまはふたりを引きはなしておきたくないようなご様子で、いずれこの子も、妹のところへまいるのでしょうよ」

それでも病気の娘は、あいかわらずでいました。母親がお金をかせぎに外へ行っている間、彼女は長い一日を、辛抱《しんぼう》づよく静かに寝ているのでした。

それは春のことでした。ある朝早く、ちょうど母親がこれから仕事に出かけようとしていますと、お日さまが小さな窓からたいそう美しくさしてきて、床を照らしました。そのとき、窓のいちばん下の窓ガラスの方をじっと見ていた病気の娘が、言うのでした。

「あれ、あの窓ガラスからのぞいている緑色のものはなんでしょう。風にひらひら動いてるわ」

そこで母親は、窓のところへ足を運んで、少しばかりそれをあけてみました。

「まあ！」と、母親は思わず言いました。「これはおまえ、ちっちゃいエンドウ豆だよ。こんなに青い葉っぱを出してさ。どうしてこんな割れ目にとびこんできたんだろうね。おまえが見て楽しむのに、ちょうどいい、かわいい庭だよ」

こう言って、病気の娘のベッドを、芽を出したエンドウ豆がよく見えるように、窓のそばにうつしてやっておいて、それから母親は仕事に出かけたのでした。

その晩、娘は言いました。「お母さん、わたしなんだか病気がよくなるような気がするわ。きょうはお日さまがほんとに暖かくわたしのところまでさしこんだのよ。ちっちゃいエンドウは、とっても元気に伸《の》びていくわ！　だからわたしだって元気になって、じきに起きて、お日さまの中へ出られるようになることよ！」

「ほんとにそうなってくれるといいがねえ！」と、母親は言いましたが、心の中では娘がよくなるものとは思えなかったのです。それでもやはり、娘に生きていく元気をあたえてくれた緑色の芽が、風にたおされないようにと、小さい支えの棒を立ててやり、それから羽目板から上の窓わくへ紐《ひも》を張りわたして、豆のつるが伸びてきた時に、まきつけるようにしてやりました。すると、はたしてつるは巻きついて、一日は一日と、目に見えて伸びていくのでした。

「まあ、つぼみをもったよ！」と、ある朝、母親は言いました。そしていまでは彼女も、病気の娘がよくなるという望みと信念をもつようになったのです。そう言えば、このごろでは娘が、以前よりずっと元気に話をするようになったことに気がつきました。この二、三日などは、娘は毎朝ひとりでベッドの上に起きあがり、きちんとすわって、たった一本の豆の木しか生えていない自分の小さい庭を、目をかがやかしてながめていたのです。

一週間のちには、病人ははじめて、まる一時間あまりも起きていました。ほんとうに幸福そうに、暖かいお日さまの光の中にすわっていたのです。窓は開かれて、その外には、すっかり開いたうす赤い豆の花が一つ咲《さ》いています。小さい娘は、身をかがめて、そっとその美しい花びらにキスしました。この日は、ほんとうにお祭の日のようでした。

「神さまは自分でこの豆の木をお植えになって、わたしの大事な大事なおまえに、それからわたしにも、希望とよろこびをあたえてくださるために、これをりっぱに育ててくださったのですよ！」こう母親はうれしそうに言って、その花が天のお使いでもあるように、エンドウの花にむかってにっこりとほほえむのでした。

ところで、ほかの豆たちはどうなったでしょう？　ほら、広い世界にとび出していって、「つかまえられるものならつかまえてみろ」とさけんだあの豆は、屋根の樋《とい》の中に落ちて、それからハトの胃袋《いぶくろ》の中におさまったのです。そして、聖書にあるクジラのおなかの中のヨナみたいに、そこに寝ころがっているのでした。おつぎの二つぶのなまけ者も、けっきょく同じことになって、やっぱりハトに食べられてしまいました。でも、それはたしかに、お役にたったというものです。ところが四番目の、太陽の中まで飛んでいこうとした豆つぶは、溝《みぞ》の中に落ちて、何週間も何日もくさった水の中にころがっていたので、おそろしくふくれ上がってしまいました。

「ぼくはこんなにりっぱにふとったぞ！」と、その豆つぶは言いました。「しまいにはきっとはじけるんだ。ほかの豆には、とうていこんなまねはできなかったし、これからもできんだろうな。あの莢の中にいた五人兄弟のうちで、ぼくがいちばんえらいんだぞ」

すると、溝もそれに賛成してくれました。

一方、屋根裏の窓のところには、あの若い娘が、目をかがやかし、ほっぺたをいまは健康のバラ色に染めて立っていましたが、娘は豆の花の上にそのほっそりした手を合せて、神さまにかんしゃするのでした。

それでも溝は言ったものです。「ぼくはやっぱりぼくの豆の味方をするよ！」

天　使

「よい子供が死ぬと、そのたびに天使のひとりがこの世におりてきてね、死んだ子を腕《うで》に抱《だ》いて、それから大きいまっ白いつばさをひろげると、その子が好きだった場所へのこらず飛んでいって、手にいっぱい花を摘《つ》むのです。それからその花を神さまのところまで持っていくと、その花は天国で、この世にあった時よりも、もっともっときれいに咲《さ》くのです。神さまはその花をみんな御自分の胸におあてになり、その中でいちばんお気に召《め》した花には、キスをしてくださるの。そうすると、その花は声が出せるようになって、大きな祝福の歌を、みなといっしょにうたうことができるようになるのですよ」

こんなふうに、あるとき天使は、ひとりの死んだ子供を天国へ連れていきながら話しました。するとその子は、夢でも見ているように、うっとりとその話を聞いているのでした。こうして天使は、その子が小さい時にあそんだ故郷へ飛んできて、きれいな花が咲いている花園《はなぞの》の間を通りました。

「さあ、どの花を摘んでいって、天国に植えましょうね？」と、天使はたずねました。

すると、たくさんある花の中に、すらりとしたみごとなバラが一株ありました。ところが、だれかひどい人がその幹を折ったものとみえて、開きかけた大きなつぼみをいっぱいつけた枝が、みんなすっかりしなびてうなだれていました。

「かわいそうなバラ！　天の神さまのところで花が開くように、あれを持っていってちょうだい！」

そこで天使はそのバラをとると、花のかわりに子供にキスしました。すると子供は目を半分開きました。それからふたりは、美しい花をいくつも摘みました。でもまた、あまり人のかまわないタンポポや野生の三色スミレなども摘むのを忘れませんでした。

「ねえ、花はこれでじゅうぶんね！」と、子供が言うと、天使もにっこりうなずきました。けれども、まだ神さまの方へはのぼっていきませんでした。そのうち夜になって、あたりがひっそりすると、ふたりは大きな町にはいって、とあるせまい横町のあたりを飛びまわりました。そこには、藁《わら》や灰やごみがうずたかく積まれていました。ちょうどひっこしの日だったのです。こわれたお皿や、漆喰《しっくい》のかたまりや、ぼろや、古帽子《ふるぼうし》などもちらばっていて、どれもこれもみすぼらしい様子をしていました。

すると天使は、そうしたがらくた物の中にころがっていた植木ばちのかけらと、一かたまりの土を指さしました。その土は、大きなひからびた野の花の根といっしょに、この植木ばちからこぼれ出たものだったのですが、それはもうなんの役にもたたなくなって、往来へ投げすてられたのでしょう。

「あれも持っていこうね」と、天使は言いました。「そのわけは、飛んでいく間に話してあげますよ」

こうしてふたりは飛んでいきました。そして天使は話し出しました――

「あのせまい横町の、ある低い地下室に、貧しい病気の子供がひとり住んでいたのです。ごく小さいころから、ずっと寝床《ねどこ》についたきりで、いちばん元気のよい時でも、松葉づえにすがって小さな部屋の中を二、三度行ったり来たりするのがせいぜいでした。夏になると、お日さまが三十分くらい地下室の窓からさしこむ日もあったので、そんな日には、その子は窓ぎわにすわって暖かいお日さまの光をあびながら、顔の前に手をかざしては、指の中の赤い血をすかして見るのでした。すると家の人は、『きょうはあの子は外であそんだんだよ！』と言うのでした。

――この子は、お隣《となり》の息子《むすこ》さんが春のはじめ、ブナの枝を持ってきてくれた時に、はじめて美しい新緑の森というものを知って、それを頭の上にかざって、お日さまがかがやき鳥がうたうブナの林の中に自分がいる夢を見たのでした。この息子さんは、またある春の日に、野の花を持ってきてくれました。ところが、その花の中に、偶然《ぐうぜん》にも根のついているのがまじっていたので、さっそくそれを植木ばちに植えて、寝床のそばの窓ぎわにおきました。するとこの花は、幸運の手に植えられたとみえて、すくすくと大きくなり、新しい芽を出しては、毎年花をつけました。さあ、病気の子にとっては、この花は何よりも大事な花園となり、この世の大切な宝となったのです。水をやっては世話をして、低い窓からさすお日さまのさいごの光までも受けるようにと、気をくばりました。しまいには、この花は子供の夢の中にまではいりこみました。なぜなら、この花はこの子ひとりのために美しく咲いて、いいにおいを出して、目をよろこばせてくれるものだったからです。やがて、神さまがこの子をお召しになった時、この子は花の方をむいて死にました。

――その子が神さまのところに召されてからちょうど一年になるけれど、その一年の間、花は忘れられて窓ぎわに立っていて、ひからびてしまったのです。それでひっこしの日に、往来のがらくたの中へ投げすてられてしまいました。いまわたしたちが、花たばの中に入れて持っていく、このみすぼらしいひからびた花が、その花なのです。この花を持っていくのは、これこそ女王さまのお庭のいちばんりっぱな花よりも、も天使に抱かれて天にのぼっていく子供がたずねました。

っとたくさんのよろこびを与《あた》えてくれた花だからなのですよ」

「でも、どうしてあなたは、そんなにくわしく知っているの？」と、天使に抱かれて天にのぼっていく子供がたずねました。

「知っていますとも！」と天使は言いました。「松葉づえにすがって歩いていた病気の小さい子というのが、このわたしだったのですもの！　わたしの花ですもの、よく知っていなくてさ！」

すると子供の目がすっかり開いて、天使の美しいよろこばしい顔を見上げました。その時、ふたりはよろこびと幸福にみちあふれた天国にはいっていたのです。そして神さまが死んだ子を胸におだきになると、その子にはほかの天使と同じにつばさが生えて、みんなと手をつないで飛びまわるのでした。それから神さまは、すべての花を胸におあてになり、中でも、あのみすぼらしいひからびた花には、キスをなさいました。すると、花は声が出せるようになって、天使といっしょになって歌をうたいだしました。天使たちは、神さまのまわりを、ごく近くからだんだん遠くまで、大きな輪をかいて、はては無限のかなたまでひろがりながら、それでもみんな同じように幸福そうにただよっているのでした。そうしてみんなは、大きい天使も小さい天使も、いま祝福を授《さず》かったばかりのよい子も、ひっこしの日のがらくた物といっしょにせまいうす暗い横町に捨てられてひからびていた、あのみすぼらしい野の花も、みんないっしょになって歌をうたうのでした。

「身分がちがいます」

五月でした。風はまだひえびえしていましたが、草も木も、畑も牧場もみんな、

「春が来た、春が来た！」と言っていました。どこもかしこも花がむらがり咲《さ》いて、わけても生垣《いけがき》はてっぺんまで花でうずまっていました。そして春はいま、ただ一本の枝にいまにも開きそうな美しいバラ色の蕾《つぼみ》をいっぱいにつけた、いかにもみずみずしいリンゴの若木の上から、自分自身のことを話しているのでした——

そのリンゴの木は、自分がどんなに美しいかということを、よく承知していました。この美しさは、自分の葉と血（樹液）の中にあることを知っていたからです。ですから、やがて一台のりっぱな馬車がこの木の前でとまって、うら若い伯爵《はくしゃく》夫人が、こんな美しいリンゴの枝はまだ見たことがない、これこそいちばん美しい晴着をつけて出てきた春そのものだと言ったときにも、リンゴの木はべつに驚《おどろ》きもしませんでした。すると伯爵夫人は、そのリンゴの枝を折って、それを美しい手に持つと、絹の日傘《ひがさ》で影《かげ》をつくりながら——こうしてお城へ馬車を走らせました。

お城には、天井《てんじょう》の高い大広間や、ごうしゃな部屋がいくつもあって、あけはなした窓にはまっ白いカーテンが風にゆらぎ、きれいな花がキラキラすきとおって光る花瓶《かびん》にさしてありました。そしてそのリンゴの枝は、まるで降りたての雪でつくったようなそうした花瓶の一つに、みずみずしい新緑のブナの枝といっしょにさされたのです。そうするといよいよひきたって見えましたっけ。

そこでリンゴの枝は、いつか高慢《こうまん》ちきになってしまいました。それはまったく無理もないことですものね！

いろんな人がその部屋を通りましたが、みんなはそれぞれのやり方で、この花をほめずにはいられませんでした。なんにも言わない人があるかと思うと、おしゃべりをしすぎる人もありました。そこでリンゴの枝は、人間の世界にも草木と同じように、差別があることを知りました。「かざりになるのもあれば、食べられるのもある、中にはまるきり無くてもさしつかえないようなのもある！」こうリンゴの枝は考えました。ちょうどその枝は開いた窓べにおかれていましたので、そこから下の庭や、むこうの野原を見わたすことができて、そのため、ながめたり考えたりする材料になる草や花がどっさり見えたのです。そこには、堂々とした花も貧弱《ひんじゃく》な花もありました。中には、まるっきりみすぼらしい姿をしたのもありました。

「あれはだれにも見向きもされないみじめな雑草だ！」と、リンゴの枝は言いました。「たしかに身分のちがいがあるのだ。もし、ああいう連中がぼくやぼくの仲間と同じように物を感じる力をもっているなら、どんなにか自分をふしあわせに思うことだろう！　なんといったって差別があるのだ。だが、それはそうなければならないのだ。さもないと、どれもこれもみんな同じになって、見わけがつかなくなってしまうからな」

こうしてリンゴは、いくぶんか同情めいた気持で、野原や土手の上にむらがり咲いている一つの花に、特別に目をそそいだのでした。その花は、だれも花たばにあもうとする者もありません。あんまりありふれたつまらない花で、往来の敷石《しきいし》の間にさえ生えていました。くだらない雑草みたいにどこにでも生えるものですから、名前まで「悪魔《あくま》のバタ」（タンポポ）といういやな名前をちょうだいしているのでした。

「だれにも見向きもされないあわれな花よ！」と、リンゴの枝は言いました。「君はそんなつまらない姿になっても、またそんないやな名前をつけられても、どうにもできないんだね。だが、それは草木だって人間と同じで、つまり身分のちがいというものがなければならないからなんだよ！」

「身分のちがいだって！」と、お日さまは言って、花の咲いているリンゴの枝にキスしました。でも、それと同時に、野原の黄色いタンポポにもキスしました。お日さまの光のたくさんの兄弟たちは、貧しい花にも豊かな花にも、みんな一様にキスしたのです。

リンゴの枝は、いままで一度も、生きとし生けるものにそそがれる神さまの限りない愛のことを考えたことはありませんでした。また、この世にはどんなに多くの美しいものやよいものがあって、それが隠《かく》れているかもしれないが、けっして忘れられているのではない、ということを考えたこともなかったのです。――しかし、これもまことにもっともなことでした！

光明の光であるお日さまは、そのことをもっとよく知っていたので、こう言いました。「おまえの目は遠くまでは見えないのだね。はっきりと物が見えないのだね！――おまえがそんなにかわいそうに思っている、だれにも見向きもされない花というのは、どれだね？」

「あのタンポポですよ」と、リンゴの枝は言いました。「あの花はだれも花束にあんでくれる者がないし、足で踏《ふ》まれほうだいです。あんまりたくさんありすぎるのですね。それに、種子《たね》ができると、ちぎった綿くずみたいになって道の上までとんでいって、人々の着物にくっつくのです。あれはつまり雑草ですね！　でも、まあそれが当然なんでしょう。――それを思うと、ぼくがああいう花に生れなかったことを、ほんとうにありがたく思いますよ」

そのとき野原に一群れの子供がやって来ました。いちばん小さいのは、まだほんの赤ちゃんで、ほかの子供にだかれていましたが、その子は黄色い花の咲いている草の中におろされると、いかにもうれしそうに笑い出して、小さい足をばたばたやったり、あたりをはいまわって、その黄色い花を摘《つ》んでは、かわいらしい無邪気《むじゃき》な様子で、それにキスするのでした。もう少し大きい子供たちは、花をちぎったうつろの茎《くき》を丸い輪にして、その輪を一つ一つつないで鎖《くさり》をつくると、はじめの一つは首かざりにし、つぎには肩《かた》にかけ、腰《こし》にまわし、それから胸や頭にもかぶりました。ほんとうに見事な緑の花輪や帯でした。ところが、いちばん年かさの子供たちは、花の咲ききった茎をそっと手に持ちました。その茎の先には、綿毛のついた種子の冠《かんむり》がついていて、その空気のように軽い綿毛の花は、ごくやわらかな鳥やヒツジの毛か羽根でできている美術品そっくりでした。みんなはこの花を「プッ！」とひと息でのこらず吹《ふ》きとばそうと、口の先に持っていきました。それができた子は、年がかわらないうちに新しい着物がいただけるのだと、おばあさんから聞いていたからです。

人からばかにされている花も、こうした時には、ほんとにたいした予言者でした。

「どうだね、あの花の美しさがわかったろう？　あの花の力がわかったろう？」と、お日さまは言いました。

「ええ、子供にとってはね」と、リンゴの枝は答えました。

するとひとりのおばあさんが野原へやって来て、柄《え》のとれたさびたナイフで、その花の根もとを掘《ほ》って、それを抜《ぬ》きとりました。おばあさんは、この根をあつめて、そのいくらかはコーヒーがわりに煎《せん》じ、のこりは薬種屋へ売ってお金にしようと思ったのです。

「でも、美というものはもっと高尚《こうしょう》なものです！　選ばれた者でなくては美の国へははいれません。人間の世界に差別があるように、植物の間にだって差別があるのです！」と、リンゴの枝は言いました。

そこでお日さまは、神さまのかぎりない愛は万物《ばんぶつ》の上に行きわたり、生きとし生けるものの上にそそがれていて、時と永遠の中にあるすべてのものに、公平に分け与《あた》えられていることを説いて聞かせました。

「へえ、それがあなたの御意見ですか！」と、リンゴの枝は言いました。

そのとき、部屋の中へ幾人《いくにん》かの人がはいってきましたが、その中には、さっきリンゴの枝をすきとおる花瓶にさしてお日さまのさすところに置いてくれた、あの若い伯爵夫人もいました。夫人は三、四枚の大きな葉でびょうぶのようにかこって、少しの風にもあてないように気をくばりながら、なんだか花みたいなものを持ってきたのですが、その持ち運びの用心ぶかいことといったら、美しいリンゴの枝どころではありませんでした。ところが、さてそろそろと大きな葉が取りのけられて、中からあらわれたのは、あのばかにされたタンポポの軽い羽のついた種子の冠だったのです。これを夫人は、たいそうていねいに摘みとると、霞《かすみ》の冠みたいにふんわりとくっついているあの小さい綿毛の矢を、ただの一本でも飛ばさぬようにと、それはそれは苦心して持ってきたのでした。見ると、どこにもいたんだところはありません。夫人はつくづくと、その美しい形や、すきとおるような清らかさ、その不思議な組立てや、それが風に吹かれて飛んでいく時の美しさなどを、ほめたたえました。

「まあ、ごらんなさい！　なんという不思議な美しさを、神さまはこの花にお与えになったのでしょう！　わたし、これをリンゴの枝といっしょに絵にかきますわ。リンゴの枝がほんとに美しいことはだれにもすぐわかるけれど、このつつましい花だって、これはこれなりに、神さまから同じだけのお恵《めぐ》みを授《さず》かっていますのね。二つの花は、こんなに姿がちがっていても、やっぱり同じ美の国から生れたふたりの子供なのですわ」こう伯爵夫人は言いました。

お日さまは貧しい花にキスしました。それから花盛《はなざか》りのリンゴの枝にもキスしました。するとそのとき、リンゴの花びらが少し赤らんだように見えました。

年の話

一月の末のことでした。おそろしい吹雪《ふぶき》の日で、大通りも裏通りも雪がうずを巻いて飛んでいました。窓ガラスの外がわは、雪ですっかりふさがれるし、屋根からは雪がかたまって落ちてきました。往来の人たちは、まるで吹《ふ》きとばされるようで、走ったり飛んだりして、おたがいにぶつかりあいました。すると相手にしっかりとつかまって、その間だけは、しばらく足もとがしっかりしているのでした。馬車も馬も粉をまぶしたようです。馬丁《ばてい》は背中を箱にぴったりくっつけてすわって、風をよけるようにして馬車を走らせますし、歩いている人たちは、雪が深くて馬車がのろのろしているのをいいことにして、いつでも馬車のかげになるようにしていました。

ようやく吹雪がやむと、家に沿って人の通れるだけ、雪がかきのけられました。でも、道が細いので、その上で人が出会うと、両方とも立ち止ってしまいます。どちらも相手を通らせるために、自分からひとあし深い雪の中にふみこむだけの勇気がないのです。こうして両方がだまって突《つ》っ立っているうちに、とうとう無言の了解《りようかい》がついたとみえて、めいめいが片足を犠牲《ぎせい》にして雪の山の中に突っこむのでした。

夕方になって風もぱったり止《や》みました。空は洗い清められて、星がすっかり新しい光をはなちました。中にはたいそう青々と澄《す》んでかがやくのもありました。――ひどい寒さで、みしみしいう音がします。早くも雪の表面が堅《かた》くなってきました。あすの朝になれば、スズメが歩けるようになるでしょう。スズメたちは、雪のかきわけられたところを、あっちこっち飛びはねていました。でもそうたくさん餌《えさ》は見つかりません。おまけに、その寒いことといったら！

「ピープ！」と、一羽のスズメがもう一羽のスズメに言いました。「これが新年だってさ！　去年より悪いじゃないか！　これくらいなら、いっそ古い年をそのままにしておきたかったねえ。どう考えてみたって、いまいましいったらありゃしない！」

「うん！　でも人間たちは、方々走りまわったり、新年のお祝いに一ぱいやったりしてたよ」と、ぶるぶるふるえながら小さいスズメが言いました。「それから、壺《つぼ》を戸にたたきつけて、古い年がすんだのを有頂天《うちょうてん》になってよろこんでいたっけ！　それでぼくも、暖かい日がやってくるんだと思って、楽しみにしていたのさ。ところが、なんにもなりゃしない。かえって前よりかきびしい寒さだ。きっと人間は、時間の計算をまちがえてるんだ！」

「そうだとも！」と、三番目の年とった頭の白いスズメが言いました。「人間は暦《こよみ》とかいうものを持っているんじゃ。人間が自分でかってに考え出したもんでな、なんでもかんでもそのとおりになると思ってるんだ。だが、そんなわけにゃいかんさ！　春が来て、そこで年が始まる、これが自然の順序というものだ。わしはそれをもとにして日を数えるがね！」

「じゃ、春はいつくるんですか？」と、ほかのスズメがたずねました。

「コウノトリがやって来る時さ。だが、それがどうもたしかでなくてな。ましてこういう町にいたんでは、だれにもそれがはっきりわからんのじゃ。いなかにいる連中は、もっとよく知ってるだろう。どうだな。ひとついなかに飛んでいって、そこで待つことにしてみたら？　どっちみち、いなかは春に近いからのう」

「そうね。それがいいかもしれませんわ」と、それまで何も言わずにその辺をピーピー鳴きながら飛びまわっていたスズメが言いました。「けれど、わたしはこの町に一つ二つ住み心地《ごこち》のいい場所を持っていますの。いなかへ行けば、それがなくなるのではないかと心配ですわ。じつはこの近所のお屋敷《やしき》に、人間の一家が住んでいるんですが、この人たちがなかなか賢《かしこ》いことを考えつきましてね、植木ばちを三つ四つかべにとりつけて、大きい口の方をかべに当て、底の方を外に向けておくんですの。それにはちょうどわたしが出はいりできるだけの穴があいていましてね。それをわたしと夫とは巣にして、わたしたちの子供はみんなそこから巣立ちましたの。その家の人たちは、もちろんわたしたちを見て楽しもうと思って、それを作ってくれたのですわ。さもなければ、そんなことをするはずがありませんもの。その人たちはまた、慰《なぐさ》みはんぶんにパン屑《くず》をまいてくれるので、わたしたちは食事にも困りませんわ。ちょうど養ってもらってるようなものよ。――ですから夫とわたしとはこちらにのころうと思いますの。そりゃ、いろいろと不満はありますけれど――とにかくわたしたちはのこりますわ」

「では、ぼくたちはいなかへ飛んでいって、春が来たかどうか見ようじゃないか！」

そう言って、みんなは飛んでいきました。

するといなかはまだすっかり冬でした。町よりも二、三度は寒さがきびしいようです。鋭《するど》い風が雪におおわれた畑の上を吹いていました。大きな二股手袋《ふたまたてぶくろ》をはめたお百姓《ひゃくしょう》が、そりに乗って、むちは膝《ひざ》の上においたまま、寒さを追っぱらうために両手で自分のからだを打っていました。やせこけたウマが、からだから湯気を出して走っていくと、雪がぎしぎし音をたてました。スズメたちはわだちのあとをぴょんぴょんはねながら、ぶるぶるふるえていました。

「ピープ！　春はいつ来るのだろう？　ずいぶん長くかかるんだねえ！」

「ずいぶん長いぞ！」という声が、その時、畑のむこうの雪におおわれたいちばん高い丘《おか》からひびいてきました。それは山びこだったかもしれませんが、また、むこうの雪のふきだまりのてっぺんの、風の吹きさらす中にすわっている不思議なおじいさんの言った言葉だったかもしれません。この老人は、白い毛皮の胴着《どうぎ》を着たお百姓のように、全身まっ白で、髪《かみ》の毛もまっ白なら、ひげもまっ白で、青ざめた顔に、大きな澄んだ目をしていました。

「むこうにいるあのおじいさんはだれです？」と、スズメたちはたずねました。

「わしは知ってるがね」と、生垣《いけがき》のくいの上にとまっていた年寄りのオオガラスが言いました。「彼《かれ》は少しも高ぶらない鳥で、神さまからごらんになれば、われわれがみな小さな鳥にすぎないことをよく知っていましたから、よろこんでスズメの相手にもなり、説明もしてやったのです。「あのおじいさんが冬なんだよ。去年からいる老人だよ。暦の上では死んでいるけれど、ほんとうは死んじゃいないのさ。いや、どうして、これからやってくる小さい春の王子の後見人なんだよ。そうだね、まだ冬の天下ってわけだ。ふう！　なんだ、ちびさんたち、君らはガチガチふるえてるじゃないか！」

「そうら、ぼくの言ったとおりだろ！」と、いちばん小さいスズメが言いました。

「暦なんてものは、人間のこしらえたもので、自然にのっとって作ったもんじゃないんだ。そういうことは、ぼくらにまかせておけばいいのにねえ、ぼくらの方がずっと敏感《びんかん》に生れついているんだもの！」

そのうち、一週間たち、二週間たちました。森はまだ黒ずんでいるし、氷った湖は重たそうに静まりかえって、まるで凝《こ》り固まった鉛《なまり》のようでした。雲が、いいえ、それは雲ではありません、氷のように冷たくてしめっぽい霧《きり》でした――低く地の上にたれさがり、大きな黒いカラスがむれをなして、鳴き声もたてずに飛んでいきました。まるですべてのものが眠《ねむ》っているようです。――その時、お日さまの光がさっと湖の上をすべったと思うと、湖は錫《すず》をとかしたように光りました。畑や丘をおおっていた雪は、以前ほどにはきらめかなくなりました。それでも白装束《しろしょうぞく》の冬のおじいさんは、相変らず目を南の方へむけたまま、じっとすわっていました。いつのまにか雪の敷物が、いわば地の中に沈《しず》んでしまって、そこここに小さい草色のまだらが顔を出してき、そこへスズメがむらがって集まっていることにも、ちっとも気がつかないのでした。

「キービット！　キービット！　いよいよ春なの？」

「春なの！」という声が、野にも畑にも、また黒ずんだ森の中までひびいていきました。森の木の幹には、もうみずみずしい緑色のコケが光っていました。すると南の空から、さいしょのコウノトリが二羽飛んできました。その背中には、小さなかわいらしい子供がひとりずつ乗っています。ひとりは男の子で、ひとりは女の子でした。そしてふたりが地面にあいさつのキスをしますと、ふたりのふむ足もとの地面から、白い花が雪を分けて咲《さ》き出てきました。ふたりは手に手を取って、氷の老人の「冬」のところまで上ってゆくと、あらためてあいさつをしながら老人の胸にだきつきました。そのとたんに三人の姿はかきうせ、あたり一帯の景色も見えなくなってしまいました。濃《こ》いしめっぽい霧が、どんよりと重たく、すべてのものをつつんでしまったのです。――やがて空気が動きはじめ、風が吹きだして、はげしい勢いで霧を追っぱらうと、お日さまがとても暖かく照らしはじめました。――ふと見ると、冬のおじいさんの姿はいつか消えて、春のかわいらしい子供が、年の玉座にすわっているのでした。

「これこそ新年だぜ！」と、スズメたちは言いました。「いよいよこれで、きびしい冬のうめあわせもつくというものだ！」

ふたりの子供がどちらを向いても、そこにはきっと緑の芽が、やぶからも木からも萌《も》え出ているし、草はすくすくとのび、種をまいた畑は日ましに美しい緑色になっていきました。そこで、かわいらしい女の子は、あたり一面に花をまき散らしました。女の子のスカートの中には、あふれるほど花が盛り上がっていましたが、花はまるであとからあとからわき出てくるかのようで、女の子がいくらいっしょうけんめいになってまき散らしても、花はいつもその中に満ちあふれていました。——気がせいた女の子は、ありったけの花吹雪をリンゴやモモの木にぶちまけました。すると、まだ緑の葉がすっかり出そろわないのに、その木々はもう花盛りになるのでした。

それを見て女の子が手をたたくと、男の子も手をたたきました。すると、どこからともなく小鳥のむれが飛んできて、みんなで「春が来た、春が来た！」とさえずったりうたったりしました。

ほんとに美しいながめでした。方々の家のおばあさんが、戸口から日向《ひなた》に出てきて、気持よさそうにからだをゆすぶりながら、牧場一面に咲いている黄色い花をながめました。その景色は、おばあさんの若かったころとそっくりでした。世界がまた若返ったのです。

「きょうのような日に、こうして戸外にいるのはほんとにありがたいことだよ！」と、おばあさんは言いました。

森はまだ芽が重なりあって、茶っぽい緑色をしていました。でも、クルマバソウはもう元気に出てきてかおっていましたし、スミレもたくさん咲いていれば、アネモネやタンポポやサクラソウなども見られました。そうです、どの草にも水気と力があふれていて、だれでも思わずすわりたくなるようなすばらしいじゅうたんになっています。春の若い少年と少女とは、手をつないでそこにすわって、笑ったりうたったりしました。そして、どんどん大きくなっていくのでした。

やわらかい雨が空からふたりの上に降ってきましたが、ふたりはそんなことには気がつきません。雨のしずくとよろこびの涙《なみだ》とが、同じしずくにとけあいました。花嫁《はなよめ》と花婿《はなむこ》とがおたがいにキスをかわしますと、それと同時に、森がぱっと芽を開きました。――お日さまがあがってみると、森という森が緑につつまれていました！

そこで花嫁花婿が手をつないで、すがすがしい枝をたれている新緑の葉の屋根の下を歩いていきますと、木の葉をもれてくる日の光と、ちらちらする影《かげ》とが、美しい緑のさまざまの変化を見せるのでした。さわやかな若葉には、なんというおとめらしい清らかさと、すずやかなにおいがあったことでしょう！

谷川や小川の澄んだ水が、びろうどのような緑の水草の間や、色とりどりの小石の上を、さらさら流れていきます。「永遠にいつまでもみちあふれてあれ」と全世界が声をそろえて言いました。カッコウはうたい、ヒバリはさえずり、ほんとにすばらしい春でした！　けれどもネコヤナギは、まだ花の上に毛糸の手袋をはめていました。なんという用心深さでしょう、まったくあきれてしまいます。

こうして幾日《いくにち》かすぎ、幾週かすぎました。暑さが、まるで殺到《さっとう》するような勢いでやってきました。熱い空気の波がムギ畑の間を吹きぬけると、ムギはいよいよ黄ばんでいきました。北国の白いスイレンが、森の湖の鏡のような水面にその大きな緑の葉をひろげ、魚たちはその下にかげを求めて集まりました。すると、百姓家のかべに日がかんかんと照りつけ、満開のバラが花びらの中まであたためられ、桜桃《おうとう》の木にはまるでお日さまみたいに熱くなった水気の多い黒い実が枝もたわわに実っている森の日だまりに、夏の美しい妻がすわっていました。それはまだ小さい子供だった時から、また花嫁だった時から、わたしたちの知っているあの人です。彼女《かのじょ》はいましも、大波のような、山のような形をして、青黒く重々しく、いよいよ高く盛り上がってくる黒い雲をじっと見つめています。雲は三方から押《お》し寄せて、まるで化石した海を逆さまにしたように、だんだん森にむかって垂れ下がってきます。森では、すべてのものが魔《ま》法《ほう》にかけられたように、黙《だま》ってしまいました。そよとの風もなくなり、鳥一羽うたわず、自然の全体に何かを待ちうける厳粛《げんしゅく》な気持がみなぎりました。けれども大路《おおじ》小路《こうじ》を行く人は、車を走らせている人も、馬に乗っている人も、歩いている人も、みな早く屋根の下にはいろうと大いそぎです。——

その時、だしぬけに稲妻《いなずま》がさっと光りました。まるで太陽のほのおがほとばしり出て、きらめき燃えながら、すべてを焼きつくそうとするかのように。そしてすさまじいとどろきとともに、またまっ暗になったと思うと、雨が滝《たき》のように降ってきました。闇《やみ》と光、静けさととどろきが、こもごも起りました。茶色の羽の生えている若いアシは、沼《ぬま》で大波のようにうねくり、森の木々はたちまち水煙《みずけむり》のうちに隠《かく》れてしまいました。闇が光につぎ、静けさがとどろきにつづきました。——草もムギ畑もなぎたおされたようになって、もはや起き上がれそうにも見えませんでした。——と、きゅうに、雨が小粒《こつぶ》になって、お日さまが顔を出し、茎《くき》や葉っぱの上の水玉が、真珠《しんじゅ》のようにきらめき出しました。鳥はうたい、魚は小川ではね上がり、羽虫はダンスをはじめました。そして沖合《おきあい》はるか、塩からい波のしぶきを浴びている岩の上には、髪をびしょぬれにした、筋骨たくましい男がすわっていました。——それは、いましも水を浴びて若返って、暑い太陽の光の中にすわっている夏なのでした。まわりの自然もみな若返ってさわやかに、すべては逞《たくま》しく、美しく、また豊かでした。これが夏でした、暑いたのしい夏よ！

　するとクローバの咲きみちているあたりから、快い甘《あま》いにおいがただよってきました。むかし議会のあったその場所には、いまはミツバチがぶんぶんいってむらがっていました。キイチゴのつるが、雨に洗われてキラキラとお日さまにかがやいている祭《さい》壇《だん》の石に巻きついていました。ミツバチの女王はそのむれを連れてそこへ飛んできて、蜜蠟《みつろう》と蜜とを作りました。夏とそのじょうぶそうな妻よりほかには、だれもそれを見ていたものはありません。ふたりのためには、自然の捧《ささ》げ物がうずたかく祭壇につまれました。

夕方の空が金色にかがやきました。どんなお寺の円屋根《まるやね》も、これほどすばらしくはないでしょう。夕焼けと朝焼けとの間には、お月さまが照っていました。まさしく夏でした！

また幾週かすぎ、幾日かたちました。——刈入《かりい》れをする人たちのぴかぴかした鎌《かま》が、ムギ畑でキラッと光りました。リンゴの枝は、赤や黄の果実の重みでしないました。ホップはよい香《かおり》を放って大きな房《ふさ》をたれ、ずっしりと実の房をつけたハシバミのやぶの下には、いま男と女が休んでいました。それは、夏とそのまじめな妻でした。

「なんという豊かさでしょう！」と、妻は言いました。「まわりには恵《めぐ》みがあふれています。どこを見ても、楽しく幸福そうです。それなのにわたしの胸は、自分でもはっきりとわからないながら、さあなんと言ったらいいでしょうか——静けさを、憩《いこ》いを、あこがれているのです！　もうまたあの人たちは畑をたがやしています。人間は、多く多くといくらでもほしくなるらしいのですね——ほら御覧なさい、コウノトリがむれをなしてやってきて、鋤《すき》のあとを少し離《はな》れてついていきますわ。わたしたちを空中はるばると運んできてくれたエジプトの鳥ですわね。あなたは、わたしたちふたりがまだ子供で、この北国へ来た時のことを覚えていらっしゃいますか。――わたしたちは花を持ってきました。また、美しいお日さまの光と、緑の森を持ってきました。その森も、いまでは風に手荒《てあら》く扱《あつか》われて、南国の木のように赤茶けたり黒ずんだりしてしまいました。でもまだ、あの黄金色《こがねいろ》の実はなりませんのね」

「おまえは黄金色の実が見たいのだね？　それではおまえをよろこばせてあげよう！」こう夏は言って腕《うで》を上げると、たちまち森の木の葉は赤や金色に色づき、やがて森ぜんたいにあざやかな色がひろがっていきました。野バラの生垣にはまっかな実がかがやき、ニワトコの枝には大きな重たい黒褐色《こつかっしょく》の実が鈴《すず》なりになり、野のクリは熟して濃緑《こみどり》のいが《いい》を破って落ち、森の中ではスミレが二度めの花を咲かせました。

けれども、年の女王はいよいよ口数が少なくなり、またただんだん青ざめてきました。そして彼女は言うのでした――「つめたい風が吹《ふ》いてきましたこと！　夜はしめっぽい霧が立ちこめます。――わたしはなつかしい子供の時の国に行きたいわ！」

そして、コウノトリが一羽また一羽とかなたへ飛んでいくのを見ると、彼女はその方に手をさしのべるのでした。――巣を仰《あお》いでみますと、巣はもうみんなからっぽで、その一つには、ひょろひょろしたヤグルマソウが生えてい、他の一つには黄色いタンポポが生えていました。まるでその巣が自分たちを守る囲いか垣根でもあるかのように。するとそこへスズメたちがやってきました。

「ピープ！　ここの主人はどこへ行ったのだろう？　たぶん寒い風が吹きだしたので、しんぼうできなくなって、この国をたって行ったのだろう。では、道中お元気で！」

森の木の葉はたちまち黄色くなって、一枚々々と散りはじめました。時雨《しぐれ》が音たてすぎて、秋もだいぶふけました。すると黄色い落葉の上にあの年の女王が横になって、おだやかな目をあげて、キラキラまたたく星を見ているのでした。夫はそのかたわらに立っています。すると、一陣《じん》の風が木の葉をまいて舞《ま》い上がって――それがまた落ちてきた時には、もはや女王の姿は見えず、ただ一羽のチョウ、ことしのさいごのチョウが、冷たい空気の中をひらひらと飛んでいくのでした。

しめっぽい霧《きり》がやってき、氷のような冷たい風と、長い陰気《いんき》な夜がおとずれてきました。年の王者は、雪のような白髪《はくはつ》になって立っていました。でも、自分ではそれに気がつかないで、空から降ってくる雪のせいだと思うのでした。うっすらした雪の衣《ころも》が、青々した畑の上にひろげられました。

やがて、教会の鐘《かね》がクリスマスを告げて鳴りわたりました。

「誕生《たんじょう》の鐘の音が鳴っているな！」と、年の王さまは言いました。「まもなく新しい王さまの夫婦が生れるのだろう。わしも妻のように憩うとしよう！　あのキラキラかがやいている星の世界で休むのじゃ！」

雪をかぶってあざやかな緑をしたモミの森では、クリスマスの天使が、お祝いにつかうモミの若木をきよめていました。

「これらの緑の若木の立てられる部屋々々によろこびあれ！」と、すっかりおじいさんになった年の王さまは言いました。この二、三週間のうちに、彼は全身雪のように白い老人になってしまっていたのです。「もはやわしが憩う時も近づいた。いまは年の若い夫婦に冠《かんむり》と笏《しゃく》とをゆずる時じゃ」

「でも、あなたにはまだ力があります」と、クリスマスの天使は言いました。「力です、憩いではありません！　どうか若い苗木《なえぎ》の上に暖かに雪をつもらせてください！あなたがまだ支配しているうちに、ほかの方がうやまわれるようなことがあっても、それをしんぼうすることを学んでください。世間に忘れられても、なお生きる道を学んでください。春が来れば、あなたは自由の身になれるのです」

「その春はいつ来るのじゃな？」と、冬はたずねました。

「コウノトリの来るときです」

こうして年老いた冬は、まっ白い髪《かみ》と雪のようなひげをして、氷みたいに冷えきって、しかし木枯《こがらし》のように強く、氷のようにしっかりと、雪のつもった丘の上に、前ごみになってすわっていました。そして、去年の冬とそっくり同じに、じっと南の方をながめているのでした。——氷は音をたてて裂《さ》け、雪はぎしぎしときしみ、鏡のように凍《こお》った湖の上ではスケートをする人たちが身をひるがえし、白い地面の上ではオオガラスやカラスがくっきりと目立つのでした。そよとの風もありません。そしてこの静かな空気の中で、冬はじっとこぶしを握《にぎ》りしめていました。すると厚い氷が、陸と陸とをつなぐ道になるのでした。

そこへまた、町からスズメがやって来て、「むこうにいるあのおじいさんはだれ？」と、たずねました。するとまたそこに止っていたあのオオガラスが、それともその息子《むすこ》かもしれませんが、それはどちらでも同じことです——スズメたちに言うのでした。「あれは冬さ！　去年からいる老人だよ。暦《こよみ》の上では死んだことになっているけれど、ほんとうは死んではいないのさ。それどころか、これからやって来る春の後見人なんだよ」

「春が来れば、ぼくらも楽しく暮せるし、世の中も明るくなる。古い年はもうごめんだ」と、スズメたちは言いました。

冬はじっと物思いに沈《しず》みながら、葉が落ちつくしていろんなおもしろい枝ぶりを見せている黒々した森の方をながめて、うなずいていました。こうして冬がうとうとしている間に、氷のように冷たい霧が空からおりてきました。——冬の王さまは、自分の若いころのことを、男ざかりの時代のことを、夢に見ました。やがて夜が明けてみると、森ぜんたいが美しい樹氷に包まれているのでした。それは冬の見た「夏の夢」でした。が、お日さまがのぼって、枝から美しい夢を散らしてしまいました。

「いつ来るんだろう、春は？」と、スズメたちはたずねました。

「春！」という声が、雪のつもった丘《おか》の方から山びこのようにひびいてきました。すると、太陽の光がだんだん暖かになり、雪はとけ、小鳥は「春が来た！」とさえずりはじめました。

するると、空高くさいしょのコウノトリが飛んでき、もう一羽がそれにつづきました。その背中には、めいめいかわいらしい子がひとりずつすわっていました。ふたりの子供は、広い野におりてくると、地面にキスし、それから黙っている老人にキスしました。すると、山上のモーゼのような老人の姿は、霧に運ばれて消えてしまいました。

これで、年の話はおしまいです。

「これでいいのさ！　なかなかうまくいっている。だけど、暦のとおりではないな。そこが少し狂《くる》ってるぞ！」と、スズメたちは言うのでした。

ある母親の物語

ひとりの母親が、自分の幼い子供のそばにすわっていました。子供が病気で死にそうなので、母親はひどく心配して、悲しんでいたのです。子供は顔色もあおざめ、小さい目をつぶっていました。かすかに息をしては、その間に、ときどき吐息《といき》でもするようにホッと深い息をつきます。すると、その幼い生命《いのち》を見守っている母親の顔は、いよいよ悲しそうになるのでした。

その時、表の戸をトントンとたたく音がして、ひとりのみすぼらしいおじいさんがはいってきました。おじいさんは、寒さをふせぐために、ウマの背にかける毛布のような大きな物をからだにまきつけていましたが、それはそうせずにはいられないほど寒い冬だったからです。外では何もかも雪と氷におおわれ、顔に切りつけるような冷たい風が吹《ふ》いていました。

母親は、おじいさんが寒そうにふるえているのを見ると、からだがあたたまるようにと、ちょうど子供がうとうとと眠《ねむ》ったのをさいわい、小さなつぼにビールを入れて、ストーブの上に置きました。おじいさんは、腰《こし》をおろすと、揺《ゆ》りかごをゆすりました。母親もそのそばにすわって、病気の子をみつめるのでした。子供は深い吐息をして、その小さい手をさし上げました。

「この子の生命をとりとめることができるでしょうか？　まさか神さまはこの子をわたしからとりあげなさりはしないでしょうね？」と、母親は言いました。

するとおじいさんは、そうだともそうでないとも、どっちともつかないような奇妙《きみょう》なうなずきかたをしました。おじいさんは死神だったのです。母親は目をふせましたが、涙《なみだ》がポロポロと頬《ほお》をつたわりました。──と、母親は頭がぼうっとしてきました。なにしろ三日三晩すこしも眠らなかったのです。それで、ついトロトロと居眠りをしました。と言っても、ほんのちょっとの間のことで、母親はじきに寒さにぶるぶるっと身ぶるいして、目をさましました。

「まあ、なんとしたことでしょう？」と、母親は言ってわきを見ました。ところが、おじいさんはいなくなってい、赤ん坊《ぼう》の姿も見えません。死神が連れていってしまったのでした。そして部屋のすみの古びた柱時計の中で、クルクル、クルクルというような音がしたと思うと、大きな鉛《なまり》のおもりが「ドスン！」と床《ゆか》に落ちて、時計はとまってしまいました。

けれどもかわいそうな母親は、子供の名前を呼びながら、表へとび出して行きました。

表の雪の中には、長いまっ黒い着物を着た女がすわっていて、言いました。「おまえさんの部屋へ死神が来ていたね。わたしは死神がおまえさんの子供を連れていそいで出ていくのを見たよ。死神ときたら、風よりも足がはやくて、一度奪《うば》いとったものは二度ともどしてはくれないのだよ」

「後生《ごしょう》ですから、死神がどちらへ行ったか教えてください。道さえわかれば、死神の居所を見つけますから」と、母親は頼《たの》みました。

「それは知っているがね」と、黒い着物を着た女は言いました。「だから教えてやらないこともないが、その前に、おまえが赤ん坊にうたって聞かせていた子守唄《こもりうた》を、残らずわたしにうたって聞かせておくれ。わたしは子守唄が好きで、前からよく聞いていたのさ。わたしは夜なのだがね、おまえが子守唄をうたいながら、涙を浮《うか》べているのを見たよ」

「ええ、それはもういくらでもうたいますけれど、いまは死神をさがして子供を見つけるじゃまをしないで下さい！」と、母親は言いました。

けれども夜は、じっと黙《だま》ってすわっているだけでした。そこで母親は、両手をよじって泣きながら、歌をうたいました。歌はいくつもいくつもありました。でも、頬をつたう涙はもっともっと多かったのです。すると夜は言いました。「右手のあの暗いモミの森の中へ行ってごらん。わたしは死神がおまえの赤ん坊を連れてそっちへ行くのを見たよ」

森の奥深く《おくふか》はいって行くと、道が十字にわかれていて、母親はどの道を行ったらいいかわからなくなりました。そばにはイバラのやぶがありましたが、寒い冬のことですから、葉っぱ一枚花一つついていずに、枝には氷柱《つらら》が下がっていました。「死神がわたしの子供を連れていくのを見かけませんでしたか？」「見たよ」と、やぶは答えました。「だが、わしをおまえの胸におしあてて暖めてくれなけりゃ、どっちへ行ったか教えてやるわけにはいかないよ。わしは死ぬほど寒くて、いまにもこおってしまいそうなのだ」

そこで母親は、イバラのやぶがじゅうぶんに暖まるように、しっかりと自分の胸におしあてました。とげが母親のはだを破り、血が大きなしずくになって流れ出しました。そのかわりイバラのやぶは、この暗い冬の夜に、青々とした若葉をつけ、花を咲《さ》かせるのでした。それほどまでに、悲しんでいる母親の胸は暖かかったのです！　そこでイバラは、どの道を行ったらいいか教えてくれました。

やがて母親は大きな湖に出ましたが、そこには一そうの舟《ふね》もボートも見当りませんでした。湖には、氷がはっていて、ジャブジャブ水をわたって行くことはとてもできません。そうかといってその氷は、歩いて渡《わた》れるほど厚くもありません。でも、子供を探しだすためには、どうあってもこの湖を渡らねばならないのです。そこで母親は、腹ばいになって、湖の水を飲みほそうとかかりました。もちろん、そんなことが人間にできるわけはありません。しかし、悲しみでいっぱいだった母親は、奇蹟《きせき》だって起るかもしれないと思ったのでした――

「だめだよ。そんなことができるものじゃない！」と、湖は言いました。「それよりもひとつ相談にのろうじゃないか。わしは真珠《しんじゅ》が好きで集めているのだが、おまえさんの二つの目ほどきれいな真珠は見たことがない。もしおまえさんが、泣いて泣いてその目を流し出して、わしにくれるなら、わしはおまえさんを死神の住んでいる大きな温室まで運んであげよう。死神はそこで草花や木を育てているのだが、その草花や木の一つ一つが人間の生命なのだよ」

「ええ、子供のところへ行けるなら、なんだってさしあげますわ！」と、さんざん泣いた母親は答えて、なおも泣きに泣きました。すると、母親の目はポロリと湖の底に落ちて、二つの高価な真珠になったのです。そこで湖は、ふわりと母親を持ち上げると、まるでブランコにでも乗せたように、ひょいと一とびでむこう岸へおろしてくれました。そこには、何マイルもあるほど広いふしぎな屋敷《やしき》がありました。それはもともと森や洞窟《どうくつ》のある山なのか、それともそういう風に築き上げたものなのか、少しもわかりませんでした。もっとも、かわいそうな母親には、何も見えなかったのです。泣いて泣いて目を流し出してしまったのですもの。

「わたしの坊やを連れていった死神はどこにいるのでしょう?」と、母親は言いました。

すると、死神の大きな温室の番をしている墓守《はかもり》のばあさんが答えました。「死神はまだ来ていないだよ。おまえさんよくまあここへ来る道がわかったねえ。いったいだれに助けてもらったね?」

「神さまが助けてくださったのですわ」と、母親は答えました。「神さまは情け深いお方ですもの、あなたもきっと情け深いお方でしょう。どうぞ教えてください、わたしの坊やはどこにいるのでしょうか?」

「さあ、それはわしも知らないな」と、おばあさんは言いました。「ましておまえさんにわかるものかね!――ゆうべのうちにだって、沢山《たくさん》の木や草花がしおれたので、死神がまもなくやってきて移しかえることでしょう。おまえさんも知ってるとおり、人間はだれしも、それぞれ自分の性質に応じた自分の生命《いのち》の木、生命の花を持っていてね。その木や花は、ちょっと見るとほかの草木とちがいはないが、それぞれ心臓が打っているんだよ。そりゃ子供の心臓だって打ってるさ！　だからその音を聞き聞き探したら、ひょっとすると、おまえさんの子供もみつかるかしれない。だが、それから先どうしたらいいか教えてやったら、いったいお礼には何をくれるね？」

「わたしにはおあげするようなものがもう何もありません。でも、あなたのためなら世界のはてまででも参りますわ」と、悲嘆《ひたん》にくれている母親は答えました。

「そんなことをしてもらってもしかたがないさ！」と、おばあさんは言いました。「だが、おまえさんはその長い黒髪《くろかみ》をわしにくれないかね。おまえさんも気がついていいそうなものだが、その髪はほんとうに美しい髪で、すっかりわしの気にいったよ。かわりにはわしの白髪《しらが》をあげよう。これだって捨てたもんじゃないからね」

「ほかにお望みがないのでしたら、黒髪くらいお安い御用《ごよう》ですわ！」母親はそう言って、美しい髪をおばあさんにやり、かわりにおばあさんのまっ白な髪をもらいました。

それからふたりは死神の大きな温室へはいって行きましたが、そこには草花や木がふしぎにまじりあって生えているのでした。弱々しいヒヤシンスが釣鐘《つりがね》型《がた》のガラス器の下に植えてあるかと思えば、とても大きいがっしりしたシャクヤクがあります。いろんな水草も生えていましたが、あるものはとても元気がいいし、あるものは半病人みたいで、そんなのには水ヘビがからみついたり、黒いカニが茎《くき》にかじりついていました。堂々としたシュロの木やカシの木やプラタナスがあるかと思えば、オランダゼリや花ざかりのタチジャコウソウもありました。木や草花にはそれぞれ名前がついていて、いずれもみな人間の生命なのでした。もちろんまだ生きている人たちで、ひとりはシナに住んでい、ひとりはグリーンランドにというふうに、世界じゅうの生命がそこに集まっていました。大きな木が小さいはちに植わっているために、いかにも窮《きゅう》屈《くつ》そうで、いまにもはちが割れそうなのもあれば、小さい貧弱《ひんじゃく》な花が肥えた土に植えられて、まわりをコケでかこんでたいせつに育てられている場所もいくつかありました。それでも悲しみでいっぱいな母親は、どんな小さい草花の上にも一つ一つかがみこんで、その中で打っている心臓の音を聞いてまわりました。こうして何百万もある中から、自分の子供の心臓の音を聞きわけたのでした。

「これですわ！」とさけんで、母親はすっかりしおれてうなだれている小さな青いサフランの上に手をのばしました。

「花にさわっちゃいけない！」と、おばあさんは言いました。「それよりじっとここに待っていて、もう来るはずなんだから、死神がきたらその花を抜《ぬ》きとらせないようにすることだよ。もしこれを抜いたりすれば、ほかの花もひき抜いてやると言っておどかしてごらん。きっと死神はたじたじとなるよ！　ここにある草や木は、みんな神さまからあずかっているもので、そのお許しがなければ、一本だって引き抜いてはいけないのだからね」

その時ふいに氷のような冷たい風が広間を通りぬけました。それで、目の見えない母親にも、死神がやってきたことがわかりました。

「おまえはどうしてここへ来る道がわかったのだ？　どうやってわしよりも早く来ることができたのだ？」と、死神はたずねました。

「母親ですもの！」と、彼女《かのじょ》は答えました。

すると死神は、あの弱々しい小さい花の方へ長い手をのばしました。しかし、母親は、その花のまわりをしっかりと両手でかこってしまいました。それでも花びら一枚にもさわらないように気をつけながら。すると死神は、母親の手へ息を吹きかけました。その息は氷の風よりもまだ冷たくて、母親の手は思わずだらりとさがってしまいました。

「わしのじゃまをしようたってできはしないぞ！」と、死神が言いました。

「でも神さまにならおできになります！」母親は言い返しました。

「わしは神さまのお心どおりにしているだけだ。わしはあの方の庭番なのだ！　あの方の木と草花をすっかり引受けて、それを見知らぬ天国の大きな花園《はなぞの》へ移し植える役なのだ。だが、天国の花園で、それらの草や木がどうなるか、その花園がどんなだかは、おまえに話してやるわけにはいかない」こう死神は言いました。

「わたしの坊やを返してください！」母親は泣き泣きいっしょうけんめいにたのんでいましたが、いきなり両手でそばにあった二本の美しい花をつかむと、死神にむかってさけびました。「わたしはもうやけになったんだから、あなたの花をみんなひきむしってしまいますよ！」

「花にさわってはいけない！」と、死神は言いました。「おまえは自分の不幸をそんなになげいていながら、ほかの母親を同じような目にあわせようというのか！」

「ほかの母親ですって？」かわいそうな母親は思わず言って、すぐさま花から手を放しました。

「そうだ、おまえの目を返して上げよう」と、死神は言いました。「あんまりキラキラ光っていたので、わしはこれを湖からひろい上げたのだ。これがおまえの目だとは知らなかった。さあ、受け取って、前よりもよく見えるようになっているはずだから、これですぐそばの深い井戸《いど》をのぞいてごらん。わしはおまえが引き抜こうとした二本の花の名前を教えてやろう。そうしたらおまえは、その花の将来を、その人間の全生涯を見て、おまえがどういうものを引きむしって滅ぼそうとしていたかわかるだろうよ！」

そこで母親は井戸の中をのぞきました。一方の生命がこの世の祝福となり、自分のまわりにどっさりよろこびと幸福をまきちらしているのを見るのは、見るだけでもほんとうに楽しいことでした。ところがもう一つの方を見ると、その一生はまた心配と貧乏《びんぼう》と悲惨《ひさん》と苦しみの連続でした。

「両方とも神さまのみ心なのだ」と、死神は言いました。

「この花のどっちが不幸な花で、どちらが祝福の花なのでしょう？」と、母親はたずねました。

「それを言うわけにはいかない」と、死神は答えました。「だが、これだけのことは教えてやろう――この二つの草花のうち、一本はおまえの子供の生命なのだ。おまえが見たのは、おまえの子供の運命、お前自身の子供の将来なのだ」

するとと母親はびっくりしてさけびました。「このどっちがわたしの子供なのでしょう？　どうぞおしえてください！　罪のない子供を助けてやってください！　わたしの子供をあんな悲惨な目にあわせないで、いっそ連れていってください。わたしの涙も、わたしのお願いも、わたしのしたこと言ったことをみんな忘れて、どうぞ神さまのお国へ連れていって下さい！」

「おまえはまた何を言い出すのだ。いったいおまえは子供を連れもどしたいのか、それともおまえの知らないあの場所へ連れ去ってもらいたいのか？」と、死神は言いました。

するとと母親は、両手をもみしだいて、さっとひざまずき、神さまにお祈《いの》りするのでした。

「あなたのみ心のままになさってください。もしわたしがみ心にそむくようなことを申しましても、どうぞお聞きいれにならないでください！　どうぞお聞きいれにならないで」

そう言って母親は低く低く頭をたれました。

すると死神は彼女の子供を見知らぬ国へ連れ去ったのでした。

赤い靴《くつ》

あるところに、とてもきれいな、かわいらしい女の子がいました。けれども、家が貧しかったので、夏はいつも、はだしで歩かなければなりませんでした。冬になると、大きな木靴をはきました。そのため、小さな足のこうがまっかになって、見るもかわいそうな様子になりました。

村のまん中に、年とった靴屋のおばさんが住んでいました。おばさんは店にすわって、いっしょうけんめい、赤い古着のきれっぱしで、一足の小さい靴をぬっていました。かっこうはあまりよくありませんでしたが、その靴には、暖かい心がこもっていました。その靴は、その女の子にやるつもりだったのですものね。女の子の名前は、カーレンといいました。

カーレンは、お母さんのお葬式《そうしき》の日に、その赤い靴をもらいましたので、さっそくそれをはきました。お葬式に赤い靴では似合いませんが、なにしろほかに靴がないので、はだしの足にじかにそれをはいて、そまつな棺《ひつぎ》のうしろについていきました。

するとそこへ、一台の古風な、大きな馬車が通りかかりました。馬車には、かっぷくのいい、年とった奥《おく》さまが乗っていました。奥さまは小さい女の子を見ると、かわいそうに思って、牧師さんに言いました。

「もしもし、その子をわたしにくださいませんか。かわいがってやりますから」

カーレンは、これもみな赤い靴のおかげだと思いました。でも、年とった奥さまは、いやらしい靴だと言いました。そこで、その靴は焼かれてしまいました。そのかわりカーレンは、きれいさっぱりとした服を着せられ、読み書きや、おさいほうをならいました。すると人々は、カーレンのことを、かわいらしい子だと言いました。ところが鏡は、

「あなたは、かわいらしいどころか、ほんとうにきれいですよ」

と言いました。

あるとき、女王さまがこの土地へおいでになりました。女王さまは、小さい娘《むすめ》を連れていらっしゃいました。つまり、お姫《ひめ》さまです。人々は、お城の前へぞくぞく集まってきました。カーレンもその仲間にまじっていました。

小さいお姫さまは、きれいな白い服を着て、窓のところにあらわれました。まだ小さいので、すそをひいていませんし、金の冠《かんむり》もかぶっていませんでした。けれども、

とてもきれいな赤いモロッコがわの靴をはいていました。それはたしかに、あの靴屋のおばさんが小さいカーレンにぬってくれたのとはちがった、ずっと上等のものでした。世界じゅうにだって、この赤い靴にくらべられるようなものがあったでしょうか。

　さて、カーレンは大きくなって、いよいよ堅信礼《けんしんれい》（訳注　子どもたちが、はじめておとなになる儀式）を受けることになりました。新しい服もできましたので、今度は新しい足の寸法をこしらえることになりました。町のちゃんとした靴屋が、カーレンのかわいい足の寸法をとりました。そこは靴屋の店でしたから、大きなガラスだなが立っていて、その中には、すばらしい靴や、ぴかぴか光る長靴がならんでいました。ほんとうにすばらしいながめです。

　でも年とった奥さまは、目がよく見えないので、べつによろこびもしませんでした。ところで、そこにならんでいる靴の中に、あのお姫さまがはいていたのとそっくりの、赤い靴が一足ありました。まあ、なんてきれいな靴でしょう。靴屋さんのいうには、これはある伯爵《はくしゃく》のお子さんのためにぬったのですが、足にあわなかったので、そのままになっているとのことでした。

「これは、つやだしがわだね。よく光っていること」

　と、年とった奥さまは言いました。

「ほんとに、よく光ってますわ」

と、カーレンも言いました。

その靴は、カーレンの足にぴったりあいましたので、買うことになりました。年とった奥さまは、それが赤い靴だということに気がつかなかったのです。赤い靴をはいて堅信礼に出るなんてことを、奥さまがゆるすはずはありませんものね。けれどもカーレンは、やはりその靴をはいて、堅信礼に出てしまったのです。

人々は、カーレンの足もとばかり見ていました。カーレンが教会の中へはいって、内陣《ないじん》のほうへ歩いていきますと、そのあたりのかべにほってある、かたいカラーをつけて長い黒い服を着た昔のえらい坊《ぼう》さんや、坊さんの奥さんの肖像《しょうぞう》までが、カーレンの赤い靴にじっと目をそそいでいるような気がしました。

牧師さんが手をカーレンの頭の上において、神聖な洗礼のことや、神さまとの約束のことをお話しになり、これからは一人まえのりっぱなクリスチャンにならなければいけないとおっしゃっているあいだも、カーレンは、自分の靴のことばかり考えていました。

オルガンがおごそかに鳴りだすと、子供たちはきよらかな声で讃美歌《さんびか》をうたい、年とった聖歌隊長もうたいました。それでもカーレンは、自分の赤い靴のことばかり考えつづけていたのです。

お昼すぎになってから、年とった奥さまは、みんなから、カーレンの靴が赤かったことを聞きました。そこで奥さまは、言いきかせました。——堅信礼に赤い靴なんかはいていくのは、ほんとにふさわしくないわるいことです。これから教会へ行くときは、たとえ古いのでもいいから、かならず黒い靴をはいていきなさい、と。

つぎの日曜は、聖餐式《せいさんしき》の日でした。カーレンは、黒い靴をながめたり、赤い靴をながめたりしましたが、もう一度赤い靴をながめると、とうとう、それをはいてしまいました。

その日は、うららかに晴れていました。カーレンと年とった奥さまとは、ムギばたけの中の小道を歩いていきました。道には、ほこりがすこしたちました。

教会堂の入口には、年とった兵隊さんがひとり、松葉づえをついて立っていました。その年とった兵隊さんは、白いというよりも、赤みがかった、ふしぎな長いひげをしていました。そう、たしかに赤いひげでした。兵隊さんは地面にとどくほど身をかがめて、年とった奥さまに、どうぞ靴のほこりをはらわせてくださいと頼《たの》みました。そこでカーレンも、奥さまといっしょに小さい足を出しました。

「おお、なんてきれいなダンス靴だ。おまえさんがダンスをするときは、しっかり足にくっついているんだぞ」

こう兵隊さんは言って、手で靴の底をたたきました。年とった奥さまは、兵隊さんに一シリングめぐんで、カーレンを連れて教会へはいりました。

教会の中では、みんながカーレンの赤い靴をじろじろと見ますし、まわりの聖像までも、みんな赤い靴を見おろしていました。カーレンは、いよいよ祭壇《さいだん》の前にひざまずいて、金のさかずきを口にあてる時も、赤い靴のことばかり考えていました。気のせいか、手にしているさかずきの中にまで、赤い靴が浮《う》かんでいるような気がしました。そこで、讃美歌をうたうことも、「主の祈《いの》り」をとなえることも、忘れてしまいました。

やがて人々は教会を出て、年とった奥さまは馬車に乗りました。そのあとからカーレンも乗ろうとして、片足あげました。と、そのとき、すぐそばに立っていた、例の兵隊さんが言いました。

「まあ、なんてきれいなダンス靴だ」

するとカーレンは、どうしてもダンスのステップを二つ三つふまないではいられませんでした。ところが、いったん踊《おど》りはじめると、今度は足の方で、ひとりでに踊りつづけるのです。なんだか、靴の言いなりしだいにならなくてはならないのです。カーレンは踊りながら、教会のかどをまがりました。自分では、どうすることもできないのです。そこで、御者《ぎょしゃ》があとを追いかけていって、しっかりとつかまえなければなりませんでした。そうして馬車に乗せましたが、足はあいかわらずダンスをしつづけていて、年とったやさしい奥さまの足を、いやというほどけってしまいました。やっとのことでみんなが靴をぬがせると、ようやく足はしずまりました。

家に帰ると、奥さまはその靴を戸だなへしまってしまいました。でもカーレンは、それが見たくてたまりません。そのうちに、お年よりの奥さまは病気になりました。みんなの話では、今度はとても助かるまいとのことでした。お世話をしたり、看病したりすることが、なによりたいせつでしたが、それはカーレンが、だれよりもいっしょうけんめいにしなければならないつとめでした。

ところが、その日は町に大きなダンス・パーティーがあって、カーレンも招待されていました。

カーレンは、もう助かりそうもないお年よりを見ました。それから赤い靴をながめました。ながめたからといって、それがわるいとは思われませんものね。――今度は、赤い靴をはいてみました。はいてみたって、やっぱり、べつにわるいとは思えませんでした。――ところが、それをはくと、カーレンはそのままダンス・パーティーへ出かけて、もう踊りはじめていました。

すると、ふしぎなことに、カーレンが右へ行こうと思うと、靴は左の方へ踊っていきます。広間へのぼっていくと、靴は踊りながら広間を出て、階段をおりて、町の通りをぬけ、とうとう町の門から外へ出てしまいました。カーレンは踊りに踊りました。いいえ、踊らないわけにはいかなかったのです。そして、踊りながら、どんどん暗い森の中へはいっていきました。

すると、むこうの木のあいだに、なにか光っているものが見えましたので、カーレンは、お月さまかと思いました。ところが、それは人の顔でした。しかも、あの赤いひげをはやした、年とった兵隊さんの顔ではありませんか。兵隊さんはそこにすわって、うなずきながら言いました。

「おお、なんてきれいなダンス靴だ」

カーレンはこわくなって、赤い靴をぬぎすてようとしましたが、靴はしっかり足にくっついています。そこで、靴下をひきさきましたが、それでも靴は、足に根をはやしたようにくっついていました。

そのあいだもカーレンは、踊っていました。いいえ、踊っていかなければならなかったのです。畑をこえ、草原をこえ、雨の日も晴れた日も、夜も、昼も。ことに夜は、ほんとうにこわい思いをしました。

カーレンは、広い墓地の中へ、踊りながらはいっていきました。けれども、死んだ人たちはダンスなんかしていません。ダンスなんかより、もっとよいことをしなければならないからです。カーレンは、ニガヨモギの生えているみすぼらしいお墓に、腰《こし》をおろそうとしました。でも、いまは、休むことも、とまることもゆるされないのです。

こうして、なおも踊りながら、戸のあいていた教会の玄関《げんかん》の方へ行きますと、そこに、まっ白い長い衣《ころも》を着た天使が立っていました。そのつばさは、肩《かた》から地面までとどき、きびしくいかめしい顔をして、手にはキラキラ光る大きな剣《けん》を持っていました。

「おまえはいつまでも踊りつづけるのじゃ。その赤い靴をはいて踊るのだ。青ざめて、つめたくなるまで。おまえのからだが、がいこつみたいにひからびてしまうまで。おまえは、高慢《こうまん》ちきで、みえぼうの子供のいる家を、踊りながら一軒《けん》々々たずねていくのじゃ。その子がおまえの来たのを聞いてこわがるように、その戸口をたたいてまわるのじゃ。さあ、踊れ。踊っていけ！」

こう天使は言いました。

「どうぞゆるして！」

と、カーレンはさけびました。

けれども、天使がなんと返事をしたか、それは聞えませんでした。なぜなら、赤い靴はカーレンを運んで、門をぬけ、畑へ出て、道や小道をこえていきましたから。

こうしてカーレンは、いつまでもいつまでも、踊りつづけていかなければならなかったのです。

ある朝のことでした。カーレンは、よく知っている家の戸口を、踊りながら通りすぎました。家の中からは讃美歌が聞えていましたが、やがて、花をかざった棺が運びだされてきました。

こうしてカーレンは、あの年とった奥さまがなくなったことを知りました。いまこそカーレンは、自分がみんなから見すてられ、神さまの天使からはのろわれていることを、つくづくと感じました。

それでもカーレンは踊りつづけました。いいえ、踊らなければならなかったのです。そして、暗い夜の中を、どこまでも踊っていきました。靴はカーレンを、イバラや切株をこえて運んでいきましたので、手や足からは血が流れました。

こうして、なおも荒野《こうや》の上を踊っていきますと、そこに小さい家が一軒だけぽつんと立っていました。この家には、首きり役人が住んでいることを知っていましたので、カーレンは、ゆびで窓ガラスをたたいて、しずかに言いました。

「出てきてください。出てきてください。わたしは、はいっていけませんの。踊っていなければならないんですもの」

するとしと、首きり役人は言いました。

「おまえは、このおれがだれだか知らないんだな。おれは、わるい人間の首をきる、首きり役人だ。おれのこの斧《おの》が、血を見たくてむずむずしているのがわからないのか」

「どうか、わたしの首はきらないで！　でないと、わたし、ざんげをすることができなくなりますもの。そのかわりどうぞこの赤い靴ごと、わたしの足をきってください」

こう言ってカーレンは、罪をすっかりざんげしました。そこで首きり役人は、赤い靴ごと、カーレンの足をきりおとしました。するとその靴は、小さな足といっしょに、荒野をよこぎって、暗い森の中へ踊っていってしまいました。

首きり役人は、カーレンのために、木の足と松葉づえをこしらえてやり、罪人がいつもうたう讃美歌をおしえました。カーレンは斧をふるった首きり役人の手にキスをして、それから荒野をこえて歩いていきました。

「ああ、あの赤い靴のおかげで、わたしはずいぶん苦しい思いをしたわ。さあ、これから教会へ行って、みなさんに見ていただきましょう」

こうカーレンは言って、いそいで教会をめざして行きました。ところが、教会の戸口まで来ると、自分の目の前を、赤い靴が踊っていくではありませんか。カーレンはびっくりして、ひきかえしました。カーレンは、それからまる一週間というもの、悲しくて悲しくて、さんざ涙《なみだ》を流して泣きました。ところが、また日曜日になりますと、カーレンはつぶやきました。

「そうだわ、わたしもう、さんざ苦しんだり、たたかったりしたわ。もうわたし、教会の中にすわって頭を高くあげている人たちにまけないほど、よい人間になれたのじゃないかしら」

こう思って、勇気をだして出かけました。ところが、教会の生垣《いけがき》のところまで来ないうちに、あの赤い靴が前の方を踊っていくのが見えました。カーレンはおそろしくなってひきかえすと、今度こそ、心の底から、自分のしたことを悔《く》いました。

そこでカーレンは、牧師さんのところへ行って、女中に使ってくださいとたのみました。いっしょうけんめい働いて、どんなことでもいたします、お給金なぞいただくつもりはありません、ただ雨つゆをしのぐ場所があって、親切な方のそばに置いていただければ、それでけっこうです、と言いました。

牧師さんの奥さまは、それを聞いてかわいそうに思い、女中に使うことにしました。カーレンは、たいそうよく働きました。そして、いつも物思いにしずんでいました。夜、牧師さんが聖書を高い声でお読みになると、カーレンは、じっとすわって、耳をかたむけました。

子供たちもみんな、カーレンになつきました。でも、子供たちがおしゃれをしたり、晴着をほしがったりして、女王さまのようにきれいになりたいなどと言いますと、カーレンはただ、頭を横にふるばかりでした。

つぎの日曜日に、家の人たちがそろって教会へ行くとき、カーレンもいっしょに行かないかとさそわれました。でもカーレンは、目にいっぱい涙をうかべて、悲しそうに自分の松葉づえを見つめるばかりでした。そこでみんなは、神さまのお言葉を聞きに出かけました。

そのあいだにカーレンは、ひとりで自分の小さい部屋にはいりました。ベッドと椅子《いす》が一つ置けるだけの、せまい部屋です。カーレンは椅子に腰をおろして、讃美歌の本をひろげました。

こうして、つつましい気持でそれを読んでいますと、教会のオルガンの音が風にのってひびいてきました。カーレンは涙にぬれた顔をあげて、

「おお、神さま。どうぞわたしをお救いくださいまし」

と、祈りました。

その時、日の光がきゅうに明るくなったかと思うと、すぐ目の前に、まっ白い衣を着た天使が立っていました。それは、あの晩教会の戸口で見た天使でしたが、いまはあのときのようにするどい剣は持っていないで、かわりに、一本の美しい緑の枝を持っていました。その枝には、バラの花がいっぱい咲《さ》いていました。

天使がその枝で天井《てんじょう》にさわると、天井はだんだん高くなっていき、そして、枝のさわったところには、金の星がキラキラかがやきはじめました。また、まわりのかべにさわると、かべはだんだん遠のいていって、やがて音楽をかなでているオルガンが見えてきました。むかしのえらい坊《ぼう》さんや、その奥方の肖像《しょうぞう》も見えてきました。教会員の人たちが、きれいな椅子に腰かけて、讃美歌の本を持ってうたっていました。

これは、教会の方で、このあわれな娘《むすめ》の小さな部屋へやってきたのでしょうか。それとも、娘の方がそこへ行ったのでしょうか。――カーレンは、牧師さんの家の人たちといっしょに、椅子に腰かけていました。やがて讃美歌がすむと、人々は顔をあげて、カーレンの方にうなずいて言いました。

「カーレンや、よく来ましたね」

「神さまのおめぐみで」

と、カーレンは言いました。

その時、オルガンがまたもや鳴りひびき、聖歌隊の子供たちの声が、とてもやさしく、きよらかに聞えてきました。

うららかなお日さまの光が、窓から暖かくさしこんできて、カーレンのすわっている椅子を照らしました。カーレンの心は、お日さまの光と、平和とよろこびにみちあふれて、とうとうはりさけてしまいました。そして、カーレンのたましいは、お日さまの光に乗って、神さまのところへ飛んでいきました。そこではもう、だれも赤い靴のことを言うものはありませんでした。

あの女はろくでなし

町長さんが開いた窓のそばに立っていました。礼装用のワイシャツを着て、胸のひだ飾《かざ》りにはブローチをつけ、ひげはばかていねいにそっていました。それも自分でそったのです。ところが、小さい切り傷をこしらえてしまい、上に新聞紙の切れっぱしをはっていました。

「おい、そこへ行く坊《ぼう》や！」と、町長さんは呼びました。

坊やと呼ばれたのは、そこを通りかかった洗濯女《せんたくおんな》の息子《むすこ》でした。その子はうやうやしく帽子《ぼうし》をとりました。その帽子は、つばがつぶれていたので、ポケットに押《お》しこむのには便利でした。着物はそまつでしたが、こざっぱりとしていて、ねんいりにつぎがあててありました。足には重たい木靴《きぐつ》をはいていました。そうやって男の子は、まるで王さまの前にでも出たように、うやうやしく立っていました。

「おまえはいい子だ！」と、町長さんは言いました。「ぎょうぎのよい子だ！　おまえの母さんが下の川で洗濯物をすすいでいるんで、そこへおまえはそのポケットに入れた物を持って行くんだろ。それがおまえの母さんのこまった癖《くせ》だ。そこにどのくらい持っているのだな?」

「小びんにはんぶんです」と、男の子はおびえたように、小さく答えました。

「けさも、同じだけ飲んだんだろ?」と、町長さんはおっかけてききました。

「いいえ、きのうです」と男の子は答えました。

「半びんだって二度ならひとびんになる!――なんてろくでなしじゃ。下々《しもじも》の連中というやつは、こまったものじゃ!――母さんに言いなさい、少しは恥《は》ずかしいと思いなさいって! おまえはけっして大酒飲みになるんじゃないぞ。しかし、結局おまえもそうなるだろうな。――かわいそうに!――さあ、行くがいい!」

そこで男の子は歩きだしました。帽子はまだ手に持ったままでしたから、黄色い髪《かみ》の毛が風に吹《ふ》かれて、ぼうぼうにおったちました。少年は大通りからおれて横町にはいり、川の方へおりていきました。そこでは母親が、洗濯台を前に、水の中に立って、たたき棒でかさばったしきふを打っていました。ちょうど水車場の水門が引き上げられていたので、流れははげしかったのです。しきふは流れにさらわれそうになり、もう少しで洗濯台までがたおされそうでした。洗濯女はしっかりと台につかまっていなければなりませんでした。

「わたしゃもう少しで流されそうだよ」と、母親は言いました。「いい時に来ておくれだったね。なにしろ少し力をつけなきゃ、どうにもならないもの。ここの水の中はそりゃ冷たいんだよ。もう六時間もわたしゃこうして立っているんだからね。おまえ、あれを持ってきておくれかい？」

男の子はびんを取りだしました。母親はそれを口にあてて、ひとくち飲みました。

「ああ、なんていい気持だろ！　からだがじーんとあったまってきたよ！　暖かい食事と同じだよ。おまけに、それほどお金もかからないし。おまえもひとくちお飲み！　とても青い顔しているじゃないか。薄着で寒いんだろう。なんしろもう秋だものねえ。おお寒い。この水の冷たいこと！　病気にならなければいいが。いいえ病気になんかなってたまるものかね。もうひとたらしおくれ。おまえもお飲み。だけどほんのちょっぴりだよ。こんな癖をつけてはいけないからね。貧乏人《びんぼうにん》の子に生れて、おまえもほんとにかわいそうに！」

こう言って母親は、男の子の立っている橋のはじをまわって岸に上がりました。腰《こし》にまきつけていたイグサのござから、水がしたたりました。水はスカートからも流れ落ちました。

「お母さんは働きどおしなんだよ。爪《つめ》の根もとからいまにも血が吹きだしそうなくらいさ。でもかわいいおまえをりっぱに育てあげることさえできれば、こんなことくらいなんでもないよ！」

その時、いくらか年上の女の人が来かかりました。その人はまずしい着物を着て、色つやもわるく、おまけに片足が不自由でした。とても大きなかもじの巻き毛が片方の目の上にかぶさっていたのは、それでその目をかくそうとしたのですが、そのためにかえって、あらを目だたせていました。この人は、洗濯女の友だちで、近所の人たちからは「巻き毛のちんばのマーレンさん」と呼ばれていました。

「まあまあ、冷たい水の中でそんなに立ちどおしで働いていたんじゃね！　それじゃ、からだをあたためるものが少しはいりますさ。それを世間じゃ、あなたの飲むほんのひとったらしのことでわるく言うんだからね！」

こう言ってマーレンさんは、町長さんが男の子に言ったことをのこらず話して聞かせました。実はマーレンさんは、それをすっかり立ち聞きしていたのです。そして子供にむかってその子の母親とその飲物のことをあんなふうに言いながら、町長さん自身は、幾本《いくほん》もブドウ酒の出るごうせいな宴会《えんかい》を開いているのを、ひどく憤慨《ふんがい》していたのです。

「それがね、上等のブドウ酒や強いお酒なんですよ！　たいていの人が、のどをうるおすなんてもんじゃない、だらしなくよっぱらうのさ。しかもそれくらいは飲むうちにはいらないんですってさ。ところが、あの人たちはりっぱな役にたつ人たちで、あなたはろくでなしなんだって！」

「そんなことをあの方がおまえに言ったのかえ？」

と、洗濯女は言いましたが、唇《くちびる》はぶるぶるふるえていました。

「おまえは、ろくでなしの母さんを持っているんだよ。町長さんの言うとおりかもしれない。けれど、この子供にそれを言わなくてもいいじゃありませんか！　そりゃ町長さんのお屋敷《やしき》からは、いろいろ御恩《ごおん》を受けているけれどさ！」

「そういえばあなたは町長さんの御両親がまだ生きていて、あの家に住んでいらっしゃったころ、あのお屋敷に奉公《ほうこう》していたんでしたね。ずっと昔のことだけれどさ！　あの時から、船乗りはずいぶん塩水を飲んだんだもの、のどが渇《かわ》くのもむりはありませんよ」こう言ってマーレンさんは笑いました。「きょうもね、町長さんのところでは、お昼に宴会があるんですよ。ほんとうは、そんな宴会は取消さなくてはいけないんだけれど、もう手おくれで、すっかり御馳走《ごちそう》もできてしまったんだって。なんでも、下男の話だと、つい一時間ばかり前に、コペンハーゲンにおいでの弟さんがなくなったという知らせの手紙がきたんですって」

「あの弟さんが？」と、洗濯女は思わずさけんで顔色が変りました。

「そうなんですって！」と、おばさんは言いました。「あんた、そんなにびっくりしたの！　そうそう、あなたはお屋敷にいたころから、あの方を知っていなさったわね」

「あの方がなくなりましたか！　ほんとうにいい方でした。神さまだってあんな方は、そうたくさんはごぞんじないでしょうよ」

そう言っているうちに涙《なみだ》が頬《ほお》をつたって流れました。「ああ、どうしたのかしら？　目まいがする――一びんすっかり飲んでしまったからだわ。わたしはこんなには飲めないんだもの。――とても気分がわるい！」こう言って、そばの板がこいにつかまりました。

「おや、ずいぶんわるそうですね」と、マーレンおばさんは言いました。「なに、じきによくなりますよ。――いや、いけない！　あんたはほんとに気分がわるいんだ！　家へ帰った方がいい。わたしが連れていってあげます」

「でも、洗濯物が！」

「それはわたしが引受けますよ。さあ、わたしの腕《うで》につかまって！　坊やにここにのこってもらって、しばらく番をしてもらいましょう。わたしがもどって来てのこりは洗います。あとはいくらもないんだもの！」

洗濯女の足はふらふらとよろけました。

「あまり長く冷たい水の中に立っていすぎたんだわ！　それにけさからまだ水一ぱい、パンひときれも口に入れてないんです。からだに熱がある！　おお、イエスさま！　どうぞ家まで帰る力をお与《あた》えください！　それから、かわいそうなこの子を！」

こう言って母親は泣きました。

男の子も泣きましたが、すぐ、川岸のぬれた洗濯物のそばにひとりですわって、番をしました。

おばさんと、足のふらふらする洗濯女とは、ゆっくり横町をのぼって行きました。それから大通りに出て、町長さんのお屋敷の前にかかりました。ところが、ちょうどお屋敷の前にきた時、母親は往来の敷石の上にたおれてしまいました。人々が集まってきました。

ちんばのマーレンさんは助けを求めに、お屋敷の中へ走って行きました。この様子を町長さんは、お客さまたちといっしょに窓から見ていました。

「あれは洗濯女だ」と町長さんは言いました。「ちと飲みすぎたと見える。あれはろくでなしの女だ。かわいい男の子がいるんだが、気の毒なものじゃ！　わしはその子には好意を持っておるが、母親の方は、どうにもろくでなしじゃ！」

母親はやっと正気にかえり、自分の貧しい家に連れていかれて、ベッドに寝《ね》かされました。

親切なマーレンさんは、バタと砂糖を入れたビールをいっぱいあたために出て行きました。おばさんは、これがいちばんよくきく薬だと信じていたのです。それから洗い場へ行きました。洗濯物のすすぎ方はへたでしたが、でも思いやりからしたことです。そうはいっても、ほんとうはぬれた洗濯物を岸にひきあげて、桶《おけ》の中に入れたばかりですが。

夕方、おばさんは洗濯女の貧しい部屋にすわっていました。おばさんはジャガイモの焼いたのを二つ三つと、上等のハムを一きれ、町長さんの料理女のところから病人にもらってきてやりました。それは男の子とマーレンさんとでおいしく食べました。病人はそのにおいをかいで、それだけでも滋養《じよう》になると言って喜びました。

やがて男の子は、寝床《ねどこ》にはいりました。それは母親の寝ている同じベッドでした。ただ母親の足の方に、ななめに横になったのです。そして、青と赤のひもをぬい合せた古い毛布にくるまりました。

洗濯女は、いくらか気分がよくなりました。あたためたビールが力をつけ、おいしい料理のにおいがききめがあったのです。あなたはなんて親切な方でしょう！」と、母親はマーレンさんに言いました。「坊やが寝ついたら、何もかもお話ししたいと思います。おや、もう眠《ねむ》ってしまったらしいよ。まあ、なんて無邪気《むじゃき》なかわいい寝顔でしょう。こうやって目をつぶってるところは！　この子は母親がどんな苦労をしているか知らないのです。どうぞ神さま、この子には、わたしのようなつらい目にはあわせないでください。――わたしが町長さまのお父さんの顧問官《こもんかん》のお屋敷に奉公していた時のことでした。そのころ大学生だった一番末の息子さんが、おうちに帰っていらっしゃいました。そのころはわたしも若くて、おてんばで、ばかでしたけれども、ほんとうにまじめに働いていたのですよ。そのことは神さまの前に出ても、申し上げることができるつもりです」洗濯女はこう言って、ひと息つきました。

「その学生さんは、明るい快活な、それはいい方でした。血の一滴《てき》までも正しい、善良な方でした。あれほどいい方は、この世にふたりといないでしょうよ。あの方はお屋敷の息子さん、わたしはただの女中でした。それでも、わたしたちは愛しあうようになったのです。つつしみ深く、尊敬をもって！　ほんとうに愛しあっていたのなら、ただ一度キスしたからって、どうしてわるいことがあるでしょう。あの方は、お母さまに打ち明けました。お母さまはあの方にとって、この世では神さま同様だったのです。このお母さまは、それは賢《かしこ》い、情深い、親切な方でした。——あの方は、いよいよおたちになる時、わたしの指に金の指輪をはめてくださいました。息子さんが行っておしまいになると、奥《おく》さまはわたしをお部屋にお呼びになりました。奥さまはまじめに、でもやさしくお立ちになって、まるで主イエスさまがなさりでもするように、お話をなさいました。そして、あの方とわたしとのあいだの頭と教養のへだたりを、はっきりとわからせてくださったのです。

『いまのあの子には、おまえのいいところばかりがうつっています。けれども、見かけというものは、じきに消え去ってしまうものです。おまえはあの子のように教育がありません。おまえたちふたりは、精神の国では、おたがいに理解できないところにいる。そこに不幸がひそんでいるのですよ』

それから奥さまは、こうもおっしゃいました。『わたしは貧しい人を尊敬しています。神さまのみもとでは、その人たちは、たぶん、多くのお金持よりも高い席につくかもしれません。けれども、この世にいる限りは、前へ進もうとあせって、まちがったわだちの中へはいりこんではなりません。そんなことになれば、馬車はひっくりかえって、おまえたちふたりとも投げだされてしまいます！　ときにね、おまえをほしいという感心な人がいるんです。その人はエリクという手袋《てぶくろ》職人で、男やもめなの。子供はないし、暮し向きもわるくないそうです。よく考えておきなさい』
奥さまのおっしゃる一言々々が、まるで短刀のようにわたしの胸に突《つ》きささりました。でも、そのお言葉はいちいちもっともでした。わたしはすっかり押《お》しひしがれてしまいました。わたしは奥さまのお手にキスしながら、泣きました。自分の部屋にさがってベッドに身を投げると、いつまでも泣きつづけました。その夜、どんなにわたしが苦しみ、そして自分の心とたたかったか、神さまはご存じです。ほんとにつらい一晩でした。わたしは日曜日になると、心の中に光を受けたいと思って、聖餐《せいさん》をいただきに出かけました。ところが神さまのおみちびきとでもいうのでしょうか。わたしは教会から出てきた時に、手袋職人のエリクとばったり出会ったのです。そうなるともう、わたしの心にはためらいはありませんでした。わたしたちは身分も暮しも似合っていました。いいえ、あの人は金持でさえあったのです。すぐにわたしはそばへ寄っていき、その手を取って言いました。あなたはまだわたしのことを思っていますか、と。――ええ、いつも、そしていつまでも！　と、あの人は答えました。――あなたは、あなたを尊敬はしているけれど、愛してはいない娘《むすめ》を妻になさる気がありますか。いずれはあなたを愛するようになるかも知れませんけれど。――ええ、きっとそうなりますとも！　とあの人は言いました。こうしてわたしたちは、おたがいに手をとりあったのです。それからわたしは、お屋敷にもどって奥さまのところへ行きました。息子《むすこ》さんからいただいた金の指輪は、わたしはいつも胸につけていて、昼まは指にはめることはしませんでしたけれど、夜になってベッドにつく時は、いつも指にはめたものです。わたしはその指輪に、唇から血が出るほど強くキスしてから、それを奥さまにお返しして申しました。来週、手袋職人との婚約《こんやく》を牧師さまから発表していただきます、と。奥さまはわたしを腕におだきになって、キスしてくださいました。——奥さまは、わたしをろくでなしとはおっしゃいませんでした。もっとも、あのころはわたしは、もっとましな人間だったかもしれませんね。いまほど世の中の苦労をいろいろなめていませんでしたから。こうして聖燭節《せいしょくせつ》の日に結婚式をあげました。はじめの一年はうまくいきました。家には職人や弟子《でし》もおりました。そしてマーレンさん、あなたがわたしたちのところで働いていたのは、そのころのことでしたわね」

「ほんとうにあなたは、申しぶんのない奥さんでした。あなたとだんなさまの御親切は、けっして忘れませんよ」と、マーレンさんは言いました。

「あなたがわたしの家にいたころが、いちばんよい時代でしたよ。——わたしたちにはまだ子供がありませんでした。——学生さんとはその後、一度も会っていません。

いえ、わたしは一度見かけたんです。けれど、むこうではこちらに気がつかなかったのです。あれはお母さまのお葬式《そうしき》の時でした。あの方はお墓のそばに立っていました。お顔はまっさおで、とても悲しそうにしていらっしゃいました。でも、それはお母さまをなくされたためでした。その後、お父さまがおなくなりになった時は、あの方は外国に行っておいでで、お帰りになりませんでしたし、その後もずっと、ここへはいらっしゃいませんでした。

わたしは知っていますけれど、あの方は独身でとおされたのですよ。――たしか弁護士をしていらっしゃいました。わたしのことは、もう覚えていらっしゃらないでしょう。たとえわたしをごらんになっても、おわかりにならないでしょう。こんなきたない女になってしまったのですもの。でも、かえってその方がいいのです！」

それから話は、苦労の重なった日々の方へ移っていって、どのように不幸がつぎつぎとおそってきたかを話すのでした。そのころ夫婦には五百リグスダラーのお金がありました。ちょうど大通りに二百リグスダラーで手にはいる家がありました。その家をとりこわして、あとに新しい家をたてても、なお引合いそうでしたので、それを買うことにしました。かべやと大工に見積りをさせると、費用が千二百リグスダラーかかるというのです。でも手袋職人エリクはクレジットを持っていましたので、コペンハーゲンからお金を借りいれることができました。ところが、それを積んだ船が難破して、お金もろとも沈《しず》んでしまいました。

「ちょうどその時でした、ここに眠っているかわいい坊《ぼう》やをわたしが生んだのは。――この子の父親は、その後、重い病気にかかり、わたしは九カ月のあいだ、着物を着せたり、ぬがせたりでした。それからというものは、万事《ばんじ》が手ちがいで、借金はたまるばかり、着物まですっかり手ばなしてしまいました。そのあげく、父さんはわたしたちをのこして死んでしまったのです。――わたしはそれこそ、身を粉《こ》にして働いて、この子のためにできるだけのことはしてきました。よそさまの階段をふいたり、洗濯物《せんたくもの》をしたり。ごわごわの荒《あら》い布でも、やわらかいのでもさ。それでも暮し向きはちっともよくなりません。これも神さまのおぼしめしでしょう！　でも神さまはきっと、わたしをみもとに召《め》してくださるでしょうし、この子を守ってくださるでしょうよ」

話しおわって母親は眠りました。

あくる朝は、自分ではもうじゅうぶんに元気が出たように感じましたので、もう一度仕事に出かけようと思いました。そこで川へ行って、冷たい水の中にはいりました。そのとたんに、身ぶるいがきて、気が遠くなりました。ひきつったように両手で空《くう》をつかんで、一足岸の方へ近づいたかと思うと、そのままたおれてしまいました。頭は岸の上にありましたが、足は川の中につかったままでした。川底に立つためにはいていた木靴《きぐつ》は――その両方に一つかみのわらが入れてありました――水に浮《う》かんで流されていきました。そこを、コーヒーを持ってきたマーレンさんが見つけたのでした。

話したいことがあるから、すぐ来るようにといって、町長さんから、洗濯女の家にお使いが来ました。でも、それはおそすぎました。床屋が呼ばれてきて、瀉血《しやけつ》しました。けれども洗濯女は助かりませんでした。

「あの女は酒のために命をとられたのだ！」と、町長さんは言いました。

弟さんの死を知らせてきた手紙には、遺言《ゆいごん》の内容が書かれていました。それによると、むかし両親の家に奉公《ほうこう》していた手袋職人のやもめに六百リグスダラーを贈《おく》る。このお金は適当に分けて、やもめとその子供にやってもらいたいというのでした。

「わしの弟とあの女のあいだには、何かいきさつがあったようじゃ！」と、町長さんは言いました。「女がいなくなって、かえってよかった。この金はぜんぶあの子供にやるがいい。わしはあの子の身の上を、しっかりした人にたのもうと思っとる。きっとりっぱな職人になることだろう！」

するとこ神さまも、この言葉を祝福なさいました。

町長さんは男の子を呼びよせて、これからは自分が面倒《めんどう》をみてやると約束しました。そのうえ、母さんが死んだのはかえってよかった、あの女はろくでなしだった、と言いました。

お母さんは墓地に葬《ほうむ》られました。もちろん貧民《ひんみん》墓地です。マーレンさんがお墓の上に小さいバラの木を植えました。男の子はそのそばに立っていました。

「やさしかったお母さん！」と、男の子は涙《なみだ》を流しながら言いました。「ぼくのお母さんがろくでなしだって、ほんとう？」

「とんでもない！　母さんはりっぱな人でしたよ！」こう言って年とったおばさんは、空をあおぎました。

「わたしは、何年も前からそれを知っていましたよ、ことにあのさいごの晩からはね。わたしは坊やに、はっきりと言っておくよ。——お母さんはね、この上もなくりっぱな人だったんです！　天国の神さまも、そうおっしゃるにちがいありません。世間の人たちには、あの女はろくでなしだとでもなんとでも、かってに言わせておいたらいいんです」

氷《こおり》姫《ひめ》

1 小さいルーディ

さあ、スイスへでかけて、すばらしい山国のけしきを見物しましょう。あそこでは、山の上のけわしい岩壁《がんぺき》のところまで、森が青々としげっています。まばゆい雪の高原へのぼっていって、また緑の牧場におりましょう。そこにはいくつもの川や谷川が、音たてて、流れています。——できるだけ早く海へいって、その中に姿をかくしたがっているかのように。

まばゆい太陽の光が、深い谷底をも、ふかぶかとつもった雪の上をも、照らしています。そのため、いったんとけた雪は、何年かたつと、きらきら光る氷のかたまりになって、ついには、なだれになってころがりおちたり、氷河となってそびえ立つのです。

さて、このようにしてできた氷河が二つ、グリンデルワルトという小さな山の町の近くの山、シュレックホルンとウェッターホルンのあいだにはさまれた、岩だらけの広い谷間に横たわっています。この氷河のながめは、まことにすばらしいものですから、毎年夏になると多くの外国人が、世界の国々から見物にきます。

ここへ来るまでには、雪におおわれた高い山をいくつもこえ、深い谷間をのぼってこなければなりません。のぼりは何時間もかかりますが、のぼるにつれて、谷はしだいに深くしずんでいき、下を見ると、まるで軽気球にのって見おろすようです。見あげると、高い山の頂を、時おり濃い霧《きり》が、おもたい煙《けむり》のカーテンのようにとりまいています。

けれども、下の谷あいの、茶色の木造りの家がたくさんちらばっているあたりには、まだ日の光がさしていて、そこにひとところ、すきとおるようなかがやかしい緑色を見せて、浮《う》きだしているところがあります。水はあわだちながら、ザワザワと流れくだっていきます。上の方では、水はちろちろさらさらと流れおち、まるで銀色のリボンが、断崖《だんがい》からひるがえっているように見えます。

道の両がわには木造りの家がならんで、どの家にもちょっとしたジャガイモ畑がついています。これは無くてはならぬものです。なにしろ、どの家にも人間がどっさりいましたから。ことにここは、食べざかりの子供でいっぱいでした。

この子供たちは、旅行者の姿さえ見れば、どの家からもむれをなして出てきて、その人のまわりに押《お》し寄せます。歩いてきた人だろうが、馬車できた人だろうがおかまいなしに、そうやって商売をするのです。

この子供たちが売る品というのは、木できざんだ、かわいらしい家なのです。それは、この山国で見かける家そっくりに、できています。雨が降っても日が照っても、子供たちは自分たちの商品を持って飛びだしてきます。

さて、いまから二十年あまりまえのこと、この道にときどき、いつもほかの子供たちからすこしはなれて、ひとりの小さい男の子が立っていました。この子もやはり、商売をしようとしていたのです。この子は、それはしんけんな顔つきで、まるでこの木の箱を手ばなしたらたいへんとばかりに、両手でしっかりだきかかえていました。ところが、このしんけんさと、この子がいかにもちびさんだったのとが、かえって人目をひきました。そこで、よく客に呼ばれて、自分でもなぜだかわかりませんでしたが、時にはだれよりも、よい商売をすることさえあったのです。

ずっと山の上の方に、この子のお母さんのお父さん、つまりおじいさんが、住んでいました。みごとなできの、このかわいい家をきざんだのは、このおじいさんでした。

おじいさんの部屋には、そのような木できざんだ品物が、いっぱいつまった古い戸だながありました。クルミわりや、ナイフや、ホークや、またカモシカのはねている、美しい森をきざんだ箱もありました。どれもこれも、子供の目をひきつけずにはおかないものばかりです。

ところが、この小さい男の子は、ルーディという名前でしたが、そんなものよりも、梁《はり》にかけてある古い鉄砲《てっぽう》の方が、もっとほしそうで、そちらばかり見ていました。するとおじいさんは言いました。「あれはいつかは、おまえのものになるのだ。だから、あれが使えるように、大きく強くならなければいけないよ」

それほどこの子は、まだ小さかったのです。それでも、もうヤギの番をしなければなりませんでした。

もし、ヤギといっしょに山をよじのぼることのできるものが、よいヤギ飼いだとしたら、ルーディはまったくよいヤギ飼いでした。少年は、ヤギよりも、もすこし高くのぼることさえできました。高い木のこずえから、鳥の巣をとってくることが好きだったのです。

このようにこの子は大胆《だいたん》で勇気がありました。けれども、この子が笑い顔を見せるのは、たぎりおちる滝《たき》のそばに立っている時とか、なだれのとどろく音を聞いた時くらいのものでした。

少年は、ほかの子供たちとは、すこしもあそびませんでした。ほかの子供たちといっしょになるのは、ただ、おじいさんに、山のふもとへ品物を売りにやられる時だけでした。ルーディは、それをあまりうれしがりませんでした。それよりも、ひとりで岩山をよじのぼったり、または、おじいさんのそばにすわって、むかしの話や、ここからそう遠くない、おじいさんの故郷の、マイリンゲンの村の人たちの話を聞いたりする方が、ずっと楽しみでした。

おじいさんの話によると、その村の人たちは、この世のはじめからそこに住んでいるのではなく、よそからうつってきたのでした。はるか遠い、北の国からです。その北の国には、この村の人たちの親類が住んでいて、その人たちは「スウェーデン人」と呼ばれているということでした。

これだけでも知っていれば、たいした物知りですが、ルーディはそれを知ったのです。ところが、まだまだいろいろの知識を、ルーディはべつのよい友だちから、おしえてもらいました。その友だちというのは、家族のうちにかぞえられている動物たちでした。

家には、ルーディのお父さんのかたみの、アヨーラという大きなイヌがいました。

また、一ぴきのおすネコがいましたが、このネコはルーディにとって、とくにだいじな意味をもっていました。なぜといって、よじのぼり方をおしえてくれたのは、このネコでしたから。

「いっしょに、屋根の上に出ようじゃないの」と、おすネコが言いました。しかも、はっきりと、わかりやすくです。というのは、人がまだ赤ん坊《ぼう》で、口のよくきけないじぶんには、ニワトリやアヒルやネコやイヌなどのいうことが、それはよくわかるからです。みんなは、ちょうどお父さんやお母さんが話すように、わかりやすく話しかけてくれるのです。

ただ、ごく小さい赤ん坊でなくてはいけませんがね。そのころだと、おじいさんのつえでさえも、頭も足も尾《お》もちゃんとそろった、りっぱなウマになって、ヒヒーンといななくことがあります。子供によっては、これを聞きわける力が、ほかの子供よりもあとまでつづく子があります。すると、この子はたいへんおくれている、いつまでも子供っぽい、などと言われます。人間はほんとに口うるさいものですね。

「ルーディ坊や、屋根の上にまでついておいで」

これがおすネコのいった言葉で、ルーディにわかった、さいしょの言葉でした。

「おっこちるなんていうのは、みな空想だよ。こわがりさえしなければ、おちやしないさ。さあ、来たまえ。きみのその片方の足を、こうおいて、今度はこっちの足を、こうやって、前足でからだの調子をとるんだ。目はまっすぐ前へむけて、手足はしなやかに。割れ目があったら飛びこして、しっかりつかまること。そら、ぼくのようにさ」

そこでルーディは、言われたとおりにしました。そんなわけで、少年はしばしばネコといっしょに屋根の上にすわったり、木のてっぺんにのぼったりしました。しまいには、ネコも行けないような、高いがけっぷちまで行きました。

「もっと高く。もっと高く。ごらんよ、ぼくたちがどんなに高くのぼったか。こんなに高くのぼっても、こんなにしっかりつかまっているよ。こんなにとんがった岩山のさきにさえ」と、木ややぶが言いました。

そこで、ルーディは山の頂にのぼりました。時には、お日さまの光がまだそこまでとどかないうちに。そして、そこで朝の飲みものを飲みましたが、それは力をつける、すがすがしい山の空気で、ただ神さまだけが、おつくりになれる飲みものでした。人間には、その処方がすぐわかります。そこには書いてあるのです――高い山の上の草と、谷間のハッカソウと、タチジャコウソウのすがすがしいにおい。その重くただよっているにおいを、たれている雲がすっかり吸いこみます。風がそれを、モミの木の森でこします。するとにおいの精は、軽いすがすがしい山の空気になり、時がたつほど、いよいよすがすがしくなっていきます。——これがルーディの朝の飲みものでした。

お日さまの娘《むすめ》のめぐみをもたらす光たちが、ルーディの頰《ほお》にキスしました。そのため「めまい」が、そばに立ってルーディをねらっていたのですが、近づくことができませんでした。

おじいさんの家のツバメたち——そこにはいつもツバメの巣が、七つより少ないことはありませんでした——が、ルーディとヤギのいるところへ飛んできて、うたいました。

「ぼくたち、きみたち！　きみたち、ぼくたち！」

それが、家から持ってきたあいさつでした。二羽のニワトリまで、あいさつをよこしました。飼っているのはこの二羽だけでしたが、ルーディはどうもまだ、なかよしにはなれませんでした。

年はまだいきませんでしたが、ルーディはもう、ひとかどの旅行家でした。しかも、こんなちびさんにしては、けっして、小さい旅行ではありません。ルーディの生れたヴァリス州から、いくつも山をこして、ここまで連れてこられたのです。

つい近ごろも、歩いてシュタウプバッハの滝を見にいきました。その滝は、まっ白に雪におおわれた、まぶしいユングフラウの峰《みね》を前にして、銀色のベールを、空にひるがえしているように見えます。また、グリンデルワルトの近くの、大氷河にも行きました。けれども、そこには悲しい物語がありました。ルーディのお母さんは、そこで死んだのです。

「あそこで小さいルーディは、子供らしいほがらかさを吹《ふ》きとばされてしまったのだよ。生れてまだ一年もたっていなかったが、泣くよりも笑っているほうが多いと、あの子のおっかさんは書いてよこしたものだ。それが、氷河のさけめにおっこちてからというもの、すっかり性質がかわってしまってな」

こう、おじいさんは言いました。おじいさんは、この話はめったにしませんでしたけれど、このあたりの山で、それを知らない人は、ひとりもありませんでした。

ルーディのお父さんは、わたしも知っていますが、駅馬車の御者《ぎよしや》でした。おじいさんの家にいる大きなイヌは、シンプロン峠《とうげ》をこえてジュネーブ湖にくだる旅のお供を、いつもしていたものです。ヴァリス州のローヌ川の谷には、いまでもルーディの父方の親類が住んでいます。お父さんの弟は、カモシカ猟《りよう》の名人で、またよく知られた山の案内人でした。

ルーディがお父さんをなくしたのは、満一歳《さい》になったばかりの時でした。お母さんは赤ん坊を連れて、ベルン高地の、身うちの家に帰ることにしました。グリンデルワルトから二、三時間の道のりのところに、お母さんのお父さんが住んでいたからです。この人は、木をきざんで、それを売って暮しをたてていました。

六月に、お母さんは赤ん坊をだいて、グリンデルワルトへ帰ろうと、ふたりのカモシカ猟師と連れだって、ゲミ峠を越《こ》えにかかりました。まもなくみんなは、いちばんつらい道をあとにして、山の背を越えて、雪の高原に出ました。もう、見おぼえのある木造りの家のちらばった、故郷の谷が見えてきました。あとは、もう一つ大きな氷河を横ぎるのが、やっかいなだけです。

ところが、新しく降った雪で、さけめの一つが、おおいかくされていました。そのさけめは、はるか下の水のざわめいている底までとどくような、深いものではありませんでしたが、それでも、人間の背がとても立たないほど深かったのです。

ところが、若いお母さんは、赤ん坊をだいたまま足をすべらして、そのさけめに落ちて、見えなくなってしまったのです。さけび声ひとつ、うめき声ひとつ聞えませんでした。ただ、赤ん坊の泣くのだけが聞えました。ふたりの連れが、もしかしたら救いだせるかもしれないと思って、ふもとのいちばん近い家から、綱《つな》や棒を持ってきたときは、もう一時間以上もたっていました。

ひじょうな骨おりをしたあげく、やっと氷のさけめから、二つのもう死体のようになったものをひきあげました。ありったけ手をつくしたすえ、赤ん坊は生きかえりましたが、お母さんの方はだめでした。こんなわけで、年とったおじいさんは、娘の息子《むすこ》を、娘の身がわりとして、家にむかえることになったのです。泣くよりも笑っている方が多いといわれたあの子供が、いまでは、笑うことをわすれてしまったように見えました。

この変化は、たぶん氷河のさけめの中で、あのつめたいふしぎな氷の世界で、おこったのでしょう。そこには、スイスのお百姓《ひゃくしょう》の信じるところによると、のろわれたもののたましいが、さいごの審判《しんぱん》の日（訳注　キリスト教では、世のおわりにはすべての人間が神にさばかれると考える）までとじこめられているのです。

氷河はさかまく流れに、どこか似ています。こおりつき、押しかためられた緑色のガラスのかたまりといった姿をした、大きな氷のかたまりが、上へ上へとつみあげられていきます。深い底の方では、雪や氷のとけた水が、音をたてて流れ、そこには、深いほら穴や巨大《きょだい》なさけめが、口をあけています。それはふしぎなガラスの宮殿《きゅうでん》で、そこに氷河の女王の、氷姫《こおりひめ》が住んでいるのです。

人を打ちくだき、押しつぶすこの氷姫は、はんぶんは空気の子で、はんぶんは流れのたくましい支配者です。ですから、いちばん大胆な登山者でさえ、足場を氷の上にきざみきざみのぼっていかなければならないような高い雪の山の頂上にさえ、氷姫はカモシカのように、かるがると飛んでいくことができました。また、細いモミの小枝に乗って、急流をくだっていくこともあるし、切りたった岩から岩へも飛びうつります。そんな時には、雪のように白い長い髪《かみ》と、青緑の着物とが、ひらひらひるがえって、深いスイスの湖の水のようにきらめきます。

「打ちくだけ！　しっかりつかまえろ！　わたしには力があるんだ」と、氷姫はさけびます。

「美しい男の子を、わたしからうばった者がいる。わたしはあの子にキスしてやったが、死ぬまでキスすることはできなかった。あの子はいままた、人間の中にいる。山でヤギの番をしている。高い峰にのぼっていく。ほかのものからはなれて、いつも高く高くとのぼっていく。でも、逃《に》がすものか。あの子は、わたしのもの。わたしはあの子をきっと、とりもどしてみせる」

氷姫はその役目を「めまい」たちに言いつけました。なぜなら、ハッカソウのしげる緑の草原は、氷姫にとって、夏はあまりにもむし暑かったからです。めまいたちはそのへんで、うかんだり、しずんだりしているのです。そのうちのひとりが来ました。また三人来ました。めまいには、たくさん姉妹がありますから、みんな集まると、そうとうのむれになります。

氷姫はそのむれのうちから、家の内と外とをおさめる、いちばん強そうなめまいをえらびました。この姉妹は、階段の手すりの上や、塔《とう》のてっぺんの手すりの上にすわったり、リスのように、がけっぷちを走ったりしています。そして、そこから空中に飛んで、水およぎをする人が水にのるように、空気にのります。そうやって犠牲者《ぎせいしゃ》をおびきだして、深いふちにさそいこむのです。めまいと氷姫とは、まるでヒドラが自分のまわりに動くものには、なんにでもからみつくように、人間にからみつきます。いま、めまいはルーディをつかまえるように、言いつかったところです。

「はい、あの子がつかまえられましたらね。ところが、わたしの力にはおよばないんですよ。あのわるいネコめが、術《すべ》をおしえたのです。それであの人間の子は、わたしをつきのける力をもっています。あのいたずら小僧《こぞう》が、深い谷の上につきでた木の枝にのぼっている時でも、わたしはそばへ行くことさえできないのです。あの子の足のうらをくすぐって、空中にもんどりうたせてやったら、どんなにかうれしいでしょうに」

こう、めまいは言いました。

「わたしたちには、できるはずだよ。おまえかわたしなら。いいえ、わたしなら、わたしなら」

と、氷姫は言いました。

「いいえ、いいえ」

という声が、教会の鐘《かね》のこだまのように、ひびいてきました。

それはべつの自然の精たちのうたう歌でした、話し声でした。一つにとけあった合唱でした。うたっているのは、おとなしい、やさしい、親切な、日の光の娘たちでした。この娘たちは、毎日夕方になると、山の頂上に輪になって集まって、バラ色のつばさをひろげます。つばさはお日さまがしずむにつれて、いよいよ赤く燃えあがります。すると、高いアルプスの山々がまっかに燃えます。人間はこれを「アルプスやけ」と呼びます。

太陽がすっかりしずんでしまうと、娘たちは、岩山の頂上や、白い雪の中へひっこんで、太陽がまたのぼるまで、そこで眠《ねむ》ります。そして太陽がのぼると、また出てくるのです。その娘たちは、花やチョウや人間が、とてもすきでした。人間のうちでも、小さいルーディがことにすきでした。

「おまえさんたちには、つかまらないよ。おまえさんたちには、つかまらないよ」と、娘たちは言いました。

「もっと大きな、もっと強いものだって、わたしゃつかまえたことがあるんだよ」と、氷姫は言いました。すると、お日さまの娘たちは、つむじ風にがいとうをひきはがされて、飛ばされてしまった人のことをうたいました。

「風は、がいとうは持っていったけれども、その人を持ってはいけなかったよ。おまえさんたち、らんぼうな力の子は、あの子をつかまえることはできるかもしれないが、連れていくことはできないよ。あの子はわたしたちよりも、もっと強いのよ。たましいの力だって、もっと持っているのよ。だから、わたしたちのお母さまの太陽よりも、高くのぼるんだわ。風と水とをしばる魔法《まほう》の言葉だって知ってるのよ。だから風や水だって、あの子につかえなければならないのよ。おまえさんたちが、下へひく重力をのぞいてやれば、あの子は、もっと高くのぼっていくのよ」

こんなふうに、鐘の音のような合唱は、美しくひびきわたりました。そうやって毎朝、お日さまの光は、おじいさんの家のたった一つしかない、小さい窓からさしこんできて、しずかに眠っている、この子の上を照らしました。お日さまの娘たちは、その子にキスしました。奇蹟《きせき》のようにすくいだされたこの子が、死んだ母親のひざにだかれて、あの深い氷のさけめにいた時、氷河の王さまの娘の氷姫からもらった氷のキスを、この娘たちはどうかしてとかして、あたためて、とりのぞいてしまいたい、と思っているのでした。

2 新しい故郷への旅

ルーディはいまでは八歳《さい》になりました。山のむこうの、ローヌ川の谷に住んでいるおじさんが、この子をひきとりたい、と言ってきました。そこの土地の方が、勉強もさせられるし、先のためにもよいから、というのでした。おじいさんも、それはそうだと思いましたので、ルーディを手ばなしました。

いよいよ、ルーディは出かけるのです。さようならを言わなくてはならないものは、おじいさんのほかにも、たくさんありました。まず、あの年とったイヌのアヨーラでした。

アヨーラは言いました。

「あなたのお父さんは、駅馬車の御者《ぎょしゃ》で、ぼくはそのイヌだったのですよ。ぼくは、山をのぼったりおりたりしました。ぼくは山のむこうに住んでいる、イヌや人を知っていますよ。ぼくは、おしゃべりはとくいじゃありません。だけど、もうこれからは、いっしょに話すこともないでしょうから、きょうはいつもより、ちっと長く話しましょう。この話は、いつかぼっちゃんに話したいと思って、いつも心の中であたためていたものなんです。

ぼくには、この話はわけがわからないのです。あなたにも、きっとわからないでしょう。でも、それはどうでもかまやしない。この話で、世間にはイヌにとっても、人間にとっても、不公平なことがたくさんある、ということだけは、はっきりわかりますからね。

みながみな、ひざの上にだかれたり、牛乳をなめさせられたりするとはかぎりません。すくなくともぼくは、そんなことをされたおぼえはありませんね。けれども、よその子イヌが駅馬車に乗って、人間の席にすわっているのは、見たことがあります。その女が子イヌの主人なのか、または子イヌが主人なのか知らないが、女の人は、牛乳のびんを持って、子イヌに飲ませてやりました。子イヌはビスケットももらいましたが、食べようともしないで、ただちょっと、かいでみただけです。すると奥《おく》さんが、自分でそれを食べました。

そのあいだ、ぼくの方は、馬車について、どろんこの中を走っていたのです。おなかはイヌらしく、ぺこぺこでしたけれど、ただ、自分の考えをかみしめているしかなかった。これは不公平というものです。――だけど、こんなことは、いくらもあるんですよ。

ぼっちゃんはどうか、ひざの上にだかれて、車で行くことができますように。だけど、こればかりは、自分でどうすることもできませんからね。すくなくともぼくには、どうしようもありませんでした。――いくらほえたり、鳴いたりしてもさ」

これが、アヨーラの話でした。

ルーディはアヨーラの首にだきついて、そのしめっぽい鼻の上に、キスしてやりました。それから今度は、ネコをだきあげました。ところが、ネコは身をもがいて、こう言いました。

「きみはぼくには、強すぎるようになっちゃった。そうかって、きみにはぼくの爪《つめ》は、使いたくないしね！　いいから、どんどん山をのぼっていきたまえ。のぼり方は、ぼくがおしえてあげただろ。落ちるなんてことは考えないこと。そうすりゃ、しっかりと立っていられるんです」

こう言ってネコは、走っていってしまいました。自分の目に不安な思いが光っているのを、ルーディに見られたくなかったからです。

ニワトリたちは床《ゆか》の上を、ほっつきまわっていましたが、その一羽は尾《お》がありませんでした。それは、ある旅人が猟師《りょうし》のまねをして、その尾を射おとしてしまったからです。その人はニワトリを、タカかワシとまちがえたのですね。

「ルーディさんが、山を越《こ》していくんですって」と、一羽のメンドリが言いました。「あの人、いつもせかせかしてるんだよ。それに、わたしゃお別れを言うのがきらいでね」と、もう一羽が言いました。そんなわけで、二羽とも、むこうへよたよた歩いていってしまいました。

ヤギたちにもルーディは、お別れをつげました。ヤギたちは「メー、メー、メー」と言いました。それはたいそう悲しそうでした。

ちょうどそのころ、村の元気な案内人がふたり、山のむこうへ行く用事ができました。ふたりはゲミ峠《とうげ》を越えて、むこうの谷におりる道をえらびました。ルーディは、この人たちに連れていってもらうことになりました。しかも、歩いていくのです。そ れはこんな小さい少年にとっては、きつい旅でした。けれども、ルーディには、力がありました。つかれることを知らない勇気も持っていました。

しばらくのあいだは、ツバメがあとをつけて飛んできて、「ぼくたち、きみたち。きみたち、ぼくたち」とうたいました。

道は、あわだち流れるリュッチネ川にそっていました。この川はグリンデルワルト氷河の、黒々としたさけめから、いくすじもの小さな流れになって、たぎりおちてくるのです。根こぎになった木のみきや岩が、橋のかわりになっていました。それから、ハンノキのやぶをふみこえて、氷河が山からずりおちているすぐそばまで、のぼりにのぼっていきました。そこから、氷河の上に出て、大きな氷のかたまりを越えたり、そのまわりをまわったりして、氷河のはずれまで行くのです。

ルーディはすこしのあいだは、はっていかなければなりませんでした。けれども、目はよろこびにかがやいていました。鉄をうった登山靴《とざんぐつ》を、まるで自分の歩いたあとに足あとをのこしていこう、と思ってでもいるみたいに、一歩々々とふみしめていきました。

川の流れが氷河の上まであふれて、そこにのこした黒い土が、しみのように氷河の表面についていました。けれどもよく見ると、その下からは、青緑色のガラスのような氷が、きらめきでていました。ねじれまがった、氷のかたまりとかたまりとのあいだに、小さい池ができていて、人々は、それを、まわらなければなりませんでした。そういうまわり道をするとき、氷のさけめのはずれにぶらさがった、大きな石のそばを通ることもありました。つりあいをうしなって、そういう石がころがりおちると、氷河の深い穴のなかから、ぶきみな反響《はんきょう》がとどろきました。氷河そのものが、けわしい岩と岩とのあいだに押《お》しこめられて、らんぼうにつみあげられた氷のかたまりの川のように、はるか上の方までのびていました。

のぼりは、どこまでもつづくように思われました。氷河そのものが、けわしい岩と

ルーディはふと、人から聞いた話を、思いだしました——自分とお母さんとは、このような、つめたい息をはいている、さけめの中にいたのだということを。でも、そんな考えは、すぐまた消えていきました。そんな話も、少年がいままでに聞いた、いろいろの話の一つにすぎませんでしたから。

一度か二度、のぼりが、小さな少年にとって、すこしつらそうに見えた時は、おとなが手をかしてやりました。少年はつかれもせず、すべりやすい氷の上に、カモシカのようにしゃんと立ちました。

やがて三人は、岩山の上に出ました。そしてコケも生えていない石のあいだや、ひくいハイマツのあいだを幾度《いくど》か通って、もう一度、青々した草地に出ました。風景は一刻々々と、新しくかわりました。まわりには雪をいただいた山々が、そびえています。それらの山の名は、この土地の子供なら、だれも知らないものはありません。「ユングフラウ」「メンヒ」「アイガー」です。

さすがのルーディも、いままで、こんな高いところまでのぼったことはありませんでした。こんなに広々とした雪の海の上は、歩いたことがありませんでした。その雪の海は、うごかない雪の波をうって、風が吹《ふ》くたびに、海がしぶきを吹きあげるように、こまかい雪のつぶを飛ばしていました。

氷河と氷河とが、たとえていえば、おたがいに手をのばして握手《あくしゅ》していました。これらの氷河の一つ一つが、氷姫《こおりひめ》の水晶《すいしょう》の宮殿《きゅうでん》で、氷姫のねがいというのは、生きものをつかまえて、ほうむってしまうことなのです。氷姫には、その力があるのです。

お日さまは暖かくかがやき、雪はまばゆいほど白く、まるで、青白くきらめくダイヤモンドを、ふりまいたようでした。かぞえきれないほどの昆虫《こんちゅう》、ことにチョウやミツバチが、雪の上にかたまって死んでいました。あんまり高いところまで飛んできたためか、でなければ、風に運ばれてきて、このつめたい空気にふれたために、死んだのでしょう。

ウェッターホルンの峰《みね》には、ぶきみな雲が、こまかにすいた黒い羊毛のように、かかっていました。その雲は、さがってくるにつれて、その中にふくまれている「フェーン」（訳注　空気のかんそうした、暖かい日に、アルプス地方でおこる、山からのふきおろし）で、しだいにふくらんできました。このフエーンが、雲をやぶって出てくるときは、ひどい力をあらわします。

こうした道中のながめや、山の上でとまった夜のことや、それから先の道や、考えただけで気が遠くなりそうな長い年月かかって、水が岩にあけた深いくぼみやが、忘れることのできない印象を、ルーディの胸にのこしました。

雪の海をわたったところにあった、人の住んでいない石の小屋が、その夜の宿になりました。小屋の中には炭と、モミの枝がありました。

さっそく火を燃やして、寝床《ねどこ》をここちよく作りました。おとなたちは、たき火のまわりにすわって、タバコをふかしたり、薬草を入れた暖かい飲みものを、自分で作って飲んだりしました。ルーディもわけてもらいました。

それからおとなたちは、アルプス地方の、いろいろのふしぎな話をはじめました。——深い湖の底にいる、めずらしいダイジャの話、水の上に浮《うか》ぶふしぎなベネチアの町へ、空を飛んで眠《ねむ》っている人を運んでいく、幽霊《ゆうれい》のむれの話、牧場の上の空を、黒いヒツジを追っていく、おそろしいヒツジ飼いの話。その黒いヒツジは、人間の目には見えないけれど、その鈴《すず》の音やぶきみな鳴き声は、はっきり聞えてくるということでした。

ルーディは、ねっしんに耳をすまして聞いていましたが、すこしも、おそろしいとは思いませんでした。おそろしいということを、知らなかったのです。けれど話を聞いているうちに、そのぶきみなうつろな鳴き声が、聞えてくるような気がしました。そうです。その声はだんだん、大きくなってきました。おとなたちも、それを聞きつけて、話をやめて、耳をすましました。そしてルーディに、眠ってはいけないよ、と言いました。それは、フェーンが吹いてきたのでした。山から谷底へ吹きおろす、すさまじい突風《とっぷう》です。その力は、木々を、アシか何かのようにへしおり、木造りの家を、川のこちら岸からむこう岸に運んだりします。——ちょうどわたしたちが、しょうぎの駒《こま》でもうごかすように。

一時間ばかりすると、おとなたちは、ルーディに言いました。——もうすんだから、眠ってもいいよ、と。山歩きでつかれていたルーディは、まるで命令でもされたように、さっそく眠りました。

あくる朝早く、三人は出発しました。お日さまは、きょうはルーディのまだ見たこともない、山や氷河や雪の原を照らしました。まもなくヴァリス州にはいりました。ここはもう、グリンデルワルトの方から見える山の、うしろがわでした。けれども、少年の新しい故郷へは、まだ遠くはなれていました。いままでとはべつの谷間、べつの牧場や、森や、石ころ道やが、目の前にひらけてきました。

いままでとはちがった形の家、ちがった姿の人たちに、出会いました。その人たちは、だれもかれもみな、かたわみたいでした。きみのわるいくらい白っぽい、黄色くむくんだような顔と、だらりと重そうにたれさがった、肉のかたまりみたいな首とをしていました。

この人たちはクレタン*でした。歩き方も、いかにも弱々しく、のろくさく、よそから来た人たちを、ぼんやりした目で見るのでした。女はことにみにくいようでした。

これから行く、新しい故郷の人たちも、こんなふうでしょうか。

＊クレタン　クレチンともいい、甲状腺《こうじょうせん》が欠けたためにおこる発育不良の白痴《はくち》の人のこと。とくに南ドイツ、スイスの山岳《さんがく》地方に多い。クレタンとは「キリスト教信者」の意味で、白痴はとくに神のあわれみをうけるという考えから、こう呼ばれた。

3　おじさん

ルーディがはるばるやってきた、おじさんの家の人たちは、ありがたいことに、ルーディの見なれたとおりの人間でした。ひとりだけクレタンがいましたが、それは、かわいそうな白痴の少年でした。

この少年は、貧しい上に、たよりのない身の上のため、いつもヴァリス州を、家から家へさまよい歩いて、それらの家で一、二カ月ずつやっかいになっている、あわれな人間のひとりでした。そういうあわれな少年サペルリが、ルーディがついたとき、ちょうどおじさんの家にいたのです。

おじさんはまだはたらきざかりの猟師《りょうし》で、おまけに桶《おけ》を作ることもじょうずでした。おかみさんは小がらな、きびきびした人で、顔は鳥に似ていました。目はワシのようで、長い首にはわた毛が生えていました。

ルーディには、何もかもめずらしいことばかりでした。――服装も、習慣も、風俗《ふうぞく》も、言葉までが。けれども、言葉だけは、子供の耳は、すぐ聞きおぼえました。

おじいさんの家からみると、ここの家はずっと裕福《ゆうふく》に見えました。家の人たちのいる部屋も、ずっと大きく、かべにはカモシカのつのや、ぴかぴかにみがいた銃《じゅう》が、かざってありました。戸口の上には、聖母の像がかかり、いきいきしたシャクナゲの花がそなえてあって、ランプが燃えていました。

前にも言ったように、おじさんはこのあたりで、いちばん腕《うで》のいいカモシカ猟師のひとりで、また、いちばんたしかな、いちばんよい、山の案内人でした。

さて、ルーディはこの家で、みんなの秘蔵っ子になりました。もっともこの家には、前からもう秘蔵っ子みたいなものが、ひとりいたのです。それは年とった、目も見えず、耳も聞えない猟犬でした。いまではもう役にたたなくなっていましたけれど、いままでにじゅうぶん役目をはたしていました。家の人たちは、このイヌのむかしのはたらきをわすれませんでした。ですから、いまでもこのイヌは家族のひとりにかぞえられて、毎日、安楽な日をおくっていたのです。

ルーディは、イヌをなでてやりました。けれども、イヌの方ではもはや、よその人と近づきになろうとはしませんでした。ルーディはまだ、よその人だったのです。けれども、それは長いことではありませんでした。まもなくルーディは家の中にも、みんなの心の中にも、根をおろしました。

おじさんは言いました。

「このヴァリス州だって、そんなにわるいところではないよ。ここにはカモシカがいる。こいつらはアルプスヤギのように、そうかんたんに死にたえるということはないね。むかしにくらべると、このあたりはずっとよくなった。そりゃ、むかしの方がよかった、というものもあるけれど、いまの方がやっぱりいいね。いわば、袋《ふくろ》に穴があいたんだ。まわりを山にかこまれた袋のようなこの谷へ、風が吹《ふ》きこんできた。古い時代おくれなものがほろびるたんびに、きまってもっといいものが、やってくるんだ」

こう、おじさんは言って、いよいよ調子がついたものか、今度は、自分の少年時代の話をはじめました。

　おじさんのお父さんが、男ざかりのころです。当時このヴァリス州は、おじさんの言葉をかりていえば、口のしまった袋みたいなもので、気の毒な病人のクレタンが、たくさんいました。

「ところが、そこへフランスの兵隊が、やってきたのだ。この兵隊たちはみな、りっぱな医者で、みるみる、わるい病気をうち殺した。それといっしょに、人間も殺したがね。なにしろフランス人てやつは、射撃《しゃげき》がうまいのさ。その射撃も、ひととおりやふたとおりじゃない。娘《むすめ》どもまで、うつことができるんだからな」

　こう言っておじさんは、フランス生れのおかみさんの方をむいて、うなずきながら笑いました。

「フランス人はまた、石をうちくだくのもうまいんだ。シンプロン街道《かいどう》を、岩山のあいだにきり開いたのも、あの連中さ。あんなりっぱな道ができたもので、いまじゃ三つの子供でも、行くことができる――イタリアへ行ってみよう。この道についていきさえすりゃいいんだからってな。なにせ、この道を歩いていきさえすれば、ひとりでにイタリアへ出るのさ」

そんなわけで、おじさんはフランスの歌をうたい、ナポレオン・ボナパルトのばんざいをとなえました。この時はじめてルーディは、フランスや、ローヌ川にそった大都会、リヨンの話を聞かされました。このリヨンの町に、おじさんはもと、いたことがあったのです。

「おまえが、すばしこいカモシカ猟師になるには、たいして年月はかからないだろうよ。素質があるからな」

とも、おじさんは言って銃の持ち方や、ねらい方や、うち方をおしえました。猟の季節には、いつもいっしょに山に連れていって、暖かいカモシカの血も飲ませました。これを飲むと、猟師はめまいにかからない、といわれていたからです。

また、いろんな山の斜面《しゃめん》でなだれがおきる時刻の見わけ方もおしえました。なだれがおきるのは、太陽の光のかげんで、昼ごろのこともあれば、夕方のこともあるからです。

それから、カモシカのとび方を注意してながめて、どうしたらとびおりてもたおれないで、しゃんと立っていられるか、それを見ならうように言いきかせました。――岩のさけめなどで、足場になるささえが見つからない時は、ひじで、からだをささえなければならない。ふくらはぎと、ももの筋肉で、よじのぼらなければならない。いざという時には、首でもってかじりついていなければならない。カモシカはりこうな動物で、いつも見はり番を立てているから、猟師はそれ以上にかしこくふるまって、けはいをかぎつけられないようにしなければならない、とも言いました。

おじさんはカモシカに一ぱいくわせることも、知っていました。がいとうと帽子《ぼうし》とを、登山づえにかけておくのです。すると、カモシカは、それを人間と思うのでした。

ある日のこと、おじさんはこのなぐさみをしようと、ルーディを連れて猟に出かけました。岩山の道はたいそうせまく、いや、道らしいものはなかったのです。目のくらむように深いがけっぷちに、あるかなしかの、ふちかざりがついていただけでした。雪はとけかけているし、足をのせるたびに、岩はぼろぼろくずれました。

おじさんは腹ばいになってすすみました。くずれおちる石は、岩につきあたり、はねあがってまた落ちて、岩壁《がんぺき》から岩壁へ、ぶつかりながら、落ちていきます。そうして、さいごはまっ暗な谷底に姿を消して、ようやくしずまるのでした。

おじさんから百歩ばかりおくれて、ルーディはしっかりと、でっぱった岩の上に立っていました。ふと上を見ると、一羽の大きなハゲタカが、おじさんの頭の上の空に、輪をかいていました。力強いつばさで、この腹ばいになっている虫けらのような人間を、谷底へうちおとしてえじきにしようと、ねらっていたのです。おじさんの方は、その時ちょうど、岩のさけめのむこうに、子供を連れてあらわれたカモシカに、すっかり気をとられていました。

ルーディは、鳥から目をはなさず、そいつが何をしようとしているかがわかると、銃をとって身がまえました。そのとき、カモシカがはねあがりました。とたんにおじさんは、ひき金をひきました。カモシカの親は、たまにやられました。けれども、あぶない目にあいつけている子供の方は、走って逃《に》げました。

おそろしい鳥は、銃の音におどろいて、飛びさりました。おじさんは、自分の身が危険だったことには、すこしも気がつかず、ルーディから話を聞いて、やっとそれを知ったのでした。

ふたりは上きげんで、家路につきました。おじさんは少年時代の歌を、口ぶえで吹きました。だしぬけに、あまり遠くないところで、へんな音がしました。ふたりはあたりを見まわし、上の方を見ました。とたんに、上の岩だなをおおっていた雪が、まるで、しきふの下に風が吹きこんだときのように、むくむくと持ちあがりました。その持ちあがった波が、まるで大理石の板のようにくだけ、水煙《みずけむり》をあげる滝《たき》になって、落ちてきました――にぶいかみなりのようなひびきをあげながら。なだれです。しかも、ルーディとおじさんの頭をめがけてくるのではありませんでしたが、すぐ近くに落ちてくるのでした。

「ルーディ！　つかまるんだ。ありったけの力で、しっかりつかまれ」と、おじさんはさけびました。

ルーディは、かたわらの木にしがみつきました。おじさんは、彼《かれ》の背中ごしに、上の枝にかじりつきました。そのあいだになだれは、ふたりからかなりはなれた場所に、なだれおちました。それでも、なだれのまきおこした強い風が、近くの木や草むらを、かれたアシのように押《お》したおし、へし折って、あたり一面に投げとばしました。

ルーディも、地めんにたたきつけられました。かれのしがみついていた木のみきは、のこぎりで切られたように、ぎざぎざに折れて、少しはなれたところに投げだされました。そのへし折れた枝のあいだに、おじさんが頭をくだかれてたおれていました。手はまだ暖かかったけれど、顔は見わけもつきません。

ルーディはぶるぶるふるえながら、青くなって立っていました。これが生れてはじめて感じた、おそろしさでした。はじめて経験した、おそろしいひとときでした。

ルーディは、その夜おそくなってから、悲しい知らせをもって、家に帰りました。家は悲しみの巣になりました。おかみさんは口をきくこともできず、涙《なみだ》もでませんでした。死骸《しがい》がはこばれてきたとき、はじめて悲しみはほとばしりでたのです。

あわれなクレタンは、寝床《ねどこ》にもぐってしまいました。あくる日も、一日姿を見せませんでしたが、夕方になると、ルーディのところにやってきて、言いました。

「おらのかわりに、手紙書いておくれ。サペルリは手紙書けねえ。サペルリは、郵便局さ手紙持っていくことはできるだ」

「手紙を出すの？　だれにさ」

「キリストさまによ！」

「それはいったい、だれのことなの」

すると、世間の人たちからクレタンと呼ばれている、この半ばかの少年は、うったえるような目をルーディにむけていましたが、やがて手をあわせて、おごそかな、信心ぶかい口調で言いました。

「イエス・キリストさまだよ。サペルリはあの方に手紙を出して、お願いするだ。——サペルリが死んで、うちのだんなは死なねえようにって」

ルーディはその手をにぎりしめて、言いました。

「手紙はとどきはしないよ。手紙を出しても、おじさんは帰ってこないよ」

どうして帰ってこないか、それを説明するのは、ルーディにはできないことでした。

「ルーディや、これからはおまえがこの家の柱だよ」と、義理のおかあさんは言いました。

そしてルーディは、ほんとにそうなったのです。

4　バベット

ヴァリス州で一番の射手は、だれでしょう。カモシカたちはもちろん、それをよく知っていました。

「ルーディに気をおつけ」と、カモシカたちは言いました。

「いちばん美しい射手は、だれ」

「もちろん、それはルーディさんよ」と、人間の娘《むすめ》たちは言いました。けれども、娘たちは、「ルーディさんに気をおつけ」とは言いませんでした。やかまし屋のお母さんたちでも、言いません。それは、ルーディが若い娘たちにと同じく、お母さんたちにも、やさしくあいさつしたからです。

ルーディは、大胆《だいたん》でほがらかでした。頬《ほお》はトビ色で、歯は気持のいいほどまっ白、目は黒々とかがやいていました。まだやっと二十歳《はたち》の美しい若者でした。

氷のようにつめたい水の中で泳いでも、平気でした。水の中で魚のように、身をくねらすことができました。よじのぼることにかけては、だれにもまけず、カタツムリみたいに岩壁《がんぺき》にへばりつくこともできました。りっぱな筋肉と強い腱《けん》を持っていることは、とぶところを見ればわかりました。そのとび方は、はじめはネコから、つぎにはカモシカからならったのでした。

ルーディはまた、いちばんたよりになる、いちばんよい、山の案内人でした。それだけでも一財産つくることができたでしょう。でも、もう一つおじさんからおそわった、桶《おけ》つくりの仕事の方は、あまり気が進みませんでした。

彼《かれ》の楽しみであり、またあこがれだったのは、カモシカをうつことでした。この猟《りょう》からも、そうとうのお金がはいりました。自分の身分よりも高いところをのぞみさえしなければ、ルーディはしあわせな縁《えん》をむすぶだろう、とみんなが言いました。

ダンスにかけても一人前でした。娘たちはルーディのことを、夢に見ました。目をさましても思いつづける娘も、ひとりやふたりではありませんでした。

「あの人、ダンスのときに、わたしにキスしたのよ」

こう、校長先生の娘のアネットが、なかよしの友だちに言いました。

たとえいちばんなかよしの友だちにでも、こんなことは、言わない方がいいのです。けれども、そういうことを心の中にしまっておくのは、むずかしいものです。それは穴だらけの袋《ふくろ》に砂を入れたようなもので、じきにもれてしまいます。まもなく、ぎょうぎのよい感心な若者と思われていたルーディが、ダンスでキスをしたということが、知れわたってしまいました。けれども、ルーディにしてみれば、自分がいちばんキスしたかった娘に、キスをしたわけではなかったのです。

「気をつけろよ！　あいつはアネットさんにキスしたんだぞ。A《アー》からはじめて、アルファベットじゅんに、ぜんぶキスしていくつもりなんだ」

こう、年よりの猟師は言いました。

ダンスで一度キスしたということが、それでもまだ、ルーディのうわさをする人たちの言うことのできる、ぜんぶでした。そりゃ、アネットにキスしたのは事実ですが、アネットはけっして、ルーディの心の花ではありませんでした。

谷の下の方にあるベックスの町に、お金持の水車屋が住んでいました。大きなクルミの木にかこまれて、あわだち流れる小さい谷川にのぞんで。すまいは三階だての大きな家で、屋根には小さな塔《とう》がいくつかついていました。塔は屋根板でふき、その上に、ブリキがはってありました。そのため、お日さまや月の光に、キラキラかがやきました。いちばん高い塔には、キラキラ光る矢がリンゴをつらぬいている形をした、風見《かざみ》がついていました。きっと、ウィルヘルム・テルのリンゴのまとをあらわしたものでしょう。

この水車屋はいかにもゆたかそうで、また美しいので、よく絵にかかれたり、文章に書かれたりしました。けれども、水車屋の娘は、とても絵にうつしたり、文章に書いたりすることはできません。すくなくとも、ルーディにはそう思われました。それにしても、彼の胸の中には、その娘の姿が、くっきりとかかれていたのです。娘の二つの目が、まばゆくさしこんだため、彼の胸の中は、まるっきり火事のようでした。その火事は、ふつうの火事と同じに、だしぬけに、ぱっと燃えあがったのです。ところが、ふしぎなことに、水車屋の美しい娘のバベットの方は、そのことを夢にも知りませんでした。なにしろ、娘とルーディとは、まだふたことと言葉をかわしたことがなかったのですから。

水車屋の主人はお金持でした。そのためにバベットは、近づけないほど高いところにいるように見えました。けれども、どんなに高くたって、近づけないほどのものはない、とルーディは心に思いました。よじのぼればいいんだ。落ちると思いさえしなけりゃ、けっして落ちるものではない。――これは、おじいさんの家にいた時から持っていた考えでした。

ある時ルーディは、ベックスの町に用事ができました。そこまでは、なかなかの道のりでした。鉄道はまだしかれていませんでした。ローヌ氷河からシンプロン峠《とうげ》のふもとにそって、はばの広いヴァリスの谷が、さまざまの形をした、高い山々のあいだにひろがっています。その谷間を、大きなローヌ川が流れています。この川は、ときどき洪水《こうずい》をおこして、畑や道路の上に押《お》しだして、何もかもあらしてしまいます。

シヨンの町と、サン・モーリスの町とのあいだで、谷は弓なりにまがって、ちょうどひじをまげたような形になり、サン・モーリスのしもでは、とても幅《はば》がせまくなって、川床《かわどこ》のほかにはせまい車道が、やっと通じているだけでした。古い塔が一つ、ここでおわっているヴァリス州の番兵のように、山の上に立って、石橋を越《こ》した川のむこうの、税関を見おろしています。そこからボー州がはじまって、それをすこし行くと、いちばん手前にベックスの町があるのです。

ここまで来ると、土地は一歩ごとに肥えて、ゆたかになるのが目につきます。まるで、クリとクルミの果樹園にいるような感じです。ここかしこにイトスギがそびえ、ザクロの花が葉かげからのぞいています。気候は南国のように暖かで、なんだかイタリアへ来たような気持がします。

ルーディはベックスの町につくと、用事をすましてから町を歩きまわりました。が、水車屋の若い者には会わず、バベットにも出会いませんでした。こんなはずではなかったのですが。

夕方になりました。野生のタチジャコウ草のにおいや、花ざかりのボダイジュのかおりが、あたりの空気をみたしていました。緑の森でおおわれた山々には、つやのある青白いベールのようなもやがかかり、あたりにはしずけさがひろがってきました。もっとも、それは眠《ねむ》りや死のしずけさではなくて、全自然が息をころして、青空の上に写真をとってもらうために、じっとしているといったしずけさでした。

青々した野の、ここかしこの木のあいだに、柱が立っています。それはこのしずかな谷間をぬけて通じている、電線をささえる電柱でした。その一本に、じっとうごかずに、よりかかっているものがありました。ちょっと見ると、枯木《かれき》のようでしたが、それがルーディだったのです。彼は、その時刻のまわりの世界と同じく、そこにじっと立っていました。眠っていたのではないし、死んでいたのでは、なおさらありません。

けれども電線だって、それをつたわって世界の大事件や、だれかの一生にとって大きい意味をもつニュースがとんでいくからといって、そのためにふるえたり、音を出したりして、それを知らせることがあるでしょうか。それと同じに、この時のルーディの頭の中には、彼の一生の幸福を決定し、これから先、彼の「固定観念」になった、力強い考えがはしっていたのです。

　というのはルーディの目は、葉むれのあいだの一点を見つめていました。そこに、バベットのいる水車屋の居間のあかりが見えていたのです。あまりルーディがじっとしているので、人はカモシカでもねらっているのだ、と思ったことでしょうがね。ところが、ルーディ自身がこの時は、カモシカに似ていたのです。この動物は、岩にほりつけられたように、しばらくじっと立っていますが、石が一つでもころがると、やにわにひととびして逃《に》げていきます。この時のルーディが、ちょうどそれでした。ふと、ある考えがころがりました。

「くよくよすることはない。水車屋へ行ってみるんだ。親方には、今晩は、バベットさんには、今日《こんにち》はさ。落ちると思いさえしなければ、落ちるものではないんだ。もしバベットさんをお嫁《よめ》にもらおうというのなら、どうしたって、一度は会わなくてはならないからな」

　こう、ルーディは言って笑うと、上きげんになって、水車屋の方へ歩きだしました。自分がなにを望んでいるか、いまこそはっきりとわかりました。ルーディは、バベットがほしかったのです。

　うす黄色い川の水があわだち流れています。カワヤナギやボダイジュの枝が、はや

い流れの上にたれさがっていました。ルーディは、小道づたいに歩いていきました。ところが、古い子供の歌にあるように、

水車屋へ行ったらば
家にはだれもいなかった
小さい子ネコがただひとり

入口の階段の上にネコがいて、背中をふくらまして、ミャオ！　と言いました。けれどもルーディは、ネコのあいさつには耳をかさないで、戸をたたきました。返事も聞えず、戸をあけてくれる人もありませんでした。

「ミャオ！」と、ネコが言いました。もしルーディが小さかったなら、ネコの言葉がわかって「この家には、だれもいませんよ」と言っているのが、聞えたでしょうに。ルーディはしかたなく、水車場の方へまわってきいてみました。するとすっかりわけがわかりました。主人は旅に出て、遠くはなれたインターラーケンへ行ったとのことでした。この町の名は、アネットのお父さんの学問のある校長先生の説明によると、

「inter Lacus《インターラクス》」（湖と湖とのあいだ）という意味だそうです。

そんなに遠いところへ、水車屋の主人は行っているのでした。バベットもいっしょでした。その町で射撃《しゃげき》大会が、ちょうど明日からはじまって、八日つづくのだそうです。ドイツ語を話すスイスの州のすべてから、人々がそこへやってくるのでした。

かわいそうなルーディ、と言ってもよいでしょう。よりによって、運のわるい日にベックスに来たものです。なに、ひきかえすことだってできますさ。

そこでそのとおりにしました。サン・モーリスとシヨンの町をすぎて、自分の故郷の谷、故郷の山の方角へむかいました。けれども、そうしょげてはいませんでした。あくる朝太陽がのぼるころには、気持はもうとっくに、はればれとしていました。長いことしょげているなんてことは、けっしてできませんでした。

「バベットさんは、インターラーケンにいる。あそこまで行くには何日もかかる」

こう、ルーディは、自分で自分に言いました。

「らくな国道を行けば、そりゃずいぶん遠いさ。しかし山を越えていけば、たいして遠くはない。あれは猟師にはもってこいの道だ。前に通ったこともある。山のむこうは、ぼくのふるさとで、小さいころには、あそこのおじいさんの家にいたんだからな。

しかも、インターラーケンでは、射撃祭があるんだと。よし、一等になってみせるぞ。もし知り合いにさえなれたら、バベットさんの目にだって、一等になってみせるさ」

晴着を入れたかるいリュックと、銃《じゅう》とえもの袋とを持って、ルーディは山にのぼっていきました。それは近道ではありましたが、それでもかなり遠い道でした。しかし射撃祭は、やっときょうはじまったところで、一週間以上もつづくのです。彼の聞いたところでは、そのあいだじゅう水車屋の主人とバベットは、インターラーケンの親類の家にいるはずです。ルーディはゲミ峠を越えていって、グリンデルワルトの方へおりるつもりでした。

はればれと元気よく、山のさわやかな力づける空気の中を、ルーディは歩いていきました。谷はだんだん深くしずみ、視界はだんだん広くなりました。こちらに一つ、むこうに一つと雪の峰《みね》が見えてきて、まもなく、きらきらかがやく白いアルプスの連山が、すっかり姿をあらわしました。ルーディは雪におおわれた山々を、みな知っていました。彼は、おしろいをぬった石の指を青空高くさしあげている、シュレックホルンの方に道をとりました。

とうとう、山の峠を越えました。牧草地が、故郷の谷にむかってかたむきはじめました。空気はかるく、心もかるく、山も谷も、花と緑であふれていました。彼の心も青春の思いで、みちあふれていました。人が、年をとるなんてことはないのだ。死ぬなんてことは、けっしてない。生きて、さかえて、楽しむのだ。

ルーディは鳥のように自由で、鳥のように身がるでした。そこへツバメが飛んできて、子供の時と同じようにうたいました。

「ぼくたち、きみたち。きみたち、ぼくたち」

すべてが、とびたつようなよろこびにあふれていました。はるか下には、ビロードのような緑の草原がひろがって、ところどころに茶色の家がちらばる中を、リュッチネ川が音をたて、あわだちながら流れていました。よごれた雪の中に、氷河が緑色のガラスのふちを、見せていました。ルーディは、その深いさけめをのぞきこんで、いちばん上の氷と、いちばん下の氷とを見ました。

教会の鐘《かね》の音が、故郷に帰ってきた人をむかえるように、ひびいてきました。ルーディの心はいよいよ高鳴り、大きくふくらみました、一時はバベットの姿もかき消されてしまったほどに。それほどルーディの心はふくらんで、むかしの思い出に、みたされていたのです。

少年のころ、ほかの子供たちといっしょに、みぞのふちに立って、木できざんだ家を売っていたあの道を、ルーディはいままた通りました。上手《かみて》のモミの木かげには、おじいさんの家が、まだ立っていました。いまでは、知らない人が住んでいましたけれど。

子供たちが、道を走ってきて、ルーディに品物を売りつけようとしました。そのひとりの子供が、シャクナゲをさしだしました。これはえんぎがよいと思ってうけとると、バベットのことを思いだしました。

まもなく橋のところまで来ました。白と黒の二つのリュッチネ川は、ここで一つにあわさるのです。広葉樹が目だって多くなり、クルミの木が涼しいかげをつくっていました。ついで、赤地に白十字の旗が、風にひるがえっているのが見えてきました。それはスイスの、またデンマークの旗です。インターラーケンの町が、目の前にひろがりました。

ルーディにはこの町が、くらべるものもないくらい、りっぱな都会に思われました。それは、お祭の晴着を着ているスイスの町です。ほかの商業の町のように、よそよそしくとりすましました、重くるしい石の家のかたまりではなくて、木造りの家が高い山から緑の谷へ、矢のようにはやいきれいな川にそってさがってきて、そこへ一列にならんだ、といったふうでした。――町の通りとしては、少しふぞろいでしたけれど。町でいちばん美しい通りは、ルーディが子供のとき来たころからみると、たしかに成長していました。それはちょうど、おじいさんがこしらえて戸だないっぱいにためていた、あのかわいい木の家が、みなここにならべられて、そこの年とったクリの並木と同じに、大きくなったのかと思われました。どの家も、なになにホテルと呼ばれて、窓や露台《ろだい》には木ぼりのかざりがあり、屋根のひさしがつきでています。とてもおもむきのある、美しい建て方です。また、どの家の前も、わりぐり石をしきつめた広い道路のところまで、きれいな花壇《かだん》になっています。

この通りは、片側にだけ、家がならんでいました。さもないと、すぐ外側の、青々したきれいな牧場がかくれてしまいますからね。

そこらには、首に鈴《すず》をつけたウシが歩きまわっていて、その鈴の音は、高いアルプスの山の牧場で聞くのとかわりありません。牧場は、高い山々にかこまれていましたが、山はまん中のところで左右にわかれていたので、そのあいだから、スイスの山のうちでもいちばん美しい形をした、雪をいただいてかがやくユングフラウが、よく見えました。

美しい服装をした外国の紳士《しんし》や婦人が、どれほど集まっていたことでしょう。スイスの方々の州から来た人もたくさんいました。射手たちは帽子《ぼうし》につけた花かざりの中に、射撃番号をつけていました。音楽と歌、手まわしオルガンと吹奏《すいそう》楽器、さけび声とざわめき。家や橋には、詩の文句や紋章《もんしょう》がはってありました。大旗・小旗がひるがえり、銃声が一発また一発と聞えてきました。

ルーディの耳には、これがいちばんうれしい音楽なのです。こうしたにぎわいの中で、ルーディはバベットのことを、すっかり忘れていました。そのためにわざわざ、ここまでやってきたのに。

射手たちが、射的競技をするためにつめかけました。まもなくルーディも、その中にまじっていました。しかもいちばんみごとな、いちばん幸福な射手でした。いつでも、まんまんなかの、黒星をうちぬきました。

「あの見なれない、若い猟師《りょうし》はだれだろう?」と、たずねる人がありました。

「子供のころ、このグリンデルワルトの近くにいたことがあるって話ですよ」と、ひとりが言いました。

この若者には、生命があふれていました。目はかがやき、ねらいも腕《うで》もたしかでしたから、まとにはよくあたりました。

幸運は、勇気をあたえるものですが、いつだってルーディは、勇気を持っていました。はやくも彼《かれ》のまわりには大きな友だちの輪ができて、尊敬やおせじをルーディにあびせました。バベットのことは、もうほとんど頭から消えさっていました。その時けました。

ふと、おもたい手が肩《かた》をたたいたかと思うと、しわがれた声が、フランス語で話しか

「あんたは、ヴァリス州からきたんだろ」

ルーディがふりかえって見ると、赤ら顔の太った人が、にこにこしていました。べックスの金持の水車屋の主人でした。その太ったからだのかげに、きゃしゃな、かわいらしいバベットはかくれていましたが、すぐにいきいきした黒目がちの目が、こちらをのぞきました。

金持の水車屋の主人は、第一の射手となって、みんなにちやほやされている若者が、自分の州の猟師であるのを、たいそう得意に思ったのです。ほんとうに、ルーディは幸運児でした。そのためにこそはるばるやってきたのに、その場に来ると、ほとんど忘れてしまっていたものが、むこうから自分をさがしにきてくれたのです。

故郷から遠くはなれたところで、郷里の人にあうと、その人たちはすぐ親しくなって、いろいろと話しあうものです。ルーディは射撃祭で、第一等の射手になりましたし、水車屋の主人は故郷のベックスの町で、財産とりっぱな水車にかけては、これまた第一等の人でした。そこでふたりは、たがいに手をにぎりあいました。

こんなことは前には、一度もなかったことです。バベットもルーディの手を、心を

こめてにぎりました。するとルーディは、その手をにぎりかえして、じっと顔を見つめましたので、バベットは、まっかになりました。

水車屋の主人は、ここまで来た長い旅の道中のことや、途中《とちゅう》で見物した、いくつもの大きな町のことを話しました。それはそうとうの旅でした。汽船で湖をわたったり、鉄道や駅馬車にのったりしたのですから。

「ぼくは近道をして、山を越《こ》してきたのです。どんな道だって、人が越せないほど高くはありませんもの」と、ルーディは言いました。

「だが、時には、首の骨を折るよ。どうもおまえさんは、いつかは首を折ることになりそうだね。そんなにむてっぽうじゃ」と、水車屋の主人は言いました。

「落ちると思いさえしなけりゃ、落ちるものじゃありません」

こう、ルーディは言いました。

水車屋の主人とバベットがとまっていた、インターラーケンの水車屋の親方の家から、ルーディにたのんできました。――おなじ州の人間のよしみで、ちょっとでいいからたずねてきてもらいたい、と。

ルーディにとっては、願ったりかなったりの申し出でした。彼には幸運がつきまとっていたのです。幸運というものは、自分の力をたよりにして、「神さまはクルミをくださるけれども、それを割ってはくださらない」ということを忘れない人には、いつでもついてくるものです。

そんなわけで、ルーディは水車屋のしんせきの家に、まるで家族のひとりのようにすわりました。第一等の射手のために乾杯《かんぱい》することになって、バベットもグラスをかちあわせました。ルーディは乾杯のお礼をのべました。

夕方はみんなで、きれいなホテルがならんだ、年とったクルミの並木のある美しい道を、散歩しました。たいへんな人出で、おしつぶされそうです。ルーディは、バベットに腕をかしてやらねばなりませんでした。ルーディは、言いました。——ボー州の人たちに会えてほんとうにうれしい。ボー州とヴァリス州とは、仲のよいとなり同士だから、と。

その言葉には、心の底からのよろこびがあふれていましたので、バベットは思わず、相手の手をにぎりしめなくてはならないように思いました。ふたりは、むかしからの友だちのように歩きまわりました。そしてバベットはおもしろい娘《むすめ》でした。この小がらな、かわいらしい娘は。

ルーディには、バベットが外国の女たちの服装や歩き方のおかしな点や、大げさなところをさしてみせるのが、いかにもにつかわしく、かわいらしくうつりました。といって、それはその人たちをばかにしていたのでは、けっしてありません。なぜなら、外国人の中にも、いくらもりっぱな人がいること、そうです、やさしい愛らしい人たちだっているかもしれないことは、バベットもよく知っていましたから。げんにバベットの名づけ親が、そのような、とてもじょうひんなイギリスの夫人でした。

もう十八年も前のことですが、バベットが洗礼をうけたとき、その夫人はベックスに住んでいました。そしてそのとき夫人は、バベットに、高価なピンをおくりものにしました。いま胸にさしているのが、それです。その後、夫人は、二度ばかり手紙をよこしました。そして、ことしこのインターラーケンの町で、バベットたちはこの夫人とその娘さんに、会うはずになっていたのです。娘さんといっても、三十歳《さい》に近いオールドミスよ、とバベットは言いました。――バベットは、やっと十八歳でした。

かわいい小さい口は、しばらくもやすみませんでした。しかもバベットの言うことは、みなルーディの耳には、この上もなく、重大なことのようにひびきました。ルーディの方でも、話さなければならないことを話しました。幾度《いくど》もベックスの町へ行ったこと、水車屋のことはよく知っていること、何度もバベットを見かけたけれども、バベットの方では、たぶん気がつかなかったろうということなど。

そしてさいごに、つい先日も、口には言いだせないいろいろの思いをだいて、水車屋へ行ったけれど、バベットとお父さんとは遠くへ行って留守だったこと、しかし、遠いといっても道を遠くしているのは山のかべで、それは越えられないほど遠いわけではないことなどを話しました。そうです。ルーディはそんなことを話したのですが、まだいろいろと言いました。どんなにバベットが好きかということや、この町へやってきたのはバベットのためであって、射撃祭のためではないことまで。

バベットは、すっかりだまってしまいました。ルーディのうちあけ話は、バベットにとっては、おもたすぎたのです。

ふたりが歩いているあいだに、太陽は高い山の岩壁《がんぺき》のうしろにしずみました。緑の森におおわれた近くの山々にかこまれて、ユングフラウが壮麗《そうれい》に光りかがやいて、そそり立っていました。おおぜいの人が立ちどまって、そちらをあおいでいました。ルーディとバベットも、この壮大なながめに見とれました。

「こんな美しいところは、ほかにはありませんわ」と、バベットは言いました。

「どこにもないさ」と、ルーディも言って、バベットを見つめました。

「ぼくは、あすは、帰らなければならないんです」と、すこしたってルーディは言いました。

「ベックスの家へいらっしゃいね。おとうさんもきっとよろこびますわ」と、バベットはささやきました。

5　かえり道

あくる日、ルーディが高い山を越《こ》えて家路についた時は、どんなにたくさんの荷物を、持っていかなければならなかったことでしょう。そうです、銀杯《ぎんぱい》が三つ、とびきりの銃《じゅう》が二ちょう、それに銀のコーヒーわかしを一つ持っていました。コーヒーわかしだって、家を持てば入り用なものでした。

けれども、それはまだ、いちばん重たいものではありません。もっと重たいもの、もっとたいせつなものを、ルーディは運んでいきました。いや、かえってそれがルーディを運んで、高い山を越えさせたのかもしれません。

天気はあれもようで、空は灰色にくもり、重たく雨をふくんでいました。雲は山の高みに、喪《も》のベールのようにたれかかり、白くかがやく峰《みね》をつつんでいました。森の奥《おく》から、さいごの斧《おの》の音がひびいたと思うと、山の斜面《しやめん》を、木のみきがころがり落ちていきました。高いところから見ると、マッチの棒ほどに見えましたが、近づいてみると、船の帆柱《ほばしら》ほどもある大木でした。リュッチネ川は単調な歌をうたい、風はざわめき、雲は飛ぶように走っていました。

とつぜんルーディは、すぐそばを、ひとりの若い娘《むすめ》が歩いているのに気がつきました。娘がすぐそばへ来るまで、気がつかなかったのです。

この娘も、岩山を越そうとしているのでした。その目には、独特の力があって、どうしても、のぞきこまずにはいられませんでした。それは氷のようにすんだ、底しれず深い目でした。

「きみにはすきな人があるのかね」と、ルーディはきいてみました。ルーディの頭の中は、恋人《こいびと》のことでいっぱいでしたから。

「ありませんわ」

こう言って娘は、笑いました。けれども、ほんとうのことを言っているようには見えませんでした。

「まわり道をしないように、行きましょう。もっと左の方へ行った方が近道よ」

こう、娘は、言葉をつづけました。

「そうだね、氷のさけめに落ちるにはね。おまえさん、ろくに道も知らないで、案内人ぶろうっていうのかい」と、ルーディは言いました。

「道のことなら、よく知っていますよ」と、娘は言いました。「それにわたしはちゃいんと、自分の考えを身につけています。あなたの考えは、まだ下の谷間にのこっているんじゃないの。山の上にきたら、氷姫《こおりひめ》のことを考えなくちゃ。氷姫は人間にひどいことをするって言いますよ」

「ぼくは氷姫なんか、おそれやしない。子供のときでさえ、あいつはぼくを手ばなさなきゃならなかったんだ。いまではぼくもおとなになったから、なおさらつかまりゃしないよ」

「手をかしなさい、のぼるのを助けてあげますわ」

こう言って娘は、氷のようにつめたい指でさわりました。

「おまえさんが、ぼくを助けるんだって？　まだぼくは、山のぼりに女の手をかりたことはないよ」

こう、ルーディは言って足をはやめて、娘のそばをはなれました。吹雪《ふぶき》がまるでカーテンのように、彼《かれ》をつつみ、風がヒューヒューうなりました。そして、うしろの方で、娘の笑ったりうたったりする声が聞えました。その声にはなんともいえない、ふしぎなひびきがありました。たしかにあいつは、氷姫につかえている魔女《まじょ》にちがいありません。ルーディは、子供のころに山を歩きまわって、山の上で夜をあかしたとき、その女たちのことは、聞かされていました。

やがて雪は小やみになり、雲もいつか足の下になりました。ルーディはうしろをふりかえってみましたが、もうだれも見えません。でも、笑い声や、ヨーデルをうたう声は聞えてきました。どうもそれは、人間の声とは思われませんでした。

ようやくのことで、ルーディは峠《とうげ》の頂上に達しました。そこから、山道はローヌの谷間へくだっていくのです。はるかシャモニーの方にあたって、青くすんだひとすじの空の中に、二つの星が明るく光っていました。ルーディは、バベットのことや自分のこと、前途《ぜんと》に待ちうけているしあわせのことなどを思いました。すると、心があたたまるのでした。

6 水車屋をたずねる

「おまえはまあ、たいしたものをもってお帰りだね」

年とった義理のお母さんはこう言って、ワシのような目を光らせ、その細い首を、いつもよりなおせわしなく、おかしなふうにふりうごかしました。

「ルーディや、おまえには運がついているんだよ。こんなかわいい息子《むすこ》にゃ、キスしてやらなくちゃ」

ルーディは、おとなしくキスさせておきました。けれどもその顔には、こんな境遇《きょうぐう》と、こんな小さな家のわずらわしさには、もううんざりしているのだという気持が、ありありと出ていました。

「ルーディや、おまえはなんてりっぱになったんだろうね」と、年よりは言いました。「ばかなことは言わないでくださいよ」と、ルーディは言って笑いました。けれども、わるい気持はしませんでした。

「もう一度言うけれど、おまえには運がついているんだよ」と、おばさんは言いました。

「ええ、それはぼくもそう思いますよ」

こう、ルーディは言って、心の中でバベットのことを思いました。この時ほど、むこうの谷間が、なつかしく思われたことはありませんでした。

「もう、家に帰りついているにちがいない。帰るといっていた日から、もう、二日もすぎているものな。どうしても、ベックスへ行かなくちゃ」

ルーディは、ひとりごとを言いました。こうしてベックスへやってきました。水車屋では、みんな家にいて、ルーディを歓迎《かんげい》してくれました。インターラーケンの一家からも、よろしくとのことでした。

バベットはあまり口をきかないで、すっかり無口になっていました。けれども、日はじゅうぶんにものを言いました。ルーディはそれだけで満足でした。

水車屋の主人は、いつもなかなか話ずきで、みんなを思いつきやしゃれで、笑わせてばかりいました。なにしろこの人は、お金持の水車屋でしたから。ところがこの日は、すっかりルーディの猟《りょう》の冒険談《ぼうけんだん》の聞き手になってしまいました。カモシカ猟師が、高い岩山の頂で出会う困難や危険のこと、風とあらしが岩かどに吹《ふ》きつけた、すべりやすい雪のふちかざりの上を、どうやってはっていくか、吹雪《ふぶき》が深いさけめの上にかけわたした、あぶなっかしい橋を、どうやってはってわたるか、というような話です。

猟師の生活のこと、カモシカのかしこさ、その思いきったとびかたのこと、はげしいフェーンのこと、すさまじい勢いで落ちてくるなだれのことなどを話している時、ルーディはいかにも大胆《だいたん》に見え、目はキラキラかがやきました。彼《かれ》が新しい話をするたびに、いよいよ水車屋の主人が自分に好意を持ってくるのが、ルーディにもわかりました。とりわけ水車屋の主人の気にいったのは、ハゲタカや狂暴《きょうぼう》なイヌワシの話でした。

ヴァリス州にはいっているけれど、ここからあまり遠くないある岩だなの下に、たくみにつくられたワシの巣がありました。巣の中には一羽のワシの子がいましたが、それをとらえることは、だれにもできませんでした。二、三日まえ、あるイギリス人がルーディに、そのワシの子を生けどりにしたら、金貨を一つかみやるといったのです。しかし、ルーディは、こんなふうに答えたというのでした。

「何ごとにも、限度というものがあります。あそこのワシの子はとるわけにいきません。そんなことをくわだてるのは、きちがいざたですよ」

ブドウ酒がどんどん流れ、話も流れるようにはずみました。それでもその夕べは、ルーディにとっては、あまりにもみじかく感じられたのです。彼が水車屋への最初の訪問を終えて、別れをつげたときは、真夜中をすぎていました。

しばらくのあいだは、窓からもれるあかりが、木々の間をとおして見えていました。その時、あけてあった屋根の窓から、一ぴきのお座敷《ざしき》ネコが出てきました。そこへ雨どいをつたわって、台所ネコがやってきました。

お座敷ネコが言いました。

「水車屋の新しいニュースを、あなた、ごぞんじ？　ないしょで婚約《こんやく》があったのよ。お父さんは、まだ知らないの。ルーディさんとバベットさんは、ひと晩じゅうテーブルの下で、おたがいの足をふみあっていたわ。わたしも二度までふまれたの。でもわたし、鳴かなかったわ。そんなことしたら、みんなに気づかれてしまいますもの」

「わたしなら、鳴いてやるよ！」と、台所ネコは言いました。

「台所にむくことでも、お座敷にむくとはかぎりませんよ。でもわたし、水車屋の御《ご》主人《しゅじん》が、この婚約のことを聞いたらなんと言うか、それが知りたいわ」

そう、水車屋の主人がなんと言うか、それはルーディも知りたいことでした。けれども、それがわかるまで、長いこと待つなんてことは、彼にはできませんでした。そんなわけで、それから何日もたたないある日、ヴァリス州とボー州のあいだの、ローヌ川の橋の上を走っている乗合馬車の中に、ルーディはあいかわらず、上きげんですわっていました。今夜はきっと、うれしい返事が聞けるものと、楽しい思いにふけりながら。

ところが、夕方になると、馬車は同じ道を帰っていき、ルーディもその馬車に乗って、同じ道を帰っていきました。水車屋では、お座敷ネコが、新しいニュースをふれまわっていました。

「ねえ、台所さん、あなたごぞんじ？　水車屋の御主人は、もう何もかも聞いたのよ。ところが、ずいぶんへんなことになっちゃったの。ルーディさんは夕方ここへ来て、バベットさんとふたりで、長いことひそひそペチャクチャやっていたわ。ふたりはちょうど、御主人の部屋の前の廊下《ろうか》に立っていたの。

『ぼくはすぐ、お父さんのところへ行きます。それが正直なやりかたですからね』と、ルーディさんは言ったの。

『わたしもいっしょに行きましょうか。あなたを元気づけるために』と、バベットさんは言いました。

『元気なら、ぼくはいつだって、たっぷり持ってます。でも、あなたがいっしょだと、お父さんも少しは、やさしくしてくれるでしょうね』

こう言って、ルーディさんは、バベットさんとふたりで部屋の中へはいっていったのよ。ルーディさんたら、その時わたしのしっぽを、いやというほど、ふみつけたわ。なんて、ぶさほうなんでしょ。わたしミャオーって鳴いてやったんだけど、ルーディさんもバベットさんも、聞く耳なんかもっていなかったわ。

ふたりが戸をあけてはいる時、わたしはお先へ失礼して、椅子《いす》の背にとびあがったの。ところがね、今度はうちの御主人にけられちゃったの。それも、こっぴどくよ。戸口から外へ、山の上のカモシカめがけてさ。カモシカなら、ルーディさんはしとめるのがうまいっていうけれど、うちのバベットさんをねらうことはへたね」

「いったい、どんなふうだったの」と、台所ネコが聞きました。

「どんなふうって？――そりゃ求婚の時にだれでも言う文句を、のこらず並べたてたわよ。『ぼくはバベットさんを、愛していますし、そしてバベットさんも、ぼくを愛していほます。ひとり分の食べものがあれば、ふたりで食べられるそうです』とかさ。『だが、うちの娘《むすめ》はおまえさんよりも、高いところにいるよ。娘はひきわりムギの上にすわっているんだよ、黄金のひきわりムギの上にね。おぼえておいで、おまえさん。おまえさんにはとどかないよ』と、うちの御主人は言ったわ。『どんな高いところだって、その気になりさえすりゃ、とどかないことはありませんん』

こう、ルーディさんは言ったわ、そりゃきっぱりと。『だが、おまえさんは、あのワシの巣にはとどかないっていったじゃないかね。バベットはそれよりも、もっと高いところにすわっているんだよ』『ぼくは両方とも手に入れてみせます』『そうか、もしおまえさんが、ワシの子を生けどりにして持ってきたら、娘はおまえさんにやるとしよう』

こう、うちの御主人は言って、涙《なみだ》が出るほど笑ったわ。『だがルーディくん。おまえさんが、きょう来てくれたことはありがたいよ。あしたまた来てくれても、家にはだれもいないからね。さようなら、ルーディくん』

バベットさんも、さようならを言ったわ。そして、もう母親にあえない子ネコのように、そりゃ悲しそうだったわ。

『男子の一言です。バベットさん、泣かないでください。ぼくはきっと、ワシの子を持ってきますから』と、ルーディさんは言ったわ。

『首の骨でも折りゃあいいんだ。そうすりゃ、わしらもおまえさんのむだ骨おりから、まぬかれるってわけさ』

こう、うちの御主人は言ったわ。こうしてルーディさんは出ていくし、バベットさんはすわったまま泣いているし、御主人は旅でおぼえたドイツ語の歌をうたっているってわけなの。でも、わたしはもう気にかけないことにしたの。気にしたって、しょうがないんだもの」

「でも、見かけはいつでもそんなだけれどさ」

と、こう台所ネコは言いました。

7　ワシの巣

山道の方から、元気な力強いヨーデルが聞えてきました。その歌を聞いただけで、その人がほがらかで、元気にあふれていることがわかりました。それはルーディでした。いま、友だちのヴェシナンドをたずねてきたのです。

「おい、ちょっと手をかしてくれ。ラグリもいっしょにだ。ぼくはあの岩壁《がんぺき》の上の、ワシの子をつかまえなくちゃならないんだ」

「それよか、月のウサギをつかまえにいったらどうだ。こっちの方が、少しはらくだぜ。おまえ、えらい意気ごみなんだね」と、ヴェシナンドは言いました。

「うん、結婚《けっこん》したいと思ってるんでね。だが、じょうだんはぬきにして、わけを聞いてくれ」

そんなわけで、ヴェシナンドもラグリも、まもなくルーディの気持を知りました。

「おまえは、むちゃなやつだな。そりゃだめだよ。首の骨をぶち折っちまうぞ」と、ふたりは言いました。

「落ちると思いさえしなけりゃ、落ちるもんじゃないさ」と、ルーディは言いました。

真夜中近く、三人は棒や、はしごや、なわをもってでかけました。道は木のしげみややぶをぬけて、石のごろごろしているところを、つまさきあがりにのぼって、暗いやみの中へ消えていました。水が、ザーザー流れおちてきます。上の方でもサラサラ音をたてて、しめっぽい霧《きり》が、空を流れています。

若者たちは、切りたった絶壁《ぜっぺき》に近づきました。ここはいっそう暗く、左右から岩壁が、ほとんどふれあうばかりにおしせまっています。せまいさけめからあおいだ上の方に、わずかに空が、ほんのりと見えるだけでした。すぐわきは、深い谷になっていて、水のたぎりおちる音が聞えました。

三人ともじっとそこにすわって、夜明けを待ちました。夜明けになると、ワシが飛びたちますから、それをまず、うち落さなければなりません。それまでは、ワシの子をつかまえるなどは、思いもよらないことです。

ルーディはそこに石のようにうずくまって、ひき金をひくばかりにして身がまえ、さけめのいちばん上のところを、じっとにらんでいました。そこのつきでた岩のかげに、ワシの巣がかくれているのです。

三人の若者は長いこと待ちました。

とつぜん、上の方で風を切るはげしい音がしました。空を飛ぶ巨大《きょだい》なもののかげで、あたりが暗くなりました。黒いワシが巣から飛びたつと同時に、二つの銃口《じゅうこう》がそちらへ向けられて、はげしい銃声がしました。ひろげたつばさが、しばらくのあいだたゆたっていましたが、しだいに鳥は落ちてきました。その大きなからだと、ひろげたつばさとでさけめいっぱいになりながら、三人の若者をもいっしょに、ひきずりおとそうとするかのように。こうしてワシは、谷底へ落ちていきました。鳥が落ちていく時に折れた木の枝やしげみなどが、メリメリいいました。

　さあ、いよいよ仕事にかかりました。いちばん長いはしごを三つつぎあわせて、上までとどくようにし、それをがけのはしの、しっかりした足場に立てかけましたが、それでもまだ上まではとどきません。そこから上の、つきでた岩のかげの巣のところまでは、かべのように切りたった岩でした。

　しばらく相談した結果、上からはしごを二段つなぎにしたものを、さけめの中へつりさげて、それを下から立てかけてある、三段つなぎのはしごと結びつけるよりほかには、手だてはないということになりました。そこでひじょうな骨折りをして、二つのはしごを上までひっぱりあげ、綱《つな》でしっかりと結びつけました。はしごは、つきでた岩だなのふちを越《こ》して、深いさけめのまん中にぶらさがりました。ルーディははやくも、そのはしごのいちばん下の段に乗っていました。

　その朝は、氷のようにつめたい朝で、霧が雲のように、下の暗いさけめからのぼってきました。ルーディがそこにそうやって乗っているところは、ちょうど、鳥が巣をつくろうとして高い工場の煙突《えんとつ》の上にのこしていったわらしべに、ハエが一ぴきとまっているのとそっくりでした。ただ、ハエはわらしべが吹《ふ》きとばされたら飛びたつだけですが、ルーディは首の骨を折るほかありません。

風はまわりをヒューヒュー吹いていました。はるか下の方では、氷姫《こおりひめ》の宮殿《きゅうでん》の氷河からとけでた水が、ドードーと音をたてて流れていました。

さてルーディは、はしごをブランコのようにふり動かしました。長い糸の先にぶらさがったクモが、足場をつかまえようとする時のように。四度めにはしごをふり動かしたとき、下から立てかけてある三段つなぎのはしごの頂上に、それがふれました。とたんにルーディはそれをつかんで、なれた力強い手で、両方のはしごをしっかりと結びつけました。それでも結びめは、すりへったちょうつがいのように、しきりにぐらぐらしました。

こうして巣のところまでとどいた五段つなぎの長いはしごは、岩壁に垂直にかけられました。まるで、一本のゆらゆらするアシのようです。しかも、これからがいよいよ、いちばん危険な仕事です。ネコみたいに、それをよじのぼらなくてはならないのです。

けれどもルーディは、それをネコからおそわって、ちゃんとこころえていました。めまいはルーディのうしろで、空《くう》をふみながら、ヒドラのような腕《うで》をのばしましたが、ルーディは、そんなものは気にかけませんでした。とうとうルーディは、はしごのいちばん上の段までのぼりつめました。ところが巣の中をのぞくには、まだ少し低すぎました。やっと手がとどくだけです。

しかしルーディは、ふとい枝をあんでこしらえてある巣の、いちばん下の枝がしっかりしているかどうかをためした上で、一本のふといしっかりした枝をつかむと、さっと身をおどらせて、その枝に飛びうつりました。こうしてとうとう、胸と頭とで、巣の上にしがみつきました。

とたんに、息のつまるようななくさった肉のにおいが、鼻をうちました。子ヒツジや、カモシカや鳥などのくさったのが、ずたずたに引きさかれて、巣の中にちらばっていたのです。

めまいは、ルーディをつかまえそこなったので、今度は気が遠くなれとばかりに、顔に毒気をふきかけました。はるか下の方に黒い口をあけた谷底では、矢のようにはやい流れの上に、長いうすす緑の髪をふりみだした氷姫がすわって、死神のようなまなざしを、二つの銃口のように、じっとルーディの方にこらしていました。「今度こそ、おまえをつかまえてみせるよ」とばかりに。

巣のすみには、ワシの子がいました。大きい、たくましい姿をしていますが、まだ飛ぶことはできません。ルーディはじっと相手に目をそそぎながら、片手で自分のからだをありったけにささえて、もういっぽうの手で、さっとわなを投げました。こうして、うまく生けどりにしました。わなが、足にからまったのです。

ルーディはその鳥を、わなもろとも、肩《かた》ごしにほうりました。鳥は足の下の方に、ぶらさがりました。それからルーディは、上からおろされた一本の助けの綱につかまって、爪先《つまさき》がはしごのいちばん上の段にかかるまで、そろそろとおりてきました。

「しっかりつかまれ。落ちると思いさえしなけりゃ、落ちはしないぞ」

これは古い教えでした。

ルーディはこの教えにしたがって、しっかりとつかまりました。落ちはしないと信じて、はっていきました。だから、落ちませんでした。

まもなくヨーデルが、力強く、よろこばしげにひびきました。ルーディはワシの子を持って、がっしりと岩の上に立っていました。

8　お座敷《ざしき》ネコが話したこと

「お望みのものを、持ってまいりました」

ベックスの水車屋の部屋にはいってきたルーディは、こう言って、床《ゆか》の上に大きなかごをおくと、かぶせてあったきれをとりのけました。

なかからは、黒いふちをもった黄色い二つの目が、火をふくようにこちらをにらみつけました。見るかぎりのものを焼きつくし、食いいろうとしているかのようです。みじかい強いくちばしは、かみつこうとして大きく開かれ、首は赤く、にこ毛でおおわれていました。

「ワシの子じゃないか」

水車屋の主人は、思わず大きな声を出しました。バベットは、きゃっと言ってとびしさりました。けれども目はルーディからも、ワシの子からもはなすことができませんでした。

「おまえさんは、おどしのきかない男なんだなあ」と、水車屋の主人は言いました。

「そしてあなたは、約束をお守りになる方です。人にはめいめい、くせがありますさ」と、ルーディは言いました。

「だが、どうして首の骨を折らずにすんだのかね」

「それは、ぼくが、しっかりつかまっていたからです。いまでもそうですよ。ぼくはバベットさんをしっかり、つかまえてみせます」

「まず、娘《むすめ》をつかまえてごらん」と、水車屋の主人は言って、笑いました。

この言葉がよいしるしだということは、バベットにはわかりました。

「このワシの子は、かごから出してやりたまえ。見ていても、気味がわるいじゃないか。どうだ、あの火のような目。いったい、どうやってつかまえたのかね」

そこでルーディは、その話をしなければなりませんでした。水車屋の主人は目を見はりましたが、その目はいよいよ大きくなっていきました。

「おまえさんほどの勇気と幸運がありゃ、妻君がたとえ三人あっても、やしなっていけるよ」と、水車屋の主人は言いました。

「ありがとうぞんじます。ありがとうぞんじます」と、ルーディはさけびました。

「水車屋の新しいニュースを、あなた、ごぞんじ？」と、お座敷ネコが、台所ネコにむかって言いました。

「ルーディさんがね、ワシの子を持ってきて、それとバベットさんとを、とりかえっこしたんです。ふたりはキスをかわして、お父さんに見せてやりましたよ。あれが婚《こん》約《やく》っていうものなのね。おじいさんはもう、けとばしもしないで、爪《つめ》をひっこめて昼《ひる》寝《ね》をしてしまったわ。そしてふたりがそこにすわって、じゃれあうままにさしておいたわ。ふたりはおしゃべりすることが、どっさりあって、とてもクリスマスまでにはすみそうもないのよ」

なるほど、クリスマスまでにはすみませんでした。

風は茶色の葉をまきあげ、吹雪《ふぶき》が谷にも、高い山の上にも吹《ふ》きあれました。氷姫《こおりひめ》のお城は、冬のあいだにどんどん大きくなりますが、その堂々としたお城の中に、姫はすわっていました。岩壁《がんぺき》は氷につつまれてつっ立ち、ゾウのように重たい、ひとかかえもあるつららが、夏には滝《たき》が水のベールをかけるところに、ぶらさがりました。雪の粉をかぶったモミの木には、ふしぎな形をした氷の水晶《すいしょう》をつないだ花づなが、キラキラかがやいていました。

氷姫は、ざわめく風にのって、いちばん低い谷までやってきました。雪のしきものが、ベックスの町のあたりまで一面にしかれたので、氷姫もやってくることができたのです。

来てみると、ルーディは部屋の中にいました。こんなことは、ルーディとしてはめずらしいことです。そばには、バベットがすわっていました。夏には、婚礼をあげるはずでした。そのことが、あんまり友だちのうわさになるもので、ふたりは、耳ががんがんするほどでした。

部屋の中には明るい日の光がさし、この上もなく美しいシャクナゲが、燃えるように咲《さ》いていました。まるで春のようにきれいでした。——すべての鳥に夏のよろこびを、婚礼のときをうたわせる春が、近づいてきました。

「まあ、いつまでいっしょにすわって、なかよくしているんだろ。もうわたし、あんなニャゴニャゴには、あきてしまったわ」

こう、お座敷ネコは言いました。

9 氷《こおり》姫《ひめ》

春がみずみずしい緑の花づなを、クルミとクリの木の上にひろげました。その花づなは、ローヌ川にそったサン・モーリスの橋からジュネーブ湖畔《こはん》までが、いちばんみごとでした。ローヌ川は、氷姫の宮殿《きゅうでん》の、緑色の氷河の下にあるみなもとから出て、はげしい勢いで流れくだってきます。

この宮殿から氷姫は強い風に乗って、雪田のいちばん高いところまで舞《ま》いあがり、吹《ふ》きよせられた雪のしとねの上にからだをのばして、太陽の光をあびながら、遠見のきく目で、深い谷間を見おろしていました。その谷間では人間どもが、ちょうど日なたの石の上をはいまわるアリみたいに、いそがしそうに動いていました。

「太陽の子たちは、おまえたちを霊《れい》の力と呼んでいるけれど、おまえたちは虫けらにすぎないのだ。雪の玉がたった一つころがれば、おまえたちも、おまえたちの家も町も、押《お》しつぶされて、押し流されてしまうのだ」

　こう言って氷姫は、頭をほこらしげにいっそう高くあげ、死をまきちらすひとみを、まわりの世界や、はるか下の世界へむけました。ところが、その谷底からは、ゴロゴロという音や、岩の爆破《ばくは》される音がひびいてきました。人間どものしわざです。鉄道をしくために、道やトンネルがつくられているのでした。

「あいつらは、モグラのまねをしている。道を掘《ほ》っているのだ。それであんなに、鉄《てっ》砲《ぽう》をうつような音が聞えてくるのだ。けれども、わたしがわたしの城をちょっとでも動かそうものなら、かみなりのとどろきよりも強い音がするんだからね」

　こう、氷姫は言いました。

　谷の方から、煙《けむり》が上がってきて、それが風にひらめくベールのように、前へ進んでいきました。それは、新しくしかれた線路の上を、列車をひいていく機関車のひらひらする羽かざりでした。このまがりくねっていくダイジャのふしぶしは、車と車をつないだものでした。それが矢のように、はやく走っていきました。

「あの霊の力どもは、下の世界で主人顔をしている。だけれど、自然の力こそが支配しているのさ」

こう言って氷姫は、笑ったりうたったりしました。すると、その声は谷いっぱいにとどろきました。

「なだれがきたぞ」と、下の方では人間がさけびました。

けれども、太陽の子たちはもっと高い声で、人間の思想をうたいました。海をくびきにつなぎ、山をくずし、谷をうずめる人間の思想こそ、支配する力だ。それこそ、自然の力の支配者なのだ、と。

ちょうどその時、氷姫のすわっている雪原の上に、ひとむれの旅行者が、やってきました。人々は綱《つな》で、おたがいのからだをしっかりつないでいました。

「虫けらめ。それでもおまえたちは、自然の力の支配者だというのか」

こう、氷姫は言って、その人たちから目をそらすと、いましも汽車の走っている深い谷底の方を、ばかにしたように見おろしました。

「その思想とかいうものは、あんなものの中にすわっているのか。そんなら、わたしの権力の中にすわっているようなものだ。わたしには、そのひとりひとりがよく見える。ひとりは王さまのようにいばって、ただひとりですわっている。蒸気のダイジャがとまったら、みんなおりて、それぞれの道を歩いていくんだろ。それが、思想が世界にひろまっていくことだってさ」

こう言って、氷姫は笑いました。

「また、なだれだぞ」と、下の谷では人々が言いました。

「ここまでは来やしないさ」

蒸気のダイジャの背中に乗っていたふたりは、こう言いました。それは、「心は二つ、思いは一つ」と言われるふたり、ルーディとバベットでした。水車屋の主人もいっしょでした。

「わしは手荷物みたいなものでね。必要な品物として、ついてきているのさ」と、水車屋の主人は言いました。

「あんなとこに、あのふたりがすわっている。わたしはたくさんカモシカを押しつぶした。何百万というシャクナゲを押しつぶし、うちくだいた。根さえも、もうのこっていないんだ、わたしは、あいつらをほろぼしてやる。あの思想どもを、あの霊の力どもを」

こう言って、氷姫は笑いました。

「あっ、またなだれだ」と、下の谷では言いました。

10 名づけ親

ジュネーブ湖の東北部に、花づなのように並んでいるクラーランス、ベルネクス、クリンなどの町々のうち、いちばん手近な町のモントルーに、バベットの名づけ親のイギリスの貴婦人が、娘《むすめ》たちやしんせきの青年といっしょに、滞在《たいざい》していました。

みんなは近ごろ、ここに着いたばかりでしたが、水車屋の主人は、さっそくその夫人をおとずれて、バベットの婚約《こんやく》のことをつげました。ルーディのことも、ワシの子のことも、インターラーケンの射撃祭《しゃげきさい》のことも話しました。何もかも手みじかに話したのですが、奥《おく》さんはその話をひどくおもしろがって、ルーディとバベットに、それからまた水車屋の主人にも、よい感じをいだきました。そして、そのうち三人であそびにいらっしゃい、と言いました。

それでいま、三人はおとずれてきたのです。――バベットは、名づけ親にあいたいと思いましたし、名づけ親は、バベットにあいたく思っていました。

ジュネーブ湖のはしのビルヌーブという小さな町のそばに、汽船がとまっていました。それに乗ると、三十分でモントルーのすぐ下のベルネクスにつきます。このあいだの湖の岸は、詩人たちによくうたわれるところです。

バイロンは、青緑の水をたたえた深い湖の、ここの岸べのクルミの木の下にすわって、ものすごい断崖《だんがい》の城、シヨンの囚人《しゅうじん》のことを美しい詩に書きました。ここ、クラーランスの町の、シダレヤナギが水にうつっているあたりを、ルソーはエロイーズを夢みながら、歩きまわったのでした。

ローヌ川が、サボアの雪をいただいた高い山々の下を流れてきますが、その川口からほど近い湖水の中に、小さい島がひとつあります。岸から見ると、水の上に浮《うか》んでいる船のように小さい島です。この岩ばかりの島に、いまから百年ばかりまえ、ある婦人が、石垣《いしがき》をきずいて土を盛らせ、三本のアカシアを植えさせましたが、そのアカシアがいまでは、島いっぱいにかげをつくっています。

バベットはこの小さい島が、すっかり気にいってしまって、今度の船旅のうちで、ここがいちばん美しい場所だと思いました。そして、ぜひともあの島へ行きたい、行かなくてはならない、そこはきっと、この上もなく美しいところにちがいない、と考えました。ところが、汽船はそこを通りすぎて、いつものとおりベルネクスに着いてしまいました。

そこからこの小さい一行は、小さい山の町モントルーの手前のブドウ畑をかこんでいる、日あたりのよい白いかべのあいだをのぼっていきました。イチジクの木が、百姓家《ひゃくしょうや》の前に日かげをつくり、庭にはゲッケイジュや、イトスギがおいしげっていました。山を半分ばかりのぼったところに、名づけ親のとまっている旅館がありました。

みんなは心から歓迎《かんげい》されました。名づけ親は、あいそのよい、にこにこした、背の高いまる顔の夫人でした。小さい時には、きっとラファエロのかいた天使のようだったでしょう。でもいまは年をとった天使で、銀白の髪《かみ》を、ふさふさと波うたせていました。娘たちもきれいでじょうひんで、背が高く、すらりとしていました。

連れの若いいとこは、頭のてっぺんから足の先まで白ずくめの服装をして、金色の髪の毛と金色の頬《ほお》ひげをもっていましたが、その頬ひげは、三人の紳士《しんし》にわけてもよいくらい、たっぷりありました。このいとこは、たちまちバベットにひじょうな注意をむけました。

りっぱな装幀《そうてい》の本や、楽譜《がくふ》やスケッチなどが、テーブルいっぱいにちらかっていました。露台《ろだい》の戸が開いていて、そこから広々とした美しい湖が見えました。湖は、鏡のようにしずまりかえっていて、サボアの山々が、その小さな町や、森や雪の峰《みね》ごと、さかさまにうつっていました。

ルーディは、ふだんはいつも大胆《だいたん》で、快活で、のびのびしているのに、ここへ来てからは、いわゆる「場ちがい」を感じていました。なんだか、豆をまきちらした、すべすべの床《ゆか》の上でも歩いているみたいでした。時のたつのが、なんとものろのろしていて、まるでふみ車をふんでいるようでした。やがて散歩ということになりましたが、それがまた、同じくたいくつなものでした。ほかの人たちと足なみをあわせるためには、ルーディは、二足歩いて一足さがらなければなりませんでした。

みんなは、岩礁《がんしょう》の上にある、おそろしい昔のシヨンの城を見にでかけて、拷問柱《ごうもんばしら》や、死の牢獄《ろうごく》や、岩壁《がんぺき》のさびついたくさりや、死刑囚《しけいしゅう》の石の寝台《しんだい》や、落し戸——不幸な罪人たちが、この落し戸から落されて、波間の鉄の杭《くい》につきささったのだそうです——などを見物しました。

みんなはおもしろがって、見てまわりました。それはなにしろ、バイロンの詩によって、詩の世界にたかめられた刑場でした。けれどもルーディにとっては、それはただの刑場でした。そこで、窓の大きな石のわくにもたれて、深い青緑色の水の面《おもて》を見おろしたり、むこうの三本のアカシアのしげっている、小さなさびしい島をながめたりしました。そして、こんなおしゃべりのなかまからはなれて、あの島へ行ってしまいたく思いました。ところが、バベットの方はことのほか上きげんで、あとで、とても愉快《ゆかい》だったと言いました。また、あのいとこの人は、申しぶんのない人だ、とも言いました。

「そうさ、まったく申しぶんのないおしゃべりだよ」と、ルーディは言いました。

ルーディが、バベットの気にいらないことを言ったのは、これがさいしょでした。

若いイギリス人はバベットに、シヨンの記念にと、一冊の小さい本をおくりました。

それはバイロンの詩『シヨンの囚人』で、それもバベットが読めるようにというわけで、フランス訳でした。

「その本は、いい本かもしれんが、きみにそれをくれた、あのきれいにくしを入れた若僧《わかぞう》は、ぼくは気にくわんね」

と、ルーディは言いました。

「あの男は、粉のはいってない粉ぶくろみたいだな」

こう、水車屋の主人は言って、自分の思いつきに大笑いをしました。ルーディもいっしょに笑って、まったくぴったりだ、と言いました。

11　若いイギリス人

それから数日たって、ルーディが水車屋をおとずれると、あの若いイギリス人が来ていて、ババベットがちょうど、マスの煮《に》たのを出したところでした。ていさいよく見えるように、パセリも自分でそえて、かざったにちがいありません。そんなことをする必要は、すこしもないのにね。

このイギリス人は、ここになんの用があるのだろう。どうしてここへ来たのだろう。ババベットに、もてなしてもらうためなのだろうか。

ルーディは、やきもちをやきました。それがかえって、バベットをおもしろがらせました。バベットにとっては、ルーディの心をあらゆる方面から、強いがわからも弱いがわからもながめるのが、うれしかったのです。

バベットにとっては、愛はまだあそびでした。そこで、ルーディの心をおもちゃにしました。それにしても、やっぱりルーディは、彼女《かのじょ》の幸福のみなもとであり、毎日の生活の思いであり、この世でいちばんよい、いちばん大切なものだったといってよいでしょう。

ところが、ルーディが暗い顔をすればするほど、バベットの目は、ますます笑いました。もし金色の頬《ほお》ひげをした、この金髪《きんぱつ》のイギリス人にキスしたら、ルーディが気ちがいのようになって、家をとびだしていくものとわかったら、キスだってしたかもしれません。その時こそ、自分がどんなにルーディに愛されているか、わかるはずですから。

でも、この考えは正しくありません。バベットとしても、かしこい考えではなかったでしょう。けれども、なにしろまだ十九歳《さい》の娘《むすめ》でしたから、そこまでは考えませんでした。自分の態度が、婚約《こんやく》したばかりのちゃんとした水車屋の娘としては、すこし陽気でかるはずみにすぎはしないかと、この若いイギリス人に思われるかもしれないなどとは、なおさら考えおよびませんでした。

ベックスからの街道《かいどう》は、この地方の言葉で、「悪魔《あくま》のつの」と呼ばれる、雪におおわれた高い岩山のふもとをはしっていますが、水車屋はその近くの、シャボンをとかしたような白っぽい水があわだって流れている谷川から、そうはなれてはいません。でも、水車をまわすのはその川ではなくて、川むこうの岩山をたぎりおちてくる、もう一つの小さな川でした。この流れが、道路の下の石でかこった水路を通るあいだに力と速度とをくわえて、四方をとじた木の水槽《すいそう》の中へ流れこみ、そこから幅《はば》の広い樋《とい》であの谷川を越《こ》してきて、大きな水車をまわすのです。

この樋をながれる水は、もりあがるようになって、ふちからあふれていましたから、水車屋へ近道をしようと思ってここを通る人は、水のあふれた、すべりやすい樋をわたるほかありません。

ひとりの若い男が、この近道をわたろうと思いつきました。あのイギリス人です。男は水車屋の若い者のように、白い服装をして、バベットの部屋からもれる光をたよりに、手さぐりで、やみのなかをわたりはじめました。

ところが、こんなやり方になれていないものですから、すんでのことに、まっさかさまに下の流れに落ちるところでした。やっとのことで、そでをぬらし、ズボンをよごしただけで、ついらくはまぬかれましたが、バベットの部屋の窓の下にやってきたときは、どろだらけになっていました。

そこで、そこにあった古いボダイジュによじのぼると、フクロウのまねをしました。ほかの鳥の鳴き声は、できなかったのです。バベットがその声を聞きつけて、うすいカーテンのあいだからのぞいてみると、まっ白い男の姿が見えました。それがだれであるか想像したとき、バベットの心臓は、おそれと同時にまた、怒《いか》りで高くうちました。

バベットはそこで、いそいであかりを消して、窓のしんばりぼうをたしかめた上で、男にいくらでも、ほえさせておきました。もしルーディが水車屋に来ていたら、おそろしいことになったでしょうが、ルーディはさいわいと、来ていませんでした。

ところが、もっとわるいことになりました。というのは、ルーディはちょうど水車屋の下の方にいたのです。まもなく、怒りにふるえた高い声が聞えました。なぐりあいがはじまるかもしれません。ひょっとすると、どっちかが殺されるんじゃないかしら。

バベットはおそろしくなって、窓をあけて、ルーディの名前を呼びました。そして、どうか行ってください、こんなとこに来ないでください、とたのみました。

「来ないでくれだと。じゃ、しめしあわせたことなんだな。きさまは、おれよりもすきな男をもっていたんだな。この恥知らずめ」と、ルーディは、怒りを爆発《ばくはつ》させました。

「まあ、ひどいことを。あなたなんて大きらい。行って！　行って！」

バベットは、こう言って泣きだしました。

「おれは、そんなことを言われるおぼえはないぞ」

こう、ルーディは言いながら、そこを去りました。顔は火のよう、心も火のように燃えていました。

バベットはベッドに身をなげて、泣きました。

「ルーディさん、わたしがどんなにあなたを愛しているか。それなのに、わたしのことを、わるくおとりになるなんて！」

そんなわけで、バベットは腹をたてました。ひどく腹をたてました。それがかえってよかったのです。さもないと、ひどい悲しみにしずんでしまったでしょうから。これでバベットは眠《ねむ》りに落ちることができました。元気を回復する若さの眠りにね。

12　あやかし

ベックスを去って家路についたルーディは、涼《すず》しいさわやかな空気につつまれた、山の方へのぼっていきました。そこは雪がつもった、氷姫《こおりひめ》の支配する世界でした。広葉樹がはるか下の方に、まるでジャガイモの木のように見えました。モミの木ややぶがだんだん小さくなり、布さらし場の布みたいに、あちこち消えのこった雪のそばに、シャクナゲが咲《さ》いていました。そこにはまた、青いリンドウが一本咲いていましたが、ルーディはそれを銃《じゅう》の台床《だいしょう》でたたきつぶしました。

そのとき上の方に、カモシカが二ひき、あらわれました。ルーディの目はかがやき、新しい考えが舞《ま》いあがりました。でも、ねらいをさだめてうちとるほどには、近くありません。そこで、なおも高くのぼっていくと、岩と岩とのあいだに、とげとげした草が生えているところへ出ました。カモシカは、雪田の上をしずかに歩いています。

ルーディは足をはやめて近づきました。

その時ふいに、霧《きり》がまいてきてまわりをつつんでしまい、気がついた時には、彼《かれ》はけわしい絶壁《ぜっぺき》のまえに立っていました。雨がどしゃぶりに降ってきました。

ルーディは燃えるようなかわきをおぼえ、頭ばかりほてって、手足はひえてきました。水筒《すいとう》を出してみましたが、中はからでした。気ちがいのようになってのぼってきたので、水筒のことなんか、考えなかったのでした。いままで、病気というものはしたことがなかったけれど、今度こそ病気になったのではないかと思われました。ひどくつかれていて、その場にからだをなげだして、眠《ねむ》りたい気がしました。

気をしっかり持とうとしても、何もかもが、水のように流れていってしまいます。目の前にあるものが、あやしくちらちらふるえました。とつぜんルーディは、気がつきました。これまで何もなかったはずのむこうの岩に、よっかかるようにして新しい低い小屋がたっていて、その戸口に、若い娘《むすめ》が立っているではありませんか。いつかダンスの時にキスをした、校長先生の娘のアネットかと思いましたが、ちがいました。それにしても、前にどこかで見たおぼえがあります。ひょっとすると、インターラーケンの射撃祭《しゃげきさい》からの帰り道に、グリンデルワルトの近くで会った、あの娘かもしれません。

「おまえさんは、どこからこんなところへ来たのかね」と、ルーディはたずねました。

「わたし、ここで暮しているのよ。ヤギの番をして」と、娘は言いました。

「ヤギだって？　どこで草をくわせるんだい。どこを見たって、雪と岩ばかりじゃないか」

「よくごぞんじだこと」と、娘は言って笑いました。「このうしろの方を、すこし下がったところに、すばらしい草原があるのよ。そこへ、わたしのヤギは行くんです。わたし、番をするのじょうずよ。一ぴきだって逃《に》がしはしないわ。一度わたしのものになったものは、いつまでもわたしのものよ」

「たいした元気だね」と、ルーディは言いました。

「あなたもね」と、娘は答えました。

「おまえさん、ミルクがあったら飲ませてくれないか。のどがかわいてかわいて、がまんできないんだ」と、ルーディは言いました。

「ミルクより、もっといいものがあってよ。それをあげましょう。きのう案内人を連れた旅人がやってきて、ブドウ酒のはんぶんはいったびんを忘れていったの。あなたなんか、まだ味わったことがないようなブドウ酒よ。あの人たち、取りにくる気づかいはないわ。わたしは飲まないから、あなたお飲みなさい」

こう言って娘は、ブドウ酒を持ってくると、木のさかずきについで、ルーディにさしだしました。

「こいつはいい酒だ。いままでこんな強い、こんなにあたたまる酒は飲んだことがない」

こう言ううちにも、ルーディの目は、生きかえったようにかがやいてきました。からだの中ががっかと燃えるようで、なやみも気がかりなことも、霧のように消えていきました。

「そうだ、たしかに校長先生の娘のアネットだ。さあ、キスして」と、ルーディはさけびました。

「ええ、あなたの指にはめている、そのきれいな指輪をくださったらね」

「この婚約《こんやく》の指輪を？」

「そうよ」

娘はいって、ブドウ酒をさかずきについで、ルーディの唇《くちびる》につきつけました。ルーディはそれを飲みました。生きるよろこびが血の中に流れこみ、全世界が自分のものになったような気持でした。

何を、くよくよすることがあろう。すべてのものは、われわれのよろこびのために、そして、われわれを幸福にするためにあるんだ。生命の流れは、よろこびのながれだ。それに流され、それに運ばれていくのが幸福というものだ。

ルーディは、娘の顔を見つめました。それはアネットであり、またアネットではありませんでした。そうかといって、グリンデルワルトの近くで出会った、あの魔物《まもの》とは、なおさら見えません。この山の娘は、降りたての雪のように新鮮《しんせん》で、シャクナゲのようにふくよかで、子ヤギのように身がるでした。それでもやっぱり、アダムのあばら骨からつくられた、ルーディと同じ人間としか見えませんでした。

ルーディは、娘のからだに腕《うで》をまきつけて、あやしいほど澄《す》んだ、娘の目の中をのぞきこみました。それはほんの一秒間にすぎませんでしたが、その一秒のあいだに感じたものは——、さあ、それを説明したり、言葉にあらわしたりすることができるでしょうか。

ルーディをみたしたものは、精霊の命だったでしょうか、死神《しにがみ》の命だったでしょうか。ルーディは高くのぼったのでしょうか、それとも深い氷の、死のさけめにしずんでいったのでしょうか、深く、どこまでも深く？

青緑色のガラスのような氷のかべが、ルーディの目にうつりました。底しれない深淵《しんえん》が、ぐゎっと口をあけていました。したたり落ちる水は、鈴《すず》を鳴らすような音をたて、しかも真珠《しんじゅ》のようにすんだ、青白いほのおをあげて光りました。

氷姫がルーディにキスしました。背すじからひたいにかけて、ぞっと氷のような寒けが走りました。ルーディは苦しみのさけびをあげて、身をふりほどくと、思わずよろめいて、そこにたおれました。目の前がまっ暗になりました。でも、やがてまた目を開きました。あやかしが、ルーディをもてあそんだのです。

アルプスの娘は、消えさっていました。娘のいた小屋も、消えてしまっていました。水が、はだかの岩壁《がんぺき》をしたたりおちていました。まわりには、雪がつもっていました。ルーディは、肌《はだ》までぐっしょりぬれて、寒けでぶるぶるふるえました。バベットからもらった婚約の指輪は、なくなっていました。銃は、かたわらの雪の中にころがっていました。それをひろいあげて、うってみようとしましたが、役にたたなくなっていました。霧が岩のさけめを、雪のかたまりのようにうずめていました。めまいがそこにすわって、力つきた獲物《えもの》を、待ちぶせていました。その下の深い谷底では、邪魔《じゃま》するいっさいのものをうちくだきひきさきながら、岩がころがり落ちていく、すさまじい音がしていました。

いっぽう、水車小屋では、バベットがすわって泣いていました。ルーディが、もう六日もやって来ないのです。――ルーディがわるいのだ。あの人が、あやまりに来なくてはいけないんだ。だってわたし、これほど真心をこめて、あの人を愛しているのだもの。

13　水車屋の家で

お座敷《ざしき》ネコが、台所ネコに言いました。

「人間て、まったくわけのわからないものね。バベットさんとルーディさんのあいだが、また切れてしまったのよ。女の方は泣いているけど、男はきっともう、なんとも思っちゃいないんだわ」

「まあ、いやなこった」と、台所ネコは言いました。

「わたしもそう思うわ。でも、わたしたいして気にしちゃいないの。バベットさんは、あの赤い頰《ほお》ひげさんのお嫁《よめ》になればいいんだもの。それはそうと、あの赤い頰ひげさんは、屋根にのぼろうとしていらい、ちっとも姿を見せないわね」

こう、お座敷ネコが言いました。

あやかしはわたしたちのまわりにも、わたしたちの心の中にも、はたらいています。それを経験したルーディは、そのことをよく考えてみました。

あの高い山の上で、身のまわりに、また心の中におこったのは、なんだったでしょう。幽霊《ゆうれい》だったでしょうか、熱のための、まぼろしでしたろうか。

いままでルーディは、熱とか病気とかいうものを知りませんでした。バベットを非難した時に、ルーディは自分自身の中をのぞきこんだのでした。そして、自分の心のあらあらしい動きを、その中に新しく爆発したフェーンのあらしを、考えてみました。――あの試練の時に、いまにも行為《こうい》となってあらわれそうだった考えの一つ一つを、ぼくはバベットに告白することができるだろうか。バベットからもらった指輪を、ぼくはなくしてしまった。だけれど、これがなくなったからこそ、ぼくはこうしてまた、バベットのところへもどることができたのだ。いったいバベットは、ぼくにすべてを告白するだろうか？

バベットのことを思うと、ルーディの心ははりさけそうになりました。いろいろの思い出が、浮《う》かんできます。バベットの明るいうきうきしたほほえみを浮べた、いたずらっぽい子供のような姿がありありと見えました。あふれる心の思いをこめてかたった、娘《むすめ》のやさしい言葉のいろいろが、太陽の光のように、ルーディの胸の中にさしこんできました。そんなわけで、まもなくバベットは、またもやルーディの胸の中に、あふれるばかりに日の光をあびて立っているのでした。

そうだ、ババットはすべてを告白するだろう。ざんげするにちがいない。

ルーディは水車屋に行きました。そこで、ざんげの式がはじまりました。それはキスにはじまって、ルーディがわるかったと、あやまることで終りました。——彼《かれ》の大きなあやまちは、ババットの真心を、かりにもうたがったことでした。

これはたしかに、ルーディがわるいのです。そのようなうたぐり深さ、そのようなはげしい気性は、おたがいを不幸につき落してしまうでしょう。それは、たしかなことです。そこでババットは、ちょっとしたお説教をしました。ババットには、それが楽しくもあれば、愛らしく、似合いもしました。

それにしても、ルーディの言いぶんの中にも、正しいことが一つありました。それは、あの名づけ親のしんせきの男は、おしゃべりだったということでした。ババットは、おくられた本は焼いてしまうし、また、あの人のことを思い出させるようなものは、何一つとっておかないとちかいました。

「さあ、これでめでたしめでたしよ。ルーディさんが、またここへ来たの。ふたりはおたがいの気持がわかったのよ。これ以上の幸福はないって、ふたりは言ってるわ」

と、お座敷ネコは言いました。

「わたしはゆうべ、ネズミのやつが言ってるのを聞いたんだけれど、いちばんの幸福てのは、あぶらろうそくを食べることと、くさったベーコンを、どっさりためることだってさ。ネズミの言うことと、恋人《こいびと》どうしの言うことと、いったいどっちを信じたらいいんでしょうね」と、台所ネコは言いました。

「どっちも信じないことだわ。その方がいつだって安全よ」と、お座敷ネコは言いました。

ルーディとバベットにとっての、いちばん大きな幸福が、いよいよはじまりました。人生のいちばん美しい日といわれる、婚礼《こんれい》の日が近づいたのです。

でも、婚礼の式をあげる場所は、ベックスの教会でも、水車屋の家でもありませんでした。名づけ親の夫人が、婚礼のお祝いは自分のところで、式はモントルーの美しい小さい教会であげたいと言ったのです。

水車屋の主人は、奥《おく》さんの望みどおりにしなくては、と言いました。この人には、花嫁花婿《はなむこ》にたいして、名づけ親がどういうことを考えているか、わかっていたからです。ふたりは奥さんから、お祝いの品をもらうにきまっています。それを思えば、こんな小さな譲歩《じょうほ》はなんでもありません。

日どりもきまりました。その前の晩、三人はビルヌーブまで行ってとまり、あくる朝早く、船でモントルーにわたることにしました。そうすれば、名づけ親の娘さんたちが花嫁をかざってくれる時間も、たっぷりありますから。

「近いうちにこの家では、きっと婚礼のお祝いがあるわよ。ちがったらわたし、ミャオとも言いませんよ」

　こう、お座敷ネコが言いました。

「宴会《えんかい》があることはたしかだよ。カモは殺されるし、ハトはしめられるし、ほかにも動物が、ずらりとかべにつるされてるもの。見てるだけでも、よだれがたまってくるわよ。——あした旅立つんだってね」と、台所ネコは言いました。

　そう、あしたです。——その晩ルーディとバベットとは、婚約時代のさいごの夜を、水車屋ですごしました。外ではアルプスの山々が、夕焼けに燃えていました。夕べの鐘《かね》が鳴りわたり、太陽の娘たちが、「いちばんよいものが、これから来るよ」と、うたっていました。

14　夜のまぼろし

　太陽はしずみ、雲が高い山々のあいだの、ローヌ川の谷間におりてきました。アフリカから来る風が、高いアルプスを越《こ》えて、南から吹《ふ》きつけました。それがフェーンで、雲を粉々にひきさくのです。

その風が通ってしまうと、しばらくは、しんとしずまりました。ひきさかれた雲が、森におおわれた山のあいだを、勢いよく流れているローヌ川の上に、ふしぎな形をして浮《うか》んでいました。その形には、太古の世界にいた海の怪獣《かいじゅう》のようなのや、空を飛んでいるワシのようなのや、沼《ぬま》の中ではねているカエルのようなのがありました。

そこへ、根こぎにされた一本のモミの木が流れてきました。その前では、水がぐるぐるうずをまいていました。それはめまいでした。よく見ると、あわだち流れていく川の上にできているうずまきは、一つや二つではききませんでした。

月が山の頂の雪や、黒々とした森や、白いふしぎな形の雲を照らしました。この白い雲こそ、夜のまぼろしであり、自然の力の霊《れい》なのでした。山のお百姓《ひゃくしょう》は、この霊たちが氷姫《こおりひめ》の前を、むれをなして飛んでいくのを、窓ガラスごしに見ました。

氷姫は氷河の宮殿《きゅうでん》を出て、根こぎにされたモミの木の舟《ふね》にすわっていました。そんなふうにして氷姫は、氷河の水に運ばれて流れをくだり、広々とした湖に出るのです。

「そら、婚礼《こんれい》のお客たちが、やってくるぞ」と、さわいだりうたったりする声が、空にも水にもひびきました。

まぼろしは外にも、内にもいました。バベットはふしぎな夢を見ました。もうルーディと結婚して、何年もたっているようでした。夫はカモシカ狩《が》りに出ていき、バベットは家で留守をしていました。

ところが、そばに金色の頰《ほお》ひげをはやした、あの若いイギリス人がすわっているのです。男は熱っぽい目をしていて、言葉には魔法《まほう》の力がありました。男は、バベットの手をとりました。彼女《かのじょ》はどうしても、男のあとについていかなければなりませんでした。ふたりは故郷をすてて、谷をどこまでもくだっていきました。

バベットは、心の上になにか重いものがのっかっている気持でしたが、その重荷が、だんだん重くなっていきました。それはルーディにたいする罪でした。神さまにたいする罪でした。ふいにバベットは、たったひとりになっていました。着物は、イバラで、ずたずたに引きさかれていました。髪《かみ》の毛は白くなっていました。悲しみにうたれて、ふと上の方を見ると、絶壁《ぜっぺき》のはしに、ルーディのいるのが目にとまりました。

バベットは夫の方に、手をさしだしましたが、名を呼ぶ元気も、救いをもとめる勇気もありませんでした。たとえそうしたとしても、むだでした。というのは、すぐそれがルーディその人ではなくて、猟師《りょうし》がよくカモシカをだます時にやるような、登山づえに夫の胴着《どうぎ》と帽子《ぼうし》をかけたものだということがわかったからです。バベットは、かぎりない悲しみにしずんでなげきました。

「ああ、わたしの生涯《しょうがい》のいちばん幸福な日だったあの結婚の日に、いっそ死んでしまったらよかった。あの時が、わたしにもルーディにとっても、いちばんよい日だったのだ。だれがこういう日の来ることを、知っていたでしょう」

バベットは罪深いなやみにかられて、深い岩のさけめに身をなげました。プツンと糸が切れる悲しい音がひびきました。——とたんに、目がさめました。夢はおわって——しかも、あとかたもありませんでした。けれども、なにかおそろしい夢を見たこと、もう幾月《いくつき》も会ったこともなく、考えたこともない、あの若いイギリス人の夢を見たことだけは、頭にのこっていました。

あの人はモントルーにいるのでしょうか。

小さなかげが、バベットのかわいい口もとを、かすめました。まゆがしかめられました。けれども、まもなく口もとのほほえみと、目のかがやきはもどってきました。外では太陽が、美しく照っていました。あすはいよいよ、ルーディとの結婚の日です。

バベットが居間へおりていった時には、ルーディはもうそこに来ていました。まもなく三人は、ビルヌーブをさしてでかけました。ふたりとも、この上なく幸福でした。水車屋の主人も同じことでした。この上もない上きげんで、とてもほがらかに笑いました。

「さあ、これでいよいよ、わたしたちがこの家の主人よ」と、お座敷《ざしき》ネコは言いました。

15 むすび

三人の幸福な人たちが、ビルヌーブの町について食事をした時は、まだ夕方になっていませんでした。水車屋の主人は安楽椅子《いす》に腰《こし》かけて、パイプをふかしていましたが、やがてうとうとと、いねむりをはじめました。

若いいいなずけどうしは、腕《うで》をくんで町の外へ出ていくと、青緑色をした深い湖にそった、木のしげったがけの下の道を散歩しました。陰気《いんき》なシヨンの城が、灰色の壁《かべ》と重くるしい塔《とう》とを、澄《す》んだ水の面《おもて》にうつしていました。三本のアカシアのしげった小さい島は、そのてまえにあって、湖に浮《うか》んだ花たばのように見えました。

「あそこは、どんなにきれいでしょうね」

こう言って、バベットは今度もまた、ひどくそこへ行きたがりました。この願いは、今度はすぐかなえられました。岸に一そうのボートがあったからです。それをつないであった綱《つな》は、すぐにとけました。許可をもとめる人がどこにも見えなかったので、ふたりはそのまま、ボートに乗りこみました。

ルーディは、ボートをこぐこともたくみでした。オールは魚のひれのように、おだやかな水をかきわけていきました。水はそれほど従順なくせに、肩《かた》でしっかりと重いものをになうだけの強さをもち、なにものでも飲みこむ大きな口をもっています。また、柔和《にゅうわ》そのもののようにやさしくほほえむかと思うと、なにものをも破壊《はかい》せずにはいない、おそろしさと強さをしめすこともあります。

ボートが進んでいくあとには、水があわだちました。ボートは五分ほどで島について、ふたりはそこに上陸しました。島には、ふたりが踊《おど》れるくらいの場所しかありませんでした。

ルーディはバベットと、二、三回踊りまわりました。それからふたりは、枝をたれているアカシアの木の下の小さいベンチにすわって、目と目を見かわし、手をとりあいました。

まわりのあらゆるものが、夕日の光をあびてかがやいていました。山の上のモミの森は、ちょうど花ざかりのヒースのように、赤みがかったライラック色に見えました。木がなくなって岩山がむきだしになっているあたりは、まるで岩がまっかにやけて、すきとおってでもいるように見えました。

空の雲は赤いほのおのようにかがやき、湖ぜんたいが、あざやかな色をした火のバラのようでした。

かげが、雪におおわれたサボアの山にのぼっていくにつれて、山々はあい色にそまりましたが、いっぽう、いちばん高い峰々《みねみね》は、まっかな熔岩《ようがん》のようにかがやきました。それはこの赤熱《しゃくねつ》した岩のかたまりが、大地のふところから出てきて、まだひえきらない時の、山の創造の瞬間《しゅんかん》を再現していました。

こんなに美しいアルプスの夕焼けは、ルーディもバベットも、いままで見たことがないと思いました。雪をいただいたダン・デュ・ミディの峰は、地平線の上にあらわれた時の満月のように、光りかがやいていました。

「なんという美しさ。なんというしあわせ」と、ふたりは言いました。

「この世でこれ以上のことは、のぞめないな。このような夕べのひとときこそ、人生そのものだ。いま感じているような幸福を、ぼくは前にもときどき感じた。そのたびに、ぼくは思ったものだった――この瞬間にすべてがおわってしまったら、ぼくの一生はどんなに幸福だろう、この世はどんなにめぐまれたものと感じられるだろうって。ところが、その日が終って新しい日がはじまると、その日は前の日よりも、いっそう美しく見えるんだ。神さまはほんとにかぎりなく親切なお方だね、バベット」

こう、ルーディは言いました。

「わたし、ほんとに幸福ですわ」と、バベットも言いました。

「この人生に、これ以上のものを望むことはできないな」と、ルーディはさけびました。

夕べの鐘《かね》がサボアの山々や、スイスの山々からひびいてきました。西の方には、紺《こん》色《いろ》のジュラ山脈が、金色の夕ばえのなかにそびえていました。

「神さまが、どうかあなたにいちばんりっぱな、いちばんよいものをあたえてくださいますように！」と、バベットは心をこめて言いました。

「あの方は、そのおつもりなんだ。あしたはそうなるのだ。あしたはきみがすっかりぼくのものになる。ぼくのかわいい奥《おく》さん」と、ルーディは言いました。

「あっ、ボートが」と、その時バベットがさけびました。

ふたりが乗って帰るつもりでつないでおいたボートが、綱がほどけて岸からはなれていきます。

「ぼくがつかまえてくるよ」

こう、ルーディは言って、上着をぬぎすて、靴《くつ》をぬいで、湖水にとびこみました。

そして、すばやくボートの方に泳いでいきました。

山の氷河からくる水は、氷のようにつめたく、青緑色に澄んで深くたたえていました。ルーディはちらと、ひと目だけ底の方をのぞきましたが、なんだか金の指輪が、キラキラきらめいているのが見えたような気がしました。山でなくしたあの婚約《こんやく》の指輪が、思いだされました。すると、その金の指輪がみるみる大きくなって、キラキラかがやく大きな輪になり、しかも、そのまんなかに美しい氷河が光っているのでした。

まわりには底しれぬ深いふちが、大きな口をあけ、したたり落ちる水は、鈴《すず》を鳴らすような音をたてて、青白いほのおのような光をはなっていました。あっというまのことでしたけれど、たくさんの長い言葉をついやさなければ言えないほどのものを、ルーディは見たのです。

いままでに氷河のさけめに落ちた若い猟師《りょうし》や娘《むすめ》や、男や女たちが、みんな元気に生きかえって、目を見開き、ほほえみを口もとにうかべて、立っていました。その人たちのはるか下の方から、うずもれた町の鐘の音が、ひびいてきました。みんなが教会の円天井《まるてんじょう》の下にひざまずくと、つららがパイプオルガンの管になり、谷川がオルガンをかなでました。

明るくすきとおった水底に、氷姫《こおりひめ》がすわっていましたが、やがて、彼女《かのじょ》はルーディの方に浮びあがってきて、かれの足にキスしました。氷のような死の戦慄《せんりつ》が、まるで電気にうたれた時のように、ルーディの全身をつらぬきました。氷と火。この二つのものは、ちょっとふれただけでは区別がつきません。

「わたしのものよ」という声が、ルーディのまわりにも、内にもひびきました。「おまえが小さかったとき、わたしはおまえにキスしたんだよ。おまえの口にキスしたんだよ。いまわたしは、おまえの足の指と、かかとにキスした。これでおまえはすっかり、わたしのものなのよ」

そのまま、ルーディの姿は、澄んだ青い水の下に見えなくなっていきました。

すべては、しんとしずまりかえりました。教会の鐘も鳴り終えて、さいごの音も、赤い雲のかがやきといっしょに消えていきました。

「おまえはわたしのものよ」と、深い底からひびいてきました。

「おまえはわたしのものよ」と高い、無限のかなたからもひびいてきました。

愛から愛へ、地上から天上へ飛んでいくのは、楽しいことでした。

絃《げん》が切れて、悲しみのしらべが鳴りました。死の氷のキスが、無常のものにうち勝ちました。序曲がおわって、ほんとうの人生の劇がはじまるのです。不調和音が諧音《かいおん》の中へとけこむのです。

あなたはこれを、悲しい物語と呼びますか。

かわいそうなバベット！　なんという、おそろしいひとときだったでしょう。ボートはいよいよ遠くへ、流されていきました。

婚約のふたりがその小島へ行ったことを、こちらの岸にいた人は、だれも知りませんでした。夕やみがせまり、雲がひくくたれて、あたりは暗くなってきました。バベットはただひとり、絶望のうちに泣きながら立っていました。

夕立雲が、頭の上にのしかかって、いなびかりがジュラ山脈の上や、スイスやサボアの山々の上に光りました。四方八方でいなびかりがつぎつぎにひらめき、かみなりがかみなりにつづいて、何分間もゴロゴロと鳴りつづけました。いなびかりはまもなく太陽の光ほどになり、ブドウの木の一本々々が、まるでまっ昼まのように、はっきりと見わけられました。が、たちまちまたすべては、まっ黒いやみにつつまれてしまうのでした。

いなびかりは曲線をえがき、輪になり、ジグザグになって、湖じゅうをうち、それがまた、四方に反射しました。そのあいだにも、かみなりはあたりの山にこだまして、ますます大きくなりました。

むこうの岸では、ボートはのこらず岸にひきあげられました。生きているかぎりのものはすべて、避難《ひなん》する場所をさがしました。——やがて雨がどしゃぶりに降ってきました。

「こんなひどい夕立の中を、ルーディとバベットはどこへ行っているんだろう」

こう水車屋の主人は言いました。

バベットは手をくみ、頭をひざにうずめて、うずくまっていました。悲しみのあまり、さけぶことも泣くこともできません。ただ、心の中で言いました。

「あの深い水の中に、ずっと底の方に、ちょうど氷河の下になったようにして、あの人はいるのだわ」

すると頭の中に、ルーディから聞いた話が浮んできました。——おかあさんが死んで、ルーディだけが助かったこと、けれども氷河のさけめから助けだされた時は、死んだようだったことなどが。

「そうだ、氷姫が、またあの人をつかまえたんだわ」

その時、白い雪の上にかがやく太陽の光のように、目のくらむようないなびかりが、さっとひらめきました。バベットは、思わずとびあがりました。みるみる湖の水がもりあがって、きらめく氷河のようになったと思うと、そこに氷姫がおごそかに青白く光りながら立っていました。その足もとには、ルーディの死骸《しがい》が横たわっていました。

「わたしのものだよ」と、氷姫は言いました。

とたんにあたりはまっ暗やみになり、降りしきる雨の音ばかりが、耳をうちました。

「おおこわい。いよいよわたしたちの幸福な日が来ようという時に、なぜあの人は死ななければならないのだろう。神さま、どうぞ、わたしの理性を、光りかがやかせてくださいませ。どうぞ、わたしの心に光をなげこんでくださいませ。わたしには、あなたのお考えがわかりません。ただ、あなたの全能のお力と知恵《ちえ》とを、手さぐりしているだけでございます」

こう、バベットは、なげき悲しみながらうったえました。

と、そのとき神さまは、バベットの心の中を照らされました。反省の光、めぐみの光の中に、昨夜の夢が、まざまざとバベットの心に浮びました。そのとき自分の言った言葉も、思いだされました——自分とルーディとにとって、いちばんよいことと思って願った、あの言葉が。

「ああ、ああ！　あれがわたしの心の中の、罪の芽ばえだったのだわ。夢に見たのは、未来の生活のことだったのだわ。わたしが救われるためには、命の糸がたちきられなくてはならなかったのだわ。なんと、みじめなわたし！」

バベットはなげき悲しみながら、まっ暗やみの中にすわっていました。その深いしずけさの中に、バベットにはルーディがさいごに言った言葉が、まだひびいているように思われました。

「この人生に、これ以上のものをのぞむことはできないな」

その言葉は、よろこびにあふれて鳴りひびきましたが、いまでは、悲しみの泉の中からこだまを返していたのです。

それから数年たちました。湖水はほほえみ、岸もほほえんでいます。ブドウのつるには、ふくらんだブドウの房《ふさ》が、さがっています。汽船が風に旗をなびかせて、通りすぎています。二枚の帆《ほ》をはったヨットが、鏡のような水の上を、まっ白いチョウのように飛びまわっています。

鉄道が開通して、シヨンを通って深くローヌ川の谷間にはいっています。どの停車場でも、外国人が下車します。みんなは、赤い表紙の旅行案内を手にして、どこを見物したらいいかを、しらべておきます。

みんなはシヨンをおとずれます。すると湖の中に、三本のアカシアの生えた、小さな島があるのが見えます。

案内書を読むと、一八五六年のある夕べ、結婚を前にしたふたりがこの島にわたったこと、そして花婿は死に、「あくる朝になってはじめて、絶望した花嫁のさけび声が岸に聞えてきた」ことが書かれていました。

　けれども案内書には、バベットがお父さんの家でおくっている、しずかな生活のことは、なにも書いてありません。その家というのは、あの水車屋ではありません。水車屋には、いまはほかの人が住んでいて、バベットたちはいま、停車場に近い美しい家で暮しています。その家の窓から、彼女はよく、クリの並木ごしに、むかしルーディが走りまわった雪の山をながめます。また夕方には、アルプスの夕焼けをながめます。

　その山の上では、太陽の子供たちがすわって、つむじ風にがいとうをはがれて持っていかれた旅人の歌を、くりかえしくりかえしうたっています。持っていったのは着ていたもので、人間ではありませんよ。

　山の雪の上には、バラ色のかがやきがあります。

「神はわたしたちにとって、最善のことがおこるようにしてくださる」という考えをもっている人の心にも、バラ色のかがやきがあります。でも、それがバベットに夢の中でしめされたように、いつもわたしたちにしめされるというわけにはいきません。

童話作家としてのアンデルセン

ゲオルク・ブランデス

才能をもつには勇気がなければならない。われわれは敢然《かんぜん》として、おのれのインスピレーションに対して自信をもつべきであり、おのれの胸にわき出た考えは正しく、思いついた形式は、自然なものであって、それが新奇《しんき》なものであろうと、存在の権利があるのだと信じてよいのである。やすんじておのれの本能に身をまかして、それが命じ導くままに、どこへであろうと従って行けるようになるまでには、気どっているとか、無暴だとか、勝手に呼ばしておくだけの断乎《だんこ》たる大胆《だいたん》さを持たなければならないのだ。アルマン・カレルは、若くて記者をしていた時代に、その主筆から、自分の書いた記事のある場所を指摘《してき》して「人はこんなふうには書かない」と言って訂正《ていせい》を命じられたとき、「私は、人が書くように書くのではなく、私が書くように書くのです」と答えたが、これが天分ある者のとる一般《いっぱん》の形式なのである。それは駄作《ださく》や出まかせを弁護しているのではない。天分をもつ者の自信をもって、いかなる従来の形式も、与《あた》えられた材料も、彼《かれ》の本性に固有な要求をみたすことができぬ場合、断乎として新しい材料を選び、新しい形式を創造して、その本性のもつ能力の何物をも逸《いっ》させることなしに残りなく活用させて、それをのびのびと自由に展開させうるような領野を見いだす権利があることを言いあらわしているのだ。そのような領野を、詩人ハンス・クリスチャン・アンデルセンは童話に発見したのである。

彼の童話には、こんなふうに書き出したのがある――「人はきっと村の池で何事が起ったかと思うでしょう、ところが何も起りはしなかったのです！　いままでいたってのんびりと水の上に浮《うか》んでいたアヒルも、さか立ちしていたのも――アヒルだってさか立ちできるんですからね――みんな一度に岸をめがけて泳いできました。ほら、しめった土の上にアヒルたちの足跡《あしあと》がついていましょう。ずっと遠くからだって、みんなの鳴きたてているのが聞えましたよ」またこんなのもある――「さあ、はじめますよ。この話が終ったら、私たちはいまよりも一そう物知りになるわけです。なにしろ、これは一匹《ぴき》のわるいトロールの話だけれど、こいつは中でもいちばん悪い『悪《あく》魔《ま》』の一人なんですからね」（前の引用は『おとなりさん』、後《あと》のは『雪の女王』）

一々の文の構造も、語の位置も、全体の順序が最も簡単な措辞《そじ》法にさえ反している。

なるほど「人はこういうふうには書かない」それはほんとうだ。だが、人はこんな話し方をするのだ。大人に対してか？ いや、子供に向ってである。では、なぜ子供に向って話すような順序で言葉を書きおろしていけないわけがあろう？ この際には、日常の規範《きはん》が他のものによって取換《とりか》えられるのである。抽象《ちゆうしよう》的な文語の法則ではなしに、子供の理解力がここでは決定的な役割をはたす。

この無秩序《むちつじよ》にも一つの法則《メトード》があるのは、ちょうど子供が、「Du løj」と言うべきところを「Du lyvede」(lyve は「嘘《うそ》をつく」それは過去形において løj と変化すべきを、規則動詞なみに de をつけたわけ）と言う時の言い誤りにも一つの法則があるのと同じである。公認《こうにん》の文語を自由な話し言葉で代置し、大人の表現法を子供が用い、また理解するところの表現法に変えることは、作者が「子供のための童話」を書こうと決心すると同時に彼の目的となるところである。彼は印刷物の場合においてさえ、書こうとしないで、口で語るように表現しようという大胆な企《くわだ》てを試みる。彼は語ろうとする、というよりもっと正確に言えば、もし教科書のように語ることさえ避《さ》けられるなら、喜んで小学生のように書こうとするのである。

書かれた言葉は貧しく、また不十分だ。話す言葉は、話すにつれてのいろいろの口の動かし方や、形容のための手ぶり、声の長短や、鋭《するど》さ或《ある》いは穏《おだ》やかさ、まじめな或い話は滑稽《こっけい》な響《ひび》き、全体としての顔つきや態度といった、一群の援《たす》けをもっている。話しかけられる相手が幼ければ幼いほど、彼はこのような補助手段を通してより多く理解するのである。子供に話をして聞かせる者は、誰でも無意識のうちに、いろいろと身振《みぶ》りをしたり、顔をしかめてみせたりする。つまり、子供は話を、耳で聞くと同じだけ目で見るからであり、まるで犬と同じように、言葉に善意がこめられているか怒《いか》りがこめられているかよりも、口調がやさしいかとげとげしいかに注意するからである。だから子供に向って書く者は、音調の変化、突然《とつぜん》の休止、描写《びょうしゃ》的な手まね、恐怖《きょうふ》を起させるような顔つき、眠《ねむ》りこんでいる興味をめざめさせるような事件の展開をしめす微笑《びしょう》や冗談《じょうだん》や愛撫《あいぶ》や訴《うった》えやを駆使《くし》して、それらをすべて叙述《じょじゅつ》の中に織りこむように気をくばり、また時に応じて直接に子供の前で歌ったり描いたり踊《おど》ったりしてみせることができないのだから、彼の文章の中に歌や絵や身振り手つきを呪《まじな》いこめて、それが呪縛《じゅばく》された力のようにその中にひそんでいるようにしておき、本があけられるやいなや、それが立ち現われるようにしなければならない。

まず第一に、回りくどい叙述はいけない。すべては話者の口から端的《たんてき》に語られねばならない。いや、語られる以上に、唸《うな》られ、歌われ、ラッパを吹《ふ》くように吹き立てられる必要がある――「ひとりの兵隊さんが、いなか道を『オイチ、ニ・オイチ、ニ』

と進んできました」「すると彫《ほ》りもののラッパ手が吹き立てました。トラッテラトラ！　おや、あそこに小さい坊《ぼう》やがいるぞ。トラッテラトラ！」（『古い家』）「ほら、おきき、スカンポの葉っぱがドロン、ロン、ロンって言ってるだろう！」（『幸福な一家』）そうかと思うと『ヒナギク』のように「さあ、聞いてください！」と話しだして、あらかじめ注意をかきたてたり、次には子供式に戯《たわむ》れて、「そこで兵隊さんは、魔法《まほう》つかいの首をきってしまいました。それそれそこにたおれている」（『火うち箱』）と書く。われわれはこの感傷ぬきの、まざまざと目に見えるような短い死の描写につづいたであろう子供の歓声《かんせい》を耳にきくことができる。と思うとまた、次のような甘《あま》やかな調子をうち出す――「お日さまがアマの上をてらすと、雨雲がそれに水をそそぎました。これはアマにとって、まるで赤ちゃんがお湯をつかったあとお母さんにキスしていただくのと同じように気持のいいことで、みんなはそのたんびにずんずんきれいになるのでした」（『アマ』）お話の中で言われている接吻《せっぷん》を子供たちが受けるように、ここでちょっと物語を切ったところは、まことにもっともと言うべきである。たしかにこの本の中には接吻があるのだから。

幼い読者に対するこのような用意は、さらにおし進められて、この詩人はその柔《じゅう》軟《なん》な共感のおかげで子供と一体になり、その言い回しや考え方どころか、その純粋《じゅんすい》に肉体的な見方の中まではいりこんで、次のような文句までが雑作もなくそのペンから流れ出すにいたるのである――「この国で一ばん大きい葉っぱは、たしかにスカンポの葉っぱだ。これを小さい腰《こし》のところへ着けたものなら、こいつはそっくり一枚の前かけだし、頭にのせたら、雨降りの時にはちょうどいいコーモリ傘《がさ》になる。まったくびっくりするほど大きいんだものね」（『幸福な一家』）これはまったく子供――どんな子供でも理解できる言葉である。

何という幸福なアンデルセン！　どこに彼のような読者を持っている作者があろう！　それを思えば、学者たちは何と言ったらいいか気の毒なものである。とりわけ狭《せま》い国土で、自分の書いたものを読みもせず尊敬もしてくれない公衆のために書いて、競争者や敵のほんの四、五人に読まれるにすぎない学者たちは。詩人（文学者）は一般に言ってもっと幸福な地位にある。しかし、人々に読まれるということはたしかに幸福であり、また絹糸をしおりにはさむやさしい指に自分の本のページがひるがえされるのを知ることは羨《うらや》ましい運命には相違《そうい》ないとしても、ほんの近似《きんじ》的にせよアンデルセンのそれのような生き生きとした熱心な読者をもつ作者というものは、どこにも存在しないのだ。

彼のお話は、われわれが嘗《かつ》て一字一字辿《たど》って読み、また今日でもなお読むところの唯一《ゆいいつ》の本である。その中におかれていると、いつでも文字は他の本においてよりも一そう大きく見え、その言葉には一そう価値があるように思われるのだが、それというのも、われわれは最初それを一字一字一語々々と覚えつつ読んだからである。アンデルセンにとって、その夢の中で、自分のランプのまわりに何千という子供の顔がひしめき、花咲《はなさ》くようにバラ色の頰《ほお》をし、髪《かみ》をふさふさと波うたせた小さい頭が、まるでカトリックの祭壇画《さいだんが》の雲のように群がるのを見るのは、どんなにか嬉《うれ》しいことだろう——亜麻《あま》いろの髪をしたデンマークの小さい少年たちや、かわいいイギリスの子供や、黒い目をしたインドの少女などが、富めるも貧しいも、すべての国あらゆる国語で、一字一字たどり、読み、耳を傾《かたむ》け、遊びにあきて健康でピチピチしているのや、この世の子が見舞《みま》われる無数の病気の一つにかかって弱々しく青ざめ、透《す》きとおるような膚《はだ》をしたのや、すべてが新しく書き上げられた紙の一枚々々に向って、白やら黒やらの手を夢中でさしのべるのを見るのは！

こんなに信頼《しんらい》にみちた、こんなに注意ぶかい、こんなに倦《あ》きない読者をもっている者が、他《ほか》にあろうか。また、このように尊敬すべき読者をもっている者も断じてないであろう。と言うのは、老人でも子供ほどには尊敬すべくもなく神聖でもないからである。ここには一連の平和で牧歌的な光景がある。向うでは一人の者が声をあげて朗読しているのを、子供たちが熱心に聞きとれている。ここでは一人の子供がテーブルに両肱《りょうひじ》をついて読みふけっているところを、母親が通りかかって、子供の肩《かた》ごしに自分ものぞきこんで読みはじめる。このような聴衆《ちょうしゅう》のために書くことがはたして労力に値《あたい》しないであろうか。またこれほどまだ手をつけられずにいて、しかも好ましい空想があるであろうか？

ありはしないのだ。しかも童話の語り手としての想像力を習得するには、ただ聴衆の想像力を研究すれば足りるのである。彼の芸術の出発点は、手あたり次第《しだい》のものから一切《いっさい》をつくり出す子供の遊戯《ゆうぎ》である。かくて芸術家のたわむれ気分は、一片《ぺん》の玩具《がんぐ》を自然物にし、超自然《ちょうしぜん》的なもの（例えばトロール）にし、英雄《えいゆう》にし、また逆に、あらゆる自然物や超自然物、英雄やトロールや妖精《ようせい》やを、玩具に変えてしまう。それはちょうど、どのような新しい芸術的結合においても刻印を捺《お》され改鋳《かいちゅう》されているところの芸術方法と言えるだろう。この芸術の神経は、あらゆるものに魂《たましい》を賦与《ふよ》し、一切を人格化する子供の想像力である。そこで、家内の道具も植物と同じく、花は鳥や猫《ねこ》におとらず生きて動き、動物は人形や肖像画《しょうぞうが》や雲や太陽の光や風や季節と同じようになるのである。こうして玩具の跳《と》び蛙《がえる》さえが、子供にとっては一個の生きて完全な、思考し意志する存在となる。

このような詩法《ポエジー》の典型は、子供の夢であって、その中では子供の表現力は、遊戯においてよりも一そう迅速《じんそく》かつ大胆な変化をしめすのである。そこでこの詩人は(『イーダちゃんのお花』『眠りの精』『小さいツウク』『ニワトコのおばさん』などで見られるように)自分の道具箱へ赴《おもむ》くようにして好んで夢に赴く。こうして彼はしばしば、子供の心を満たし煩《わずら》わしている表象をその夢とまぜ合せるときに、彼の最上の霊感《れいかん》をうるのである。例えば小さいヤルマールが夢の中で、彼の習字帳の中でうつぶせになって倒《たお》れている歪《ゆが》んだ文字の呻《うめ》きを聞く時のように。——「ほら、いいかい。こんなふうに、からだを起すんだよ」と、お手本の字が言いました。「ほうら。こんなふうに、いくぶんななめにして、それから、ぐうんとはねるんだぜ」「ぼくたちだって、そうしたいんだよ」と、ヤルマールの書いた字が言いました。「だけど、できないのさ。ぼくたち、気分がわるいんだもの」「じゃおまえたちは、げざいを飲まなきゃいけないね」と、オーレルゲイエが言いました。「いやだよ、いやだよ!」と、みんなはさけぶといっしょに、さっと起き上がりました。そのありさまは、見ていておかしいほどでした。——なるほど子供はこんなふうに夢を見るものである。しかしこの時の魂は、夢でもなければ戯れでもない。それは独特な、このようにすべてのものを置き換えて、一つのものを他のものとして通用させたり、このように一切に生命を賦与して、一物を他のものの中で生かしめたりするばかりでなく、一物において迅速かつ敏捷《びんしょう》に他のものを想起し、他者の中にそのものを再発見して、普遍《ふへん》化し、画面をイメージにまで、夢を神話にまで高めて、一個の芸術的転置によって単純なお伽話《とぎばなし》めいた形象を全生命の発火点にまで変形せしめるところの、ふたたび子供になった能力なのである。

あとがき

アンデルセン（デンマークではアナスン、一八〇五—七五）童話が、それらが書かれてからもはや百年ばかりたっているのに、依然《いぜん》およびがたい童話の古典として、世界いたるところで争って読まれているのは、あらためていうまでもないことだ。日本だけでも、明治の二十年代に早くも訳されたのをはじめ、今日《こんにち》までに、おそらく百種以上の版があり、子供から大人までに世代から世代へと受けつがれて愛読され、その心情をやしなってきた。近代日本の魂《たましい》の形成には、他のどの作家や思想家にもまさる影響《えいきょう》を与《あた》えたにちがいない気がする。たとえば『マッチ売りの少女』一編をとってみても、それを子供の頃《ころ》に読んだと読まぬとでは、きっとその心情に——ことに貧しい者への同情といった点で——大きな差異ができるのではないか。

しかし、ここではアンデルセン論をしている余裕《よゆう》はない。また、彼《かれ》の童話の世界もなかなか多様で、無邪気《むじゃき》でユーモラスなお話があるかと思うと、美しい詩のような作、皮肉な作、深刻な作があったりして、簡単には論じきれない。私はそれが、靴《くつ》屋の貧しい少年として生《お》い立って、人生のあらゆる悲しみも喜びも味わってきた人の、全体験を打込《うちこ》んで書かれた作であるからこそ、十歳《さい》で読み、二十歳で読み、三十歳、五十歳で読んでも、いよいよ味わいのつきせぬ滋味《じみ》をもつことを言うにとどめておこう。ここではむしろ個々の作について、それが書かれた時期、それを書いた意図などについて、簡単に解説するとする。アンデルセン童話の本質と方法については、所載《しょさい》したブランデス（注 アンデルセンと同国生れの大批評家）の論が、不十分ながらにおもしろく説いているので、そちらにゆずりたい。もっとも、これは彼のアンデルセン論の序章の部分で、このあとになお二倍ほどの長さで論は続くのだが。

『火うち箱』『小クラウスと大クラウス』『豆つぶの上に寝《ね》たお姫《ひめ》さま』の三編は、一八三五年に出た最初の童話集に入っている。この童話集は六十一ページの小さい本で、他にもう一編『イーダちゃんのお花』という作が入っているだけだった。しかし、この『イーダちゃんのお花』が創作童話であっただけで、上記の三編はいずれも作者が小さい時に聞いた話を書きあらためたのである。つまり、のちの大童話作家アンデルセンも、当時はまだ創作童話に打込むだけの覚悟《かくご》はなく、少年時代に祖母から聞いた昔話を書きとめることから始めたわけだ。当時はまだ童話という文学の本質も意義も広く認められず、その様式も確立していなかったためでもある。その証拠《しょうこ》に当時の批評家たちも、アンデルセンが童話を書いたことを褒《ほ》めるどころか、むしろ酷評《こくひょう》したものだ。——『即興詩人《そっきょうしじん》』のような立派な作品を書ける人が、なぜ子供だましの童話などを書くのか、と。そう言われてアンデルセンも嫌気《いやけ》がさし、一時は童話を書くことを思いとまりかけた。

ところが、翌年故郷のフューン島に旅行すると、都のコペンハーゲンではいたって評判の悪かった自分の童話が、田舎《いなか》では大人にも子供にも大喜びで読まれているのを知った。それに力をえて、彼はこんなふうに考えた——

「そうだ、文学というものは金持や学問のある人たちのためだけにあるものではない。貧しい田舎の人たちや無邪気な子供たちを喜ばせることだって、りっぱに意義のある仕事だ。よし、これからは真剣《しんけん》に童話に取組もう」

こうして彼は覚悟をあらたにして童話に打込むことになる。それも、『第一集』の中では昔話を書き直したものより自分で創作した『イーダちゃんのお花』のほうが評判がよかったのを見て、創作に力をそそぐことにする。この新しい決意で書かれた『人魚の姫』と『皇帝《こうてい》のあたらしい着物』を収めた『第三集』が一八三七年に出ると、ここにはじめて批評家たちも、童話が子供だましのつまらぬ話どころか、すぐれた作家が一生の仕事とするに値《あたい》する新しい文学の領域であることを認識《にんしき》するようになった。こうしてアンデルセンは、自分の童話作家としての地位を確立しただけでなく、童話というジャンルを単なる子供だましのものから、すぐれた文学の地位に引っぱりあげたのであった。アンデルセンが出る前に、ゲーテやドイツ浪漫《ロマン》派の作家たちが、童話の意義を認め、若干《じゃっかん》の創作もしているけれど、それはむしろ大人向きの作で、子供に親しめるものとは言えなかった。アンデルセンがその童話を書くのに手本にしたのはホフマン（注　一七七六—一八二二。ドイツの作家。代表作に『黄金の宝壺』）の作ではないかといわれるが、しかし彼の童話にしても、ドイツ浪漫派の人たちの作のつねで、たいそうひねくれたものだ。そこへいくと、アンデルセン童話はいかにも素直で無邪気に書かれていて、しかも人間の真実にふれる高い文学性をもっている。アンデルセンが出てはじめて童話は文学として確立されたとしてよい。彼が近代童話の父と呼ばれるのももっともなことである。

　さて『火うち箱』などの三つの作は、はじめに言ったように、いずれも子供の頃に聞いた昔話を再話したものだ。それぞれおもしろい話だが、みじかい叙述《じょじゅつ》の中にくっきりと主題を浮《う》き出させている点で、『豆つぶの上に寝たお姫さま』が、作品としてはすぐれていよう。こういう再話にあたっても、アンデルセンはグリム兄弟がつとめたような、民間に語られているままの話の忠実な再現ということには、意をあまり用いなかった。むしろ、かなり自由に書きかえている。その点は、たとえば『火うち箱』における魔法《まほう》つかいの老婆《ろうば》や、王様に対する報《むく》いに、はっきりと現われている。ふつうの昔話は、魔女や王様はもっと大きな力をもち、恐怖《きようふ》や尊敬の対象であるのに、ここではただの兵隊にたちまちやっつけられてしまう無力な存在にすぎないものとなっている。こんなところに、新興市民階級の一員としてのアンデルセンの若々しい自由な精神があらわれていることを児童文学評論家の関英雄さんが指摘したことがあるが、卓見《たつけん》だと思う。しかも、なんという生き生きした、ユーモアをまじえた書きかた!

こういう自由な精神の持主だったから、創作童話のほうが好評だったという前に述べた事情もあって、彼は次第《しだい》に創作に力をそそいで、昔話の再話はあまり手がけなくなる。私の気づいている範囲《はんい》では、あと四、五編があるだけだ。

『おやゆび姫』は一八三六年に出た童話の『第二集』に収められたもので、彼の創作童話としては第二作。たいへんかわいらしいユーモラスな作でいて、いかにもこの作者らしいきびしい生の見方をのぞかせている。この点は『ヒナギク』になると、なおはっきりとあらわれる。弱いもの、不幸に陥《おちい》っている者へのあつい同情をあふれさせながら、自分勝手の無慈悲《むじひ》さを鋭《するど》く描《えが》きだしている。これは次の『野のハクチョウ』

と共に、一八三八年のクリスマスに出た『新童話集』第一巻に発表されたもの。『野のハクチョウ』は、アンデルセン童話の中でも最も有名な一つだが、純創作ではなく、デンマークの民話を書きかえたもの。昔話にもほとんど同じものがあり、グリムの童話集にも同じ型のものが収められている。しかし、それらはかなり素朴《そぼく》な話であるのを、アンデルセンはいかにも美しい童話に書きあらためている。

『父さんのすることにまちがいはない』はずっとおそく、一八六一年に出た。これもデンマークの昔話の再話。他の国にも似た昔話はあるが、いかにも善良なデンマーク人の喜びそうな話に思われる。

『一つの莢《さや》から出た五人兄弟』(『五人兄弟』と訳したところは『五つぶの豆』と訳してもいい)『身分がちがいます』『あの女はろくでなし』の三つは、一八五五年に出た『絵入り童話集』に収められたもの。第一のものはアンデルセン童話中でも最もすばらしい一つ。着想がことにすばらしい。第二も独特のものだが、子供には少し微妙《びみょう》にすぎようか。第三のものは、日本でよく知られている彼の童話とは少し異なり、富める者、権力のある者への反抗《はんこう》と批判の気持を、かなり露骨に打出している。女主人公の洗濯女《せんたくおんな》のモデルはアンデルセン自身の母親で、彼女《かのじょ》はアンデルセンの父親の死後、洗濯女として身すぎをしたが、作中でも書かれているように酒を飲むようになり、水に溺《おぼ》れて死んだのではないが、晩年は養老院でさびしく死んでいる。

『天使』(一八四三)と『赤い靴』(一八四五)は宗教的な味が濃《こ》い作。前者は西洋ではたいそう重きをおかれてるらしいが、お話としては成功作といえない。後者も赤い靴をはいて養母の葬式《そうしき》に出かけた娘《むすめ》の虚栄心《きょえいしん》を罰《ばっ》するのが大げさすぎて、アンデルセンの他の童話の気分とは少し食いちがうところがある。しかし、キリスト教にはこういうきびしい面があるのだから、ヨーロッパの童話にそれがこういう形であらわれても、ふしぎではない。

『年の話』は一八五二年の作。『駅馬車で来た十二人』などと共に、季節の移り変りを童話化して、詩情ゆたかだ。

『ある母親の物語』は一八四八年の作(『マッチ売りの少女』も同年)。彼の最高傑作《けっさく》の一つで、ことにインド人に喜ばれたという。しかし、インドでばかりでなく、欧米《おうべい》でも最も愛されている作の一つで、わけても子供をなくした人々を慰《なぐさ》めることが大きかった。作者が六十歳のお祝いの時には、この話の十五カ国語の訳を合せて一冊にした本が、記念出版された。

『氷姫』は一八六一年に出た『新しい童話と物語』第二部第二巻に『プシケ』などと共に収められた作で、これらは童話というより「物語」あるいは「小説」とすべき作であろう。長さも長く、題材も童話の領域をはみ出して、かなり深刻な人生を描いている。アンデルセン童話の中にはこの種の小説風の作もかなりあるので、見本に採ってみた。これと少し似た作に『雪の女王』があるが、こちらは童話として書かれ、作をつらぬいている人生観も根本のところでは明るい。しかし『氷姫』のほうは、物語は美しいが、その底にある考えは悲劇的な暗さを持つ。『プシケ』はことにそれが濃い。アンデルセンの心の奥《おく》には、いつもこの暗い影《かげ》があったようだ。

一九六七年四月

訳　者

新潮文庫最新刊

上橋菜穂子著

蒼路の旅人

チャグム皇太子は、祖父を救うため、罠と知りつつ大海原へ飛びだしていく。大河物語の結末へと動き始めるシリーズ第6弾。

神永学著

タイム・ラッシュ
―天命探偵 真田省吾―

真田省吾、22歳。職業、探偵。予知夢を見る少女から依頼を受け、巨大組織の犯罪へと迫っていく――人気絶頂クライムミステリー！

角田光代著

予定日はジミー・ペイジ

妊娠したのに、うれしくない。私って、母性欠落？ 運命の日はジミー・ペイジの誕生日。だめ妊婦かもしれない〈私〉のマタニティ小説。

あさのあつこ著

ぬばたま

山、それは人の魂が還る場所――怯えと安穏、生と死の間に惑い、山に飲み込まれる人々の姿を描く、恐怖と陶酔を湛えた四つの物語。

久間十義著

ダブルフェイス（上・下）

渋谷でホテトル嬢が殺された。昼の彼女はエリートOLだった。刑事たちの粘り強い捜査が始まる……。歪んだ性を暴く傑作警察小説。

松井今朝子著

果ての花火
―銀座開化おもかげ草紙―

その気骨に男は惚れる、女は痺れる。銀座煉瓦街に棲むサムライ・久保田宗八郎が明治を斬る。ファン感涙の連作時代小説集。

Author：Hans Christian Andersen

おやゆび姫《ひめ》

―アンデルセン童話集Ⅱ―

新潮文庫　ア‐1‐3

昭和四十二年七月二十日 発行
平成十八年七月二十五日 三十五刷改版
平成二十二年七月二十五日 三十六刷

訳者 山《やま》室《むろ》 静《しずか》

発行者 佐藤隆信

発行所 株式会社 新潮社
郵便番号 一六二―八七一一
東京都新宿区矢来町七一
電話 編集部(〇三)三二六六―五四四〇
読者係(〇三)三二六六―五一一一
http://www.shinchosha.co.jp

価格はカバーに表示してあります。

印刷・株式会社加藤文明社　製本・憲専堂製本株式会社

ISBN978-4-10-205503-8 C0197